仔游记 诗行中国

新 著

中国原子能出版社

图书在版编目 (CIP) 数据

山仔游记：诗行中国：上下册 / 王建新著 . -- 北京：中国原子能出版社，2020.10 （2021.9 重印）

ISBN 978-7-5221-1036-3

Ⅰ . ①山… Ⅱ . ①王… Ⅲ . ①诗词—作品集—中国—当代②散曲—作品集—中国—当代 Ⅳ . ① I227

中国版本图书馆 CIP 数据核字（2020）第 208527 号

内容简介

诗歌发端于先秦，历经岁月洗礼、变革兴衰，流传至今。无论文学大家，还是普通大众，诗词都备受青睐。在文化兴盛、多元发展的今天，古诗词创作也大有人在。本书便是作者于生活中感知、感想、感悟后创作的作品成集。作品体裁丰富，有古体诗，有格律诗，有词也有曲；涉及内容丰富，包罗万象，信手拈来，雅俗共赏；内在表现丰富，言志、抒情、叙事俱有，“不平则鸣”、真情实意；语言生动形象，平易近人，不拘一格。总体来看，本书作品是作者高度凝练生活，抒发情感的结晶，也是当代文化兴盛的一个侧面印证。

山仔游记：诗行中国：上下册

出版发行　中国原子能出版社（北京市海淀区阜成路 43 号 100048）
责任编辑　张　琳
责任校对　冯莲凤
印　　刷　三河市南阳印刷有限公司
经　　销　全国新华书店
开　　本　850mm × 1168mm　1/32
印　　张　18.5（上下册）
字　　数　498 千字（上下册）
版　　次　2020 年 10 月第 1 版　2021 年 9 月第 2 次印刷
书　　号　ISBN 978-7-5221-1036-3　　定　　价　98.00 元（上下册）

网　　址：http://www.aep.com.cn　E-mail:atomep123@126.com
发行电话：010-68452845

目录
CONTENTS

留春令·老街游

汕头老街,物丰人欢,骑楼矗立。
车龙马水人声杂,舍小家,奔利急。

倚角广夏冲破天,处处衔接密。
屋后小桥客家音,家庭坊,全劳力。

定风波·海上行

不畏海涛与浪颠,船儿航行无睡眠。
桨橹同摇齐努力,胜利,披荆斩棘在眼前。

湿风冷雨吹酒醒,满眼,海神傲立浪头尖。
所思都是患难事,乐此,美好回忆留心田。

望海潮·潮汕行

南粤初冬，乍寒正暖。
古城摄影，小街阡陌，旧景正改韶华。
长忆来汕初，物积人流涌，树正发芽。
主街邮局，细分信笺无误差。

马桥夜沽黄酒，南来北往客，似若老飞花。
石街未空，沿街旧铺，悄然正换新家。
榕树酒旗斜，彩旗壁上挂，鹊叫喳喳。
无心赏景，随听游客把货夸。

渔家傲·拜谒妈祖殿感悟

小雨蒙蒙侵船体，万里碧疆不见底。
帆船悠悠波浪里，随风起，上下摇摆失目的。

百岁光阴还剩几？要做正事为主体。
扶贫助困需努力，学妈祖，锄恶救弱正兴起。

水调歌头·北行

船儿几时行，我轻问梢公。
遥想远方亲友，今夕可欢腾。
我欲急速回旅，又恐浪高水深，何日是归程？

船行而慢兮，似坐摇篮中。
水逆流，不近人情，何事常常顺我心。
岸边树影婆娑，海上帆影匆匆，已是近黄昏。
唯思早北上，畅悟般若经。

临江仙·醉卧澄海北陇

醉前双眼微低，醒后山影乱移。
当年此时来此处，一片菊花丛，风吹落满地 。

忽忆那时嫦娥，遍体只着单衣。
而今月下说相思，过去残花落，今日景离迷。

追忆余光中先生

惊悉著名诗人余光中先生于今日仙逝，舍报生西。思先生一生爱国，谨以此诗以悼念其爱国恩乡之情。祈愿老先生乘愿归来，魂归故里。

记住《乡愁》余光中，
墨水书写中华魂。
屈李传人今何在，
诗情流淌血脉中。

七绝·别亲人

告别乡亲村头边，今日定要嗨翻天，
呼来幺儿与六女，一齐上阵把酒添。
吾将乘舟启北行，众老乡亲来送行。
酒杯端起声哽咽，未及说话泪湿声。

敬余一杯孝敬长，见面开口问寒温。
敬余二杯尊伯叔，相见握手兄弟亲。
敬余三杯痛幼小，牵抱都是儿女情。
此去北方不容易，冬霜冷雨冻刹人。

六月听闻下冰雹，蛋大颗粒伤人牲。
又闻雾霾重现日，相隔百米不见人。
高楼林立参差短，车快奔腾乱撞人。
醉酒癫闲闯闹市，骑车抢夺漠视亲。

若非汝已成家业，何不栖生就此行。
愿汝华章千千首，愿汝大作齐等身。
汝本原是佛舍利，这次前来送福音。
羞愧难当余自身，创作水平近乎零。

多亏遇到好乡亲，帮我开光作上亲，
定然不负众人志，一心一意写乡情。
赞我海防民族义，夸我海疆痛刹人。
写我亲人坚强志，创我中华万古情。

别恋人

此时日影西移，广场冷落人稀。
帆船连环相接，等待下一航期。
树林婆娑婀娜，翠竹挨个相依。
海中两只小船，是否相约有期？

此事不用多想，此事不应迷离。
有心相聚不远，侑佛自有菩提。
树林看似依稀，内有众多鸟栖。

海滩多么辽阔,唯见恋人依依。

天时地利人和,心中自有返期。
妈祖护佑世人,自然得知天机。
我心敬重天后,定然相会有期。
如若彼此相念,自然相处无散。

渔家女

跟跄斜行大海间,盏歪瓶倒碟自颠。
衣衫不整双脚湿,赤足露背问青天。
疍家无须顾风浪,自有天后来护边。
初一十五逢节日,每家各户烧黄钱。

烟梢直飞云天外,到达天庭捷报连。
渔家幺女多俏丽,疑是神仙落凡间。
呼余亲爹声委婉,恰如夜莺在眼前。
眉宇传情神女样,该因青衣有佛牵。

常念佛语多善目,生活只会典无边。
源起二十余年前,文艺创新在海边。
清街冷角繁华处,专收民俗集方言。
悠悠南国正春天,衣单衫薄好耕田。

遥忆当年留粤日,美女就坐我右边。
此地渔家多俗风,傍晚过来吹海风。

忽被拉入上亲席，见面开口亲家翁。
小船悠悠向南行，朝拜圣母汕尾滨。

天后原是余世祖，饮水思泉再沐恩。
夜观星象祥瑞多，夜半驱车向东挪。
临近汕头五百许，赶到澄海尝早鹅。
澄海美食世人夸，四海之内人从歌。

七绝

洪灾过后忙不赢，哪知天色近黎明。
脚步横移错街过，潜入陋室天已明。

石军农和之：
洪水无情人有情，通信抢修忙不停。
众人拾柴火焰高，何惧宁乡水浪冲。
山高路远坡又崩，天辰铁军往前冲。
抢修通信保畅通，喜迎宾客入古城。

七律·与深圳金信诺精英长沙聚会有感

呼拉一声湘土音，姊妹相见格外亲。
我虽局中人皆见，另外还有师生亲。

华文已是我家门,小有成就会众生。
今后大家同船渡,市场造福全力拼。

赞　花

石军农诗:
蜜蜂爱采蜜,教授爱采花。
好花酿好蜜,村花最无敌。

山仔和之:
乡村采风误采花,无心插柳柳婆娑。
待到柳絮漫天舞,抽个日子去会她。

石军农回复山仔:
一树桃花万点红,太平盛世处处春。
莲花宝地迎贵客,美酒佳肴壮豪情。

乡　韵

泉水叮咚,小鸟轻音。
乡间小路,脚步轻轻。
花香有汝,睇转流星。
怀中爱侣,是我情人?

吾心若定，必不乱真。
余心烦乱，罪业再生。
波罗蜜多，常念口中。
魔障消退，怀中温馨。

闻闻再闻，香气逼人。
果真有遇，恋恋我亲。
乡音依旧，启齿嘤嘤。
绝没有错，是吾小英。

三四余载，没忘初衷。
彼心念我，一往情深。
吾心飘泊，不知所踪。
今日梦醒，始记音亲。

怀中余热，似在梦中。
乡间小路，轻雾蒙蒙。
汝即思我，何去匆匆。
前路蒙蒙，渐远疏踪……

乡村好

城市套路深，我已回农村。
不闻窗外事，悠然赏春风。

山仔和之：
做个渔公又何妨，难得兴致水边淌。
人若有闲需集智，常在河边思心事。
昔日子牙渭水河，愿者上钩竹棍苛。
照样辅佐周公去，留得世间美名多。

祝石总春风得意

人逢喜事精神爽，有事没事喝二两。
有酒就有好由头，自觉美景不胜收。
石总当然好兴致，一心创业有大志。
花丛深处有人陪，外出公干要人围。

八一建军节

八月一日二七年，南昌起义史无前。
八一宣言党通过，实现耕者有其田。
打倒帝国和列强，起义部队来整编。
节日始于三三年，瑞金苏区庆祝连。

工农红军定“八一”，八一暴动反帝起。
军旗颜色为红色，镰刀、斧头上面依。
“八一”二字缀旗上，金黄五星耀八一。
团级部队配军旗，隆重集合有礼仪。

华龙致山仔

山村水清，四面鸟音。
即有慧春，何思小英？
笑谈风情，不忘初心。
君若采风，必有出新。

山仔和之：
英，春同音，故发撩声。
与众同乐，感恩抨声。
我若平淡，何触灵魂。
诗不调侃，万事平平。

华龙致山仔

本想同乐，惹君走心。
赎吾凡庸，君莫怀惊。
诗不调侃，深记吾胸！
感君诚意，古犹比今。

山仔和之：

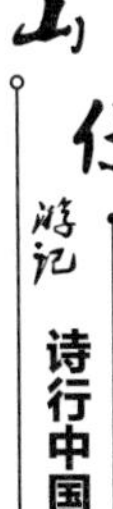

小说诗歌，江湖风波。
跌宕起伏，人物奇苛。
走脉江湖，南北人多。
个个奇特，常聚市窝。

乡村不巧遇村花

石军农诗：
教授才气人人夸，乡村采风惹村花。
不如效仿唐伯虎，以画会友去见她。

山仔和之：
当年唐寅点秋香，文人骚客把心伤。
君若有心念村花，澧水河边彭祖山。
此地风水育美女，依河就山好风光。
夜半春风仍习习，情侣相偎坐河滩。

七律·赞金花小妹妹

腾挪跳跃翻滚爬，身姿活泼影子斜。
开声听若鹦鹉语，路边人人个个夸。
身穿黄袄惹人眼，回眸一笑好娃娃。
山青水绿田地间，万花丛中独见她。

风流倜傥赛潘安

石军农诗：
提起情侣坐河滩，小弟怅然把心伤。
公务繁忙不由己，哪有闲暇念村花。
兄台悠然自由身，游遍华夏好河山。
吟诗作赋把歌对，风流倜傥赛潘安。

山仔和之：
自称公务琐事多，办公场地垒爱窝。
赛过河滩相依偎，夜半冻得直啰嗦。
还要提防“执法队”，一不小心身上摸。
因而还是老板好，不用出差有人拖。

七律·M·X妹妹

高深莫测是罗宾，过往行人搞不清。
莫妹赶快放下架，那些和您扯不清。
要不诚心向上处，独立向上混前程。
此地好像庙太小，不能一展汝乾坤。

禅馨诗

一木一荣枯，去了又长，无心无粘着，自在两空。

山仔和之：
一荣一枯四季分，去了又长见来春。
人生不能如草木，来年又发还是青。
无心疯长但求生，只好深箍墙体中。
自在当然附墙体，若遇大风恐凌空。

七律·致M·X

小有成就应高瞻，再复回头亦不难。
若要回头须高就，不要勉为就低行。
见汝心诚能成事，吾心不忍汝彷徨，
山高水低皆有处，人到适处见凤凰。

再致M·X

教授看图有许久，话到这里真朋友。
诸事多从实处看，不在彼处非尔有。
汝是聪明绝顶人，看事应该很认真。
赶快调整尚不晚，国内潮流任汝淌。

致M·X·劝学

我觉你心好彷徨，这次相见不一般。
本心不在说你处，但见你在走偏方。
重新调整多学习，事倍功进可避荒。
同龄人处应走动，互相学习前景忙。

七律·谢徐大哥美酒

人手一支摆战场，喝酒还是牛栏山。
你推杯来我换盏，当地土家添荣光。

刚好澧州来采风，老乡相光格外亲。
不管年龄大与小，不喝不散天地晕。

七律·酒神

一笑一颦皆有意，你不喝酒我生气。
不管年龄大多少，花生不分大小粒。
颗颗花生握掌中，你没猜好酒杯清。
要不你就桌下躬，莫怪年少礼不恭。

华龙致山仔

村光山色景如仙，他乡赏客天天连。
山君采风撼村颜，乡主迎客豪气添。
桌面盛满美味鲜，美酒佳肴香满间。
主来客往多换盏，欢天喜地尽欢言。

山仔和之：
湖湘待客倾囊中，不计家中没余薪。
先把客人招待好，不管明天米袋空。
君若有幸来湖南，父老乡亲忙不赢。
酒醉饭饱茶喝够，包你觉得格外亲。

革命事业育红花

山上红遍杜鹃花，黄中间绿有山茶。
茶树开花颗颗白，清明祀典在每家。
鞭炮响起山川动，披红挂白在山岩。
小儿活泼家庭里，革命事业育红花。

涂和平诗：
丝丝细雨又清明，扫墓人群缓缓行。
满载情思追远祖，山中处处杜鹃鸣。

山仔和之：
常记吾是中华根，常念吾是中华人。
国之根本在少年，少年可铸中华魂。
从小培养革命志，长大贡献为人民。
教师育人是根本，当好表率当先行。

弱水化荷（传说）

世有逍遥术，平空可微步。
常在图片里，凌儿飞天御。

鲜花满天飞，弱水旁边推。
凌波影中见，伊人镜中回。

不是我所想，但有荷花偎。
你若要不信，但见现花蕾。
不是风和雨，那有甘露催。
我坚信事真，弱水化荷威。

若水·赞凌儿

湘楚雨水多，起名傍水窝。
不怕犯大忌，就怕龙王呵。
龙王有爱女，对水特别欢。
凌伊本属水，爱在茶中挪。

记若水茶修

好茶一泡真提神，先淡后浓绿叶青。
黄里透黑又一泡，口齿留香热气升。
再喝一杯下肚去，立感身体如汗蒸。
赶忙脱去厚铠甲，顿觉透气又轻松。

凌儿手巧把茶烹，十指尖尖好运功。

烹茶讲究好技艺，不是真人不现身。
有幸喝得若水茶，醒神提气好修身。
此茶一喝三餐醉，饭不思来酒不亲。

回阳茶

回阳茶呀回阳茶，阴邪顿挫气机扒。
脸部辣烫如火灸，湿邪排出痞气拉。
喷嚏打出似头痛，阴寒之邪过于盛。
虚阳燥扰心恍惚，顿感困倦如入伏。

几天过后精神爽，爬山行路气不喘。
健步如飞如踏轮，老汉都夸好精神。
鼻息流畅似幼婴，肥胖顿觉肉减轻。
老太常在挎篮走，双手摆动物在手。

七律·酒悟

漫不经心醉人生，体现礼貌与谦躬。
带给众人以幽默，大事皆在畅饮中。
心扉开启悟酒路，好酒还是二锅醇。
笑对生活多愉快，世间财富处处赢。

思花草

虽经入世三万天，人生劳累苦作眠。
攀岩附水始存活，待到高处才见天。
万一不长附岩下，阴寒湿冷水涟涟。
只有花开见天日，才有彩蝶舞翩跹。

石军农致山仔

土家待客十大碗，四个火锅暖心窝。
大鱼大肉加土鸡，牛腩豆腐腊猪心。
美酒佳肴桌上摆，兄弟盛情心中留。
他日长沙来相聚，把酒言欢意如何？

山仔和之：
土家炖钵举世名，土钵越多越显亲。
要说青菜他没有，讲究荤食才有情。
大口吃肉侃大山，大口喝酒才是真。
大碗白酒吞下肚，眼看对方成两人。

相隔千里一家亲

——华龙又致山仔

湘宁乃是同根生，相隔千里一家亲。
无论谁往匀如意，待人哪管薪米空。
只因吾儿事未定，宅装业考四月成。
谢君诚意来邀请，天下总是一家亲！

山仔和之：
六盘山上缚苍龙，公子与众定不同。
上山能将虎豹搏，下海可与龙君行。
愿他业考行行过，祝你宅装赛宫廷。
望他行业中魁首，希汝年老学大成。

牧一洋诗：
呼呼一夜北风高，气温立马折了腰。
速添绒衣防感冒，寒潮如锉狠如刀。

山仔和之：
刀霜北风一夜忙，好汉难度倒春寒。
昨日还是艳阳高，今日冰冻风如刀。

长沙天气

三生三世晴朗天，十里桃花在眼前。
美女都是吊丝着，男士轻衣羽扇添。
突然一阵狂风至，风儿夹杂苦沙咸。
气温直下如水落，翻箱倒柜棉袄穿。

莲　花

我见莲叶旷地中，唯思莲花扎地深。
如若花儿不入地，没有深耕那有根。
我以我念思若水，时间仓促有原因。
而今我已返长洲，没见花开不放心。

但见红花绿叶间，又有白荷始尖尖。
凌儿自小水中出，似有话语语绵绵。
我心诚待凌儿语，莲祝伊凌气运添。
不知身在荷之外，不知荷中有翩跹。

师生相见格外亲，有个美女找亲人。
外带一个小把戏，走上前来叫外公。

所坐之人皆不识，我们都觉好吃惊。
回头一想蛮不错，大家齐答有回音。

石军农和之：

来信小弟已知晓，红花坡内喜相迎。
八点上班准时到，烧好开水把茶泡。
二彭虽说公务忙，知会一下并不难。
教授采风满载归，接风洗尘叙旧情。

七律·谢发小为我点赞

天天有赞年复月，寒暑霜天又复热。
心中有念油豆腐，少儿时期把伏歇。
我以我念思儿时，蹦蹦跳跳爹娘贴。
不以汝念成大器，而今又是从头越。
诚心感谢汝点赞，让我天天心花放。

致石总

我欲红花坡内行，拜访久违石诗人。
明天上午九点半，会诗悟茶道分明。
还想拜会二彭总，烦您上班要讲清。
讨论学习很重要，学习天辰是课程。

久有心思来学习，外出未归俊脱身。
明日刚好有体会，匆匆忙忙往天辰。
拨冗一见劳烦汝，聆听教诲是吾能。
但愿明日早早到，努力学习才是真。

七律·清明林伯渠故居所见

清明之日雨刚停，少先队员早起身。
步行来到修梅镇，伯渠故居忙不赢。
献上花圈和祭品，不放鞭炮队歌吟。
努力学习心向上，做好革命接班人。

赞张尔扬，戴月梅贤伉俪

戍边卫国五十年，八六三里成果连。
锦涛主席亲接见，科研硕果史无前。
南研北守创奇迹，祖国大地锦绣添。
教书育人硕果累，尔名张扬万世传。

赴黔川

王府花园谢岳麓书社王德亚社长，省易经协会常务理事侯国均总等为山仔赴黔川创作而感：

山仔欲启黔川程，诸佛弟子来饯行。
王府山庄待贵客，乞盼龙君雨早停。
上天播报明后日，阳光灿烂耀华庭。
众人欢腾如雀跃，共祝山仔硕果丰。

落花之随想

花儿落入流水中，终生无助水波行。
落花无心随流水，身在水中无法停。
有心傍岸水流急，一个大浪水中冲。
无奈只好随流水，跌跌撞撞陡伤神。

世说落花随流水，高攀富贵逐豪门。
流水从来有大志，不入大海岂肯停。
人说豪门深似海，可怜弱花怎容身。
落花意境世人说，实出无奈逐波行。

花儿自小娘培育,稍离半步不放心。
花树根老慈心在,呵护花儿不放松。
冬去春来始开蕾,老树痛爱越加倍。
狂风暴雪自己挡,任凭刀霜身上砍。

一连几天阳光至,繁花遍山遮老树。
老树心里喜滋滋,遍体享受繁花浴。
花儿心痛老树伤,冷雨拂花泪水滂。
老树心中忧繁花,阳光过来花离它。

太阳一出照山岗,疗却老树积年伤。
繁花怒放不由己,铺天盖地在满山。
老树心里倍珍塔,叶儿茂盛心里慌。
花无百日肚内明,系花明日恐离身。

狂风起处花落坡,风撕花片到处拖。
老树心痛不由己,儿大自然脱娘窝。
漫山遍野花满地,流水捧花唱山歌,
说是送给海龙王,一年之后当富婆。

野山采笋

佛能自渡并渡人,人若渡佛是真神。
人要入佛先素食,野外采笋素食寻。
野笋拔去嫩竹节,余下部分发嫩生。

根茎则往地下走，等到来年长春根。

满山遍野拔笋声，缘何不是笋渡人。
困难时期人食筝，温饱肚子是原因。
笋若成佛节自高，渡人舍己宁断腰。
而今讲究野菜食，助人苦己诸佛挑。

乡村田园

质朴食材简单烹，实在美味原态中。
家母刻在印象里，乡村美味永记心。
出门在外日子久，朋友常聚田园村。
盼望相聚远离乡，城市之中田园亲。

十六字令·永结同心（四首）

永，相见如宾互用请，沐爱河，交杯美酒饮。

结，鸳鸯被中相互热。早生子，事业有人接。

同，革命征途同路人。相扶协，和谐家庭中。

心，美满家庭敬双亲。尽孝道，礼貌有福音。

祝婚姻美满

见侄女美满姻缘，甚为感动，作七律以贺之：
繁华世界满天星，唯见天际鸳鸯冲。
不是吾说漫宇宙，今天应是七夕晨。
吾见美女下天河，牛郎昂首盼早春。
今非昔比时境迁，两人凡尘把家添。

缘　悟

缘起尘世中，你我本陌生。
有缘你我会，感动众神灵。
有难大家帮，有苦一起同。
缘来幸福里，众生乐融融。

缘中有你我，五千年前同。
偶尔同船渡，也是前三生。
渡船实在小，仅能容几人。
想想多不易，芸芸众生中。

你我能同事，那是万年根。

凭白无故里,同室有几人。
倘若不珍惜,那还有缘存。
同道大学堂,缘分五世明。

哪怕瞟一眼,下世欲断魂。
花前柳下坐,修却千年情。
行路撞错怀,下世是知音。
缘起又缘落,芸芸众生中。

塞海湖

塞海湖呀湖塞海,人在上面脚打拐。
蓝天草地和白云,杨柳青青水中摆。
牛羊低头饮甘露,牧童放歌声音嗨。
清清溪水随歌去,留下余音遍沟撒。

正龙古村

幢幢木楼列山冲,杂杂无序各自横。
公路弯曲盘冲过,小道曲径接家中。
瑶家喜欢家自立,勉强相同似不行。
户户干净不待说,夜不闭户盗无踪。

黄昏将近炊烟起，冉冉袅袅升天空。
招来夜雾相伴随，合起一处雾升腾。
雾里散发炊烟香，吸引天空众星君。
伴随屋中油灯亮，天上地面数不清。

瑶人冲

心田相印在瑶冲，山顶函内积水深。
山高盖过平地旱，函内泉水辅稻生。
泉水环山缓注下，山顶稻苗郁葱葱。
太阳一出露珠露，傍晚将近雾气浓。

雾气凝注成水滴，落入山顶水函中。
周而复始年积月，函中常见水清清。
先秦瑶民多智慧，高山种稻有遗风。
所种稻作皆上品，颗颗粒粒贡朝庭。

洪江古商城

俨然巍峨一座城，商铺林立显雄风。
高墙深筑防飞盗，暗道山上、水下通。
南来北往风流客，窑子门口难脱身。

淘金汉子光顾此，黄金梦里睡美人。

长流不息沅江水，过往英雄难显真。
雁过拔毛厘金局，浑身解数说不清。
烟馆里面藏饿鬼，个个精瘦皮贴筋。
七十二行行行有，行行里面有知音。

节孝坊

节孝牌坊高高立，妇女守贞列第一。
封建礼教常吃人，法缚妇女条规立。
相夫教子孝公婆，家庭琐事唯她急。
在家从父乖乖女，去到夫家姑、婆逼。

嫁鸡随鸡归夫管，夫死条规儿子立。
但愿儿孙早成名，节孝祠里去面壁。
从一而终旧礼教，牌坊高矗常藏密。
飞鸟栖坊故事多，节女泪水流成河。

荆坪古村

舞水河畔荆坪村，夜夜笙歌锣鼓声。
唐宋繁荣溆州府，府衙兴建在山冲。

潘杨向来不和睦，来到此处竟结亲。
人间琐事繁且杂，世事如棋局局新。

满家祠堂犹显赫，众多牌匾道得真。
安邦定国功犹在，足智多谋救国人。
诸多历史俱忘矣，潘氏后代有精英。
关圣雄殿右边立，反倒寂寞略显清。

五通神庙祠堂左，日日夜夜传真音。
四方商旅祈平安，八面威风富回程。
专救疾苦诸百姓，五通天地水火风。
神庙设此有讲究，五通也算潘家人。

条条古巷通大道，青石路面现斑痕。
历史悠久故事长，古柏香樟道得明。
骑楼瓦舍高高立，飞禽看了心里急。
过往商旅江中走，船停江中舌尖吐。

庆生祝词

诸多祝福送上门，心里暖暖倍感亲。
祝福深表你们意，传到余处是福音。
本欲敬汝长寿酒，路途遥远话传真。
下次相聚再补办，年年岁岁美酒亲。

致友人

传闻山仔湘北行，众多校友探首中。
研讨书画很重要，如果一见倍见亲。
山仔曾经九澧学，大平原里山仔生。
今以我力环顾此，莺歌燕舞澧州丰。

想余当年来澧州，十午九旱多歉收。
乡民劳多疾苦重，劳多疾伤命堪忧。
辛得中央多政策，社会大业显春秋。
澧州广博平原大，只要你来就丰收。

青玉案·神农坛

此地鄗县三百里，高山上，神坛起。
这等风光能有几？
头顶贡香，朝前谟拜，叩头如啄米。

牌匾篆书立翁拟，各种神像有色底。
红黑分明各守己，神佑太平，相由心生，所求须得体。

紫鹊界

一山飞起落湘中，历史追溯达先秦。
雪峰山脉奉家山，先秦后代在山冲。
梯田王国他们造，水面片片无响声。
夏来可望层层绿，稻花扬处鱼现身。

秋天满山黄灿灿，百鸟过来忙捉虫。
大雁飞来现队形，梯田深入来安营。
临冬大雪白皑皑，银光耀眼爱煞人。
冰凌倒悬如竹立，银柱筷林山鼠行。

吾心热恋紫鹊界，无论春夏与秋冬。
吾心牵挂紫鹊界，闻听人民早脱贫。
我思那里风与景，风景之处有真情。
我念那里朴实妹，声声婉转呼哥亲。

唯愿此地生宝物，世世代代永脱穷。
唯念此山百宝生，滋养人民健康身。
唯盼这儿水常甜，哥哥妹妹永欢心。
唯望老者寿百多，健步如飞声音宏。

谭嗣同祠

名号“复生”不复生，唯有一死警世人。
革新必须鲜血出，若要流血是谭公。
王五狱中去救他，佩剑相赠与五翁。
嗣同师从王五叔，忘年之交显义情。

嗣同名号又“壮飞”，英雄相惜壮士威。
三十四载英雄史，唤醒世人大山推。
横刀向天高歌起，昂然就义菜市堆。
反封从此是大事，中华民族自解危。

河 边

悠悠白水向青天，惟唯念念水草边。
君不思吾天不见，牵牛花儿小草牵。
河水向北不复回，可见水中水浮莲？
浮莲随水北流去，不知吾妹在何处？

赴株洲调研

时逢中国致公党株洲市委成立三十周年之际，湖南省政协，中国致公湖南省老龄委一行赴株洲就老龄工作、民生工程等问题进行调研，受到株洲市几大家和致公市委的热情接待，各地州市老艺术家向致公株洲市委和各级部门敬献创作作品，以祝贺株洲这几十年来的蓬勃发展。

解放临近七十年，三十年前致公添。
精诚合作谋大局，致公浆手划大船。
中共领导有作为，舵手指航高潮掀。
神农羡慕新勇士，振兴国家展新篇。

沁园春·醴陵行

渌水苍苍，细雨茫茫，冷断人肠。
见罗霄上下，狂风呼啸；
湘赣两地，白棱如栏。
柳枝乱舞，田野抛荒，四处农舍如浇汤。
盼日出，看西山翠绿，一片繁忙。

渌江书院如常，忆无数英杰竞登场。
想朱熹张拭，初登西山；

陶谢左翁，彻夜长谈。
红拂侠女，助人乐己，死后西山赏风光。
时境迁，看红色英雄，新貌炎黄。

醴陵行

冷雨纷纷下，白毛随即临。
没有停趋势，立即雨中行。
城中常堵车，喇叭竞相鸣。
勉强挤车过，后车紧相跟。

谁都想先走，就看谁先行。
走离繁华地，高速开车轻。
汽车奔驰急，转眼到醴陵。
醴陵地面洁，仍是雨水清。

醴陵号瓷都，说话不算轻。
建城年久远，春秋属黔中。
黔郡辽阔远，其属东南冲。
该城有特产，瓷器手中温。

醴瓷历史久，民间藏友有。
毛瓷冠天下，强求不到手。
红瓷乃国货，赞声不绝口。
釉下五彩花，外宾争抢它。

罗霄山脉长，由北向东南。
海拔两千多，两水分流忙。
赣江向东去，洞庭湘水玩。
醴陵罗霄西，土内珍宝藏。

土能生万物，林牧人民尝。
江中鱼虾跳，捕鱼有专行。
勤劳土生金，五谷地中弹。
副业常兴旺，能工巧匠棒。

地灵人才旺，敢把皇命抗。
渌江有书院，建立西山上。
隋时红拂女，跟随李靖浪。
救民闯天涯，香殒西山畅。

李畋唐初人，原名李世宗。
避嫌太宗讳，后成花炮神。
“鞭炮祖师”职，才是太宗封。
萍、浏、醴三市，烟花是其峰。

朱熹和张拭，当然来首次。
吕祖谦赶来，论道很有序。
明阳重理学，善引湘楚术。
陶澍和左翁，长谈收不住。

书院各山长，能把才子御。
专攻有心得，果然人才聚。
韶山出红日，大伙随日去。
跟定共产党，立三人中玉。

左权乃地刹，千军万马杀。
传闻学天书，运畴帏幕辣。
“以少胜多”战，敌酋见了吓。
破袭有神功，果然天神封。

卿本黄埔生，仁明随蒋公。
南征又北战，最后两手空。
抗日战争里，缅北显神通。
和平保湘楚，归顺毛泽东。

天神音犹在，耿飙当红军。
传说曾习武，武功上上乘。
赤手空拳过，缚敌不用绳。
国防部长职，最后落其身。

程潜出官庄，清人秀才摊。
同盟会员老，敢把湘省扛。
为免乡梓祸，和平起义昌。
民革副主席，统战事务忙。

此人号“时轮”，从小当红军。
醴陵枫林出，本是宋家人。
长征路上过，抗美朗鲜行。
上将军衔授，很是懂乡音。

南阳桥上走，得志西乡人。
抗美援朝去，兵团司令称。
“十八勇士”在，铁索桥上冲。

"国旗勋章"得,"独立勋章"铭。

"公交车上书"事,传播华夏声。
反日须坚强,自有文家生。
实业救国出,俊铎康、梁亲。
瓷业学堂立,协助熊希龄。

"非凡"不简单,此人本姓汤。
神福港里显,微生学家繁。
没有青霉素,病人痛断肠。
非凡全解决,沙眼自然亡。

《孔雀东南飞》,著述起了堆。
译著多丰硕,袁昌英手威。
《法国文学史》,高中教材推。
巾帼女性在,没有让须眉。

人物层层出,不好一一吹。
若要亲体会,来看状元碑。
官庄水库大,仙岳山风吹。
醴泉井边上,夜露晨风微。

渌江书院里,当空繁星陪。
寨子岭景观,包你不想回。
宋名臣寺里,夜观月徘徊。
若想留醴陵,西山晚风随。

沁园春·涠洲岛行

楚地风凶，冷雨霏霏，日夜不停。
望三湘大地，白雾升腾；
四水流域，冻煞万民。
狂风骤起，草木凋零，雨夹雪来无人行。
君记否，忆湖湘大地，可有雨穷？

身穿厚甲南行，去涠洲岛上忙露营。
恰暖阳高照，春花盛开；
帆影点点，风鼓浪频。
美妞瘦腰，线曲衣轻，暗射秋波为何人？
忽想起，约同伴徒步，遁入岛林。

左 权

黄茅岭村一农民，黄埔一期高材生。
军事技术他突出，副参谋长八路军。
伏龙芝里奇材出，杀得日寇慌了神。
指挥艺术数第一，扎实作风沐党恩。

以少胜多“反扫荡”，朱、毛赞扬乃国风。
著书立说长持久，《战术问题》杀敌穷。
瓦解敌人本为上，消灭有生可断根。
抗日牺牲年三七，太行为之哭断魂。

陈明仁故居

里外进出共三层，地处醴陵老街中。
座北朝南砖木造，大显神通来龙门(来龙门为其住址)。
将军从小出身此，半生戎马随蒋公。
天翻地复红星出，湖南和平思泽东。

此屋别号为“良庄”，何健亲笔题牌坊。
能战之将勋章授，抗日战争创辉煌。
放弃对抗归大流，乡梓之地免死伤。
上将军衔授予他，临时省府他领衔。

青玉案·神农坛

此地酃县三百里，高山上，神坛起。
这等风光能有几？
头顶贡香，朝前谟拜，叩头如啄米。

牌匾篆书立翁拟，各种神像有色底。
红黑分明各守己，神佑太平，相由心生，所求须得体。

青玉案·野钓

暴雨滂沱一夜倾，雾突起，静无音。
钓鱼早起脚步轻，行程早定，工具随行，河堤两岸亲。

共邀河边去谈心，建宁河边才艺拼。
不计酬劳多少金，志同道合，不畏艰辛，生活自然新。

浪淘沙令·垂柳
——建宁河边见老柳垂枝有感

风吹柳枝晕，婀娜芳踪。
有心栽花花难见，唯见柳枝漫随风，尽显妖身。

去年隆冬里，叶落身轻，今年春芽又喷青。
一年更胜一年绿，布满江滨。

凤萧吟·中国南车

慢悠悠，热汗蒸腾，机车气喘上行。
车轮轰隆响，铁轨似离身，慌忙停。
下车查铁轨，心愈急，胡乱吼鸣。
已晚点，坐等指示，彻夜无眠。

而今，轻轨高山起，跨沟壑，惠及万民。
速度超历史，平稳似居家，笑看流云。
世界羡中华，全通达，南车有型。
中国造，艰苦卓绝，造福世人。

邓缵先

民族先贤邓缵先，四十七岁去戍边。
乌苏主政两年整，开渠筑路把桥添。
教民造车灌农田，一心造福解民冤。
国家领土寸不让，宁可玉碎灭硝烟。

一死从容冲宵鹤，万人叩拜敬邓仙。
先生本身为孝子，抛妻弃子把命煎。

南粤重山千万道，自古往老不过川。
此等都是小问题，国家职责在心间。

洪仁发

地地道道一农民，种瓜种菜很在行。
从小在家苦命干，熬到年尾无分文。
那时兄弟没分家，祈盼仁坤（即洪秀全）树家声。
哪知仁坤入魔障，只得任他发神经。

一声炸雷惊天响，仁坤突现天子身。
此兄赶忙来协助，天国称其为“国宗”。
漫无纪律遭杖责，司法刑官杨秀清。
继续来把民搜刮，天京破后遭凌刑。

一想似乎没落好，何必市侩图虚名。
没念隐身它山去？不图凡念臭名行。
世人都有趋炎梦，何况兄弟骨肉亲。
仁坤当年幻觉时，幸得汝来把家撑。

茅屋久住屈大志，混混沌沌过人生。
我看汝有上天梦，事成之后当国公。
即有封赠不由己，清廷榜上有黑名。
何不学习汝弟妹，城破之后影无踪。

河源恐龙博物馆

龟峰塔侧有神灵，一座建筑似种形。
两片绿叶分开放，一粒种子向上擎。
博物馆为国家级，内有恐龙遗骨存。
图文并茂声，光，电，油画，雕塑恐龙灵。

亿万年前侏罗纪，此地惊现霸王龙。
恐龙故乡吉尼斯，窃蛋龙正偷蛋行。
蜥脚恐龙骨骼长，昂首抬头望流云。
恐龙产房正忙乱，腾来挪去数不清。

客家民居

四方、圆弧客家屋，走在里面人难出。
门当高大显雄威，户对高悬砖木突。
门钉厚铁防盗贼，骑楼可防枪弹入。
最高顶层瞭望台，观敌是否有反扑。

窗户窄小可通风，窗大易受台风冲。
窗户内侧木栏横，风大则把木栏封。

屋外飓风呼呼响，室内唯听台风声。
粤东常遭台风袭，人畜大多平安身。

大门之上贴门神，秦琼旁边尉迟恭。
哼哈二将也在此，白虎也常伴青龙。
客家擅长易经道，房屋里面棋盘形。
不要擅入他人屋，天罗地煞把神冲。

大厅正前没牌位，上面个个大神通。
列祖列宗皆在此，儿孙理应看得清。
天神、庙主、海龙王，每户客家有不同。
本身出自何方客，字行里面见祖宗。

采莲令·端阳

吼声起，龙舟奋力冲。
众桨手，合力同声。
一年一度龙舟会，就在五月中。
端午节，艾草香熏，祛病防疫，避邪消灾康宁。
祭奠屈原，糯米抛江超生。

五日午时，摘来草药治病灵。
气候燥，蛇虫横行，毒日伤身，涂雄黄，百毒不敢侵。
门悬艾，符挂门帘，五彩系臂，长命缕丝佑童。

浪淘沙慢·槎城疍民

风急。
小船颠簸疾,浪如峰立。
船身晃荡,暴雨倾盆,徒劳无益。
赶归程,怎知风浪逼?
悔不该,冒雨行舟;
更思念,父思娘啼,心中徒觉悲戚。

悲极。
旧时苛捐,名目繁多,疍民家破行乞。
为谋家计事,藤县举家迁,劳心费力。
阳光乍现,风雨匆忙过,彼岸在即。

现今槎城,气象万新,邻里关系亲密。
观两岸,疍民陆地住,小船伫江中,艰辛岁月迁,
船上生活,疍民全丢弃。

深圳湾

天空湛蓝兮飞机从头越过。
小鸟啾鸣兮柳枝随风飘扬。

海水清澈兮鱼虾清晰可见。
货轮载物兮缓缓游弋海上。
路人散步兮互相成对依挽。
难见耄耋兮漫步沙丘海滩。
汽车禁鸣兮井然有序轻驶。
巍然高塔兮海边矗立耀眼。
吾望大海兮海阔水远天长。

少年游·墩头男

记广东河源和平县非物质文化遗产项目——墩头男识布

男耕女织岁月长,今有墩头男。
织布技巧,男人当纲,此事不平凡。

耕地稀少人不忙,常把织机玩。
换粮糊口,苦渡饥荒,旧时岁月难。

定风波慢·打马灯

观河源龙川县非物质文化遗产项目打马灯抒之:

入冬来,乐器叮咚,家家户户迎春。

打马灯会，穿红着绿，个个欢笑中。
民乐响，锣鼓鸣，客家山歌最是行。
狂欢。
但恨天明早，就要回程。

非物遗产。
打纸马，流传在粤东。
迎亲家，客家服饰簇新，灯谜乐主宾。
歌舞起，莫认生。
打马灯会叙情真。
走起。
江边漫步，共叙衷情。

戚氏·新安县衙

初夏边，阳光初射树顶尖。
翠鸟啾啾，蛙鸣池塘，闹喧喧。
远处，人影动，晨练人群肩擦肩。
而今新安县衙，巍然矗立闹市间。
门楣高大，禁令常悬，青墙绿瓦威严。
振王者雄风，南粤重镇，历史渊源。

往昔，战火连天。
烧却鸦片，四处冒烽烟。
清政府，软弱无能，港、澳难圆。
岁月延。

中华雄起，中国人民再舞翩跹。
敌堡依旧，见证历史，和平不忘前沿。

漫长历史里，南粤儿女，永记前贤。
《正气歌》里思贤，天祥浩气永留世间。
守御千户所城，开邑良令，吴大训修编。
斗豪强，陈谷不避嫌，勤修身，人以为颠。
吴国光，首位解元。

拓南疆，力量史无前。
革故鼎新，去危为安，笑看新颜。

西　行

为弘扬中国传统文化和艺术，抢救、鉴定、整理和发掘湖湘文化艺术精髓，受湘鄂西各地、州、市、县文化艺术团体、博物馆、收藏委员会邀请，以中华人民共和国文化艺术学部委员会文化艺术学部委员王建新教授为领队，原长沙火车站站长王开忠大师，省收藏协会常务副会长、湖南省人民政府非物质遗产专家评审委员会专家、国家鉴宝大师曹志德大师，中国致公老艺术家书画院副院长、篆刻大师周国健大师为正副团长的省收藏协会采风团一行于即日到湘鄂西采风并进行创作。届时，将受到当地政府和各族人民的热烈欢迎，有感而抒：

斗志昂扬向西行，神灵护佑旺众生。
抢救发掘很重要，提出建议话语真。

遇事须把真神请，样样过目需看清。
实物年份是关键，火眼金睛定乾坤。

八十垱考古遗址

澧县北行三十里，树林茂密农庄挤。
车行大路拐右边，遗址高出河床底。
蓬草之中小坡见，坡高水面约二米。
原始稻田依稀在，土质坚硬不好启。

河水挡外称为“垸”，堵住流水才叫“堰”。
垸内可住许多人，大雨来时洪峰现。
立马上堤堵洪水，垸内一切不方便。
唯愿洪峰速通过，阳光照耀雨不见。

若是洪峰来得凶，冲出巨石落江中。
其他沙石顺流下，堵住洪水向下冲。
江中立现大湖面，堰塞湖面水很清。
此时下游最危险，犹如鼎锅在脑门。

遗址号称八十垱，八十之名自古喊。
“垱”之原意“小土丘”，便于灌溉溪流傍。
此地出土古稻种，世界各地比它晚。
人类活动近万年，野稻跟随人类长。

出土还有葡萄核，紫苏叶片碳化色。

猕猴桃种坑内见，菱、芡等物不见白。
坑内还有山毛桃，野生大豆爆出肋。
薄荷碳化成叶片，梅、李出土已变黑。

溪水流入涔水河，洞庭盆地澧阳坡。
盆地积水不碍事，垱内稻谷自然多。
不用水时排出去，需用水时溪内拖。
自然法则古人用，仍是现代老楷模。

玉蝴蝶·城头山

远处霞光茫茫，城头山外，极目夏繁。
蝉声唧唧，噪动池圹蛙慌。
月斜挂、风送稻香，俏装扮、幽会情郎。
天启白，微露晨光，赶紧回还。

记否：
城头山址，七千年史，人类繁忙。
古城遗址，最早建筑在澧乡。
观宗庙、建设堂皇，看墓葬、很有排场。
城高筑，大溪文化，璀璨光芒。

解放内伶仃洋岛死难烈士祭

维公元二〇一九年五月吉日，中国致公（湖南）老龄书画院荣誉院长王建新偕业内同仁，敬奉鲜花之仪，致祭于深圳市中山公园解放内伶仃洋岛死难烈士之纪念碑前曰：

南下将士，功业辉煌。
捣敌军之巢穴，启中华之曙光。
抛妻别子，告别爹娘。
南下作战，救死扶伤。
天道不公，战死海疆。
救民于水火而奋勇，尽忠于孤岛而名扬。
行正义谋求和平，动干戈必有死亡。
天下难屈人之兵，大敌当前无和商。
登孤岛以求速战，敌望风溃逃落荒。
孤岛解放春风在，不见勇士复回还。
英雄陨落，万古流芳。

今逢盛世，国运宏昌。
牢记使命，红旗永扬。
筑中国之梦，歌盛世之安。
南粤宏图，计划远长。
树珠三角理念，促港澳经商。
展南粤之愿景，做世界百强。

山仔幸之，致力粤疆。
自当潜心创作，服务粤乡。
扶贫助弱，惠民经商。
科技战略，为国强邦。
绿色农业，安全为纲。
求真务实，不把民伤。
清廉是本，无尚荣光。
祈鉴吾诚，长发其祥。
以享以祀，伏惟尚飨！

牧一洋诗曰：
端午时节倍思贤，一早拜读新安篇。
教授南粤池塘边，又留巨制成史源。

山仔和之：
端午时节南粤行，风风雨雨未歇停。
东江水远湍流急，一路观天察流云。

祝一对新人早生贵子

骑马观云好心情，可敬天下父母心。
望子成龙众皆是，传伟夫妇特不同。
精心辅佐有良方，放之四海皆可能。
愿君来日早升级，带着儿孙世界行。

夜半乐·周国健篆刻

刻力咯咯有声,轻修边角,运力如行云。
使用技功巧,繁杂艰行。
紧闭呼吸,鼻喷微风,雾中初露水萍。
稍息片刻,微调整,边款方告成。

忆少年习写生,一笔一画,很是认真。
烈日里,潜思苦学农村。
无钱购笔,捡拾树根,塘边临摹彩虹,美貌村姑,莞尔笑,世间有怪童。

光阴似箭,岁月留痕,作品丰盈。
思未来,蓝图正展新。
扎根深,少年壮志已登程。
修为大,处处是真神,创新路上永不停。

铭华世家酒庄

火炬中路拐右边,遥看浏河在眼前。
威尼斯里乘梯上,铭华世家牌匾鲜。
满屋皆是高档酒,灯光照耀如过年。

宾客盈门蜂拥至，老板笑得喜颠颠。

合作经营力量大，不分黑夜与白天。
订单大可手机发，夕订朝至喜事牵。
不像以前早准备，稍有差迟叫连连。
那怕只差一瓶酒，一条微信不觉冤。

酒庄设有茅台柜，整箱整柜耀眼帘。
茅台又分年份酒，越存越久味越绵。
不像新酒稍口涩，入口不香又不甜。
老酒自古力量大，多喝枕头不会掀。

各种红酒列酒庄，队成队来行成行。
红酒还有白兰地，大桶费力往上扛。
边有青花大瓷瓶，很像昔时大酒缸。
估计皆为大手笔，促成酒庄往上扬。

吾思酒庄发展好，门庭耀眼很风光。
吾念酒业蓬勃上，众生饮酒肝不伤。
我祝酒庄生意好，顾客天天下订单。
我愿铭华多发展，各类品牌相互攀。

浔龙河

汽车斜插上小坡，满目繁花现山窝。
顶头艳阳高高照，山上小溪汇入河。

河水潺潺田野过，小桥上面人影挪。
绿色田园好风光，乡村旅游村姑拖。

浔龙河畔不寻常，常有游客来观光。
樱花谷里宾客聚，金丰茶园茶飘香。
华南虎蓄小山里，虎视眈眈心里慌。
不过都有铁网隔，人畜不是很好翻。

田汉故居新犹在，不可匹敌农庄外。
而今邻居大高宅，赛过田家土坯坏。
音乐广场乐声奏，众皆寻声走得快。
高大建筑赛邻家，田汉戏台真不赖。

田汉剧院人皆晓，吹拉弹唱样样搞。
湖南人杰出怪才，宇宙之内到处跑。
据说纽约隧道里，口哨吹得火车跑。
混口饭吃不容易，旧时社会不觉好。

田汉初出小乡村，跃过浔河出海滨。
他乡寻找同乡客，首选老乡是黄兴。
同盟会里互叙旧，回国之后南社兴。
一心救国跟党走，共产主义献终身。

曲玉管·和平泥鸡

——观河源和平县非物质文化遗产和平泥鸡感之

客家遗风，现今犹存，非物遗产客家埙。
六、四、两孔分明，气吹乐器，椭圆形。
形状似鸡，陶土捏成，吹乐山川客家人。
陶矿丰富，音色造型不同，余韵鸣。

和平乡野，创陶土，敬拜陶公。
尧、舜开创陶业，昆吾开山祖宗。
皆陶神。
每当埙声起，激情喜迎客临。
一场乐事，埙声悠扬，贵客盈门。

曲玉管·新丰江

水质清凌，鱼儿悠行，新丰江上舟辑停。
斗笠、蓑衣、鱼盆，杨柳轻拂，垂钓人。
水库高矗，半满库容，雾气蒸腾疑入云。
晨鸟惊飞，瞬间隐去无痕，影难寻。

遥忆当年，江水泛，宛若黄龙。
洪流滚滚而去，直下东江合洪，会龙神。
闪电惊魂里，暴雨伴随雷鸣。
洪流滚滚，无畏西东，四处乱冲。

忠信花灯
——观河源市非物质文化遗产感之

红色长裙穿在身，飘飘洒洒舞空中。
忠信花灯不一般，仅在忠信周边村。
正月十五元宵节，花灯挂满小山冲。
星星点点红一片，辉相交映满天空。

人在星中观日月，月在天上看花灯。
嫦娥灯下寻后羿，后羿射日没出声。
红丝正打连理结，月下老人把香熏。
观音送子裱灯上，明年要生状元公。

正月十三祖庙里，“十三”音谐是“十生”。
多生孩子多得福，家业兴旺靠人丁。
新生婴儿上族谱，点亮花灯慰祖宗。
客家锣鼓嘭嘭响，饮灯酒里显神通。

客家花灯源流久，雍正八年花灯兴。
吊灯习俗滨变来，年年岁岁大比拼。

花样百出奇葩出，争奇斗艳看客晕。
盛宴浩大人难见，海外纷纷来认亲。

雨霖铃·东源湿地

——观广东河源东江有感

东源湿地。
竹影摇曳，花木奇异。
沙洲、岛屿、湖湾，远处山岗，绿色风光。
江水漫透草地，风光更秀丽。
长脚鹭，相互追逐，时而高飞向天去。

珍稀动物岛林闭。
碧波漾，老鼋偶窥。
东江逶迤南流，东源出，众水汇聚。
青山高垒，江水奔流，田园写意。
而今我谓东源，产值多过亿。

蝶恋花·六一儿童节

灯笼高挂校两旁，少儿齐聚，操坪歌声扬。
祖国花朵众护卫，少儿就溪新楼房。

遥想当年少儿弃，炮火声中，难童遭饿毙。
受尽折磨无着落，苦难儿童无权益。

贺李学达吴艳兰新婚

今朝喜迎嘉宾，荷花吐艳芳芬。
全家老少上阵，迎客接送不停。
贺客东南西北，亲家上下来人。
果品盆堆钵挤，酒满茶甜菜丰。

新郎伟岸挺拔，新娘委婉娇声。
天生金童一个，又逢玉女凡尘。
宾客非官即贵，满座皆无白丁。
当今尘世创业，中华大地打拼。

津市刘聋子牛肉粉

初到津市提个醒，问你吃粉不吃粉。
无论早晚反复问，你说他们蠢不蠢。
一涉话题很奇怪，难道手头银钱紧？
也或津市菜蔬缺，饭店里面不好请？

又是将近晚餐时，主题直奔吃米粉。
主人一听笑开怀，刘聋子店里面请。
此店是其老门面，柱斜墙旧灯光醒。
微弱灯光照外面，车龙马水往这涌。

店铺座落在湖边，波光粼粼映街前。
人流继续涌进来，没有座位等翻台。
幸亏我们来得早，不然那真是白跑。
炖粉鼎锅端上桌，恰与炭盆配套好。

火旺鼎热水沸腾，赶紧下筷捞得真。
大半锅底纯牛杂，只下米粉一小盆。
两口小酒饮下去，牛杂入口酥软松。
店家端上牛肉饼，饼还未到香气醺。

又上一盆牛龙骨，刀刀下去线很平。
那有啥刀这厉害，看似刀口比锯行。
龙骨形似手抓肉，撕咬之下骨肉分。
如有咬不下来肉，借助小刀分离清。

上来小碟七八盘，口说免费送乡亲。
主人附耳对我说，一味乱讲促行情。
免费午餐天下无，哪有免费请真君。
天下真情须有钱，钱货交易很是真。

话说津市刘聋子，风靡百年省内行。
虽为汉族与回蜜，回、汉交融粉见真。
回民大都食牛肉，设有面条米粉充。
苦心经营刘聋子，辣、滚、香、鲜超清真。

回、汉两味米粉分，汤汁严格要求清。
红油、炸酱、菌油里，汉族顾客喊得凶；
羊肚、牛杂、鸡、鸭柳，加码上去价浮摇。
烫好盛盒配佐料，味美可口悦来宾。

一餐米粉吃下去，买起单来真吓人。
丝毫没有折扣处，紧俏物品按行情。
米粉只尝一小碗，肚内都是牛杂充。
难怪津市说吃粉，货真价实理是真。

孟姜女哭长城

千古一帝秦始皇，拆散一对好鸳鸯。
范郎修筑长城死，孟姜哭倒长城墙。

迷神引·孟姜女望夫台

葱翠嘉山夕阳斜，广袤九澧稻原。
欣烟袅袅，安乐田园。
嘉山上，望夫台，惹人怜。
空旷夜幕下，香客眠。
孟姜女犹在，哭声延。

修筑长城,范郎赴秦川。
山路重重,爱心牵。
望断河山,数千里,梦难圆。
范孟缘,秦晋好,子孙绵。
范君徭役远,烦事连。
深夜闺房里,思连篇。

甲鱼炖钵

长沙西去洞庭边,湖光一片九澧间。
自古先民多围垸,休养生息牛犁田。
捕捞鱼虾湖沟里,柳叶湖青映蓝天。
常德德山山有德,善卷贤名天下传。

初到德山很认真,久闻甲鱼有大名。
野生甲鱼塘内蓄,育出甲鱼也野生。
水泥筑固底和边,塘泥复土埋草根。
野草随着塘泥长,塘内甲鱼难脱身。

水草茂密大平原,野生甲鱼到处颠。
池塘、河畔、水沟里,爬上爬下很悠闲。
有时爬到家门口,捡起丢去大路边。
以前甲鱼都不食,骨多肉少又不鲜。

现今讲究养生学,据传甲鱼把寿添。

于是精研食甲鱼，甲鱼销踪住深涧。
被人捉来勤饲养，只求图个好价钱。
甲鱼愈老愈贵重，百年王八价上天。

吾等食之皆饲养，形形色色烹、炸、煎。
甲鱼炖钵有讲究，开水一烫毛皮掀。
一刀下去分两半，板、壳分离肠肚连。
烹、煮、煎、炸油锅过，花椒、香料放钵边。

钵底垫上姜、蒜、葱，再把鳖肉放钵间。
甲鱼肉上置鳖壳，头、足就位在壳边。
看似一只活王八，云遮雾绕在山巅。
钵下炭火升温起，钵中沸腾鳖休闲。

香汽冉冉钵中出，伴随酒香冲鼻尖。
鳖甲理应敬长者，福寿延绵把寿添。
四足夹给小年青，生龙活虎快抓钱。
龟头盛给大老板，眼观四路有商缘。

钵底炭火慢慢炆，一切尽在品鳖中。
人说食鳖可长寿，长寿何必伤鳖身。
鳖本龙族来尘世，一味虔诚听佛音。
我劝世人皆从善，长寿可学龟息功。

彭头山考古遗址

澧县往西彭头山，澧阳平原好风光。
土地肥沃宜耕作，阳光充沛日照强。
牛羊肥壮落满坡，鸡鸭鹅飞小池塘。
塘内鱼虾随意游，渔翁随意垂钓欢。

此地住户都姓彭，自古号称彭头山。
海拔大约五十米，感觉叫“山”有点难。
无奈澧阳都平地，稍微高处是风光。
土堆自是人堆出，为了生存费力扛。

这样没有水浸害，高出湿地人畜安。
此事追溯万年前，当地先民累得慌。
而今出土野稻种，九千年前已食粮。
发掘结构很明显，那时先民高智商。

代表作是新石器，附近还有打磨场。
不经打磨旧石器，时间隔断很是强。
所出石锥皆打磨，棱角分明有痕伤。
所出陶罐造型粗，稍有纹饰点罐旁。

陶器都是粗纹路，高低凸凹罐中间。
一经煮物痕迹深，有罐炸裂篝火旁。

黑咕隆咚木炭屑,游客不知啥名堂。
出土稻谷是碳化,九千年前有谷尝。

人类居住分两种,地表居住蚊虫伤。
夏天有蟒来躲阴,人蛇共处不好玩。
春来暴雨随时至,滴滴答答人发狂。
冰雹大雪冬天里,只见白雪不见房。

先民思考地穴作,掘地挖坑一顿忙。
冬天地坑暖洋洋,一经入夏坑内凉。
春天暴雨蒿草挡,秋天观星在祭坛。
简易祭坛木柱撑,出土发现柱木坑。

小坑墓葬分二次,说明当时等级分。
贫富贵贱不合葬,单葬一处家庭望。
尊老爱幼那时起,族群护卫彭家旺。
世代传袭乃至今,九澧平原新风焕。

八声甘州·余家牌坊

望余家牌坊夕阳下,农夫忙夏收。
炊烟慢慢起,澧阳平原,车龙如流。
而今繁华盛世,妇女得自由。
余家牌坊在,寂寞悠悠。

夫君英年逝去,育襁褓婴儿,挣扎弥留。

幸儿成孙长，事迹耀千秋。
观牌坊造型精美，祁阳石运来顺水流。
旷野里，牌坊屹立，细说不休。

趣哉，星沙虎园

逛星沙虎园，见众虎嘻戏打闹，思有关与虎之成语，逐作此诗，以博众笑：

暑气蒸腾虎园行，虎园里面人挤人。
坐山观虎不容易，捉虎擒蛟事难成。
众虎同心齐努力，照猫画虎有趣闻。
云龙风虎随天起，与虎谋皮算何能？

鹰扬虎视不得力，引虎自卫特异功。
养虎自啮不可取，养虎遗患敌不分。
羊落虎口岂存活，羊质虎皮见草亲。
燕颔虎颈威风起，羊入虎群才叫惊。

绣虎雕龙有画意，为虎傅翼邪气增。
投畀豺虎人皆恨，如狼如虎大家憎。
谈虎色变人失色，上山捉虎太出格。
生龙活虎大家去，下海擒龙无出处。

三人成虎力量大，如虎添翼是好话。
如狼似虎形容坏，骑虎难下常遭骂。

潜龙伏虎隐藏好，猛虎出山不得了。
前怕狼又后怕虎，龙争虎斗劲狮舞。

龙战虎争力相当，龙吟虎啸斗志昂。
龙行虎步真威武，龙骧虎步气势繁。
龙骧虎视眼力聚，龙腾虎跃活力强。
龙潭虎窟任尔闯，笑面虎在里面藏。

降龙伏虎须胆大，畏敌如虎胆细哒。
为虎作伥人皆恨，龙盘虎踞众人颂。
两虎相斗必有伤，狼吞虎咽吃大餐。
扯大旗作虎皮者，画虎类狗不好玩。

九牛二虎之力用，鲸吞虎噬没吃尽。
刻鹄类鹜人觉笑，苛政猛于虎口跳。
虎穴狼巢不敢去，虎头虎脑真有趣。
虎尾春冰非常险，虎头蛇尾笑破脸。

虎兕出神责谁负？虎视眈眈无人怵。
虎落平川被犬欺，羊入虎群自找的。
虎略龙韬大格局，虎口余生不敢哭。
虎口拔牙真胆大，虎踞龙盘气势画。

虎背熊腰是大个，狐假虎威充好货。
官虎吏狼不要脸，割肉饲虎不好过。
甘冒虎口作何求？伏虎降龙众生留。
放虎归山非良策，饿虎擒羊是本色。

饿虎饥鹰一路货，调虎离山不是错。

从来爱打马虎眼，鸱目虎吻真阴险。
初生牛犊不怕虎，藏龙卧虎真鼓舞。
豺狼肆虐人尽役，暴虎冯河不可取。

不入虎穴人皆语，焉得虎子为何许？
人若胆大得虎子，鼓励世人要争取。
万事开头必有难，有难之时大家帮。
只要同心又谐力，辉煌自然在前方。

少年努力才是春

暑期将近热气升，座落校园热浪腾。
莘莘学子多辛苦，大个书包背上身。
不管寒冬和酷暑，只愿早起好学生。
家有学童父母累，一榜敲定才放心。

育人须从根本起，从小教导不放松。
中华崛起少年强，努力学习美青春。
一朝放弃根和业，炎黄大地养懒虫。
故尔先贤多警示，少年强是中国根。

自古中华多人杰，细心教导辅导真。
孟母三迁求环境，车胤囊萤学境清。
奉劝各类宵夜客，一到夜晚勿高声。
家庭和睦是大事，共同教育商量清。

课外阅读很重要，国家指导很分明。
哪年该读何种书，何书可适何种人。
学习广泛要发扬，切不可伤小儿心。
亲自带他去挑选，快快乐乐暑假亲。

也可适当小旅游，祖国大地一片青。
适当互动小区里，叔叔、阿姨教亲身。
爷爷奶奶年纪老，也可小区小义工。
什么都要从小学，长大社会有用人。

覃记黄焖土鸡

黄焖土鸡现场宰，吃后心里还觉嗨。
土制茶油来翻炒，炒后姜、蒜上面撒。
鸡血蒸到五成熟，先把鸡血锅中摆。
大锅端上香喷喷，菜未端上酒已解。

覃记例汤

每天吃饭必点汤，今日覃记送桌旁。
大家让位端上桌，排骨玉米汤内藏。
肉嫩骨酥甜玉米，为防中暑配老姜。
此乃防暑去湿剂，覃记独家有单方。

覃记腊猪脚

湘西本地产土猪，一点不把洋猪输。
野菜土产潲水喂，满山蹦达脚力殊。
全身活力尽在腿，长大之后土法诛。
谷壳果皮吊梁熏，腊香齐聚无水潴。

沁园春·金井茶园

浏水西去，长沙东乡，秀美茶山。
见长沙城外，独特山庄；
傍山而立，靠近水湾。
高楼林立，商铺人稠，要与长沙比风光。
夏日里，见满山翠绿，一片青香。

金井茶香海外，祝《为人民服务》芬芳。
思过去茶园，一片荒凉；
茶场破碎，生产渐荒。
英雄辈出，承包茶厂，改变思路富茶乡。
观今日，望金井发展，永放光芒。

刁子鱼

桃花江畔仙竹山，美女如玉闲得慌。
今后不去桃花江，常去覃记看风光。
刁鱼出自桃江县，水质清凌无药伤。
随时运来覃记馆，要想美食大家帮。

覃记腊味

抢来红包很认真，尾号带八只一人。
看来合影不好办，覃记留影有名声。
最好多多去关注，见到美女自然亲。
菜味香辣又可口，自费商品随时新。

南竹山村

浏阳南乡南竹山，大瑶南去很风光。
山间田舍伴径立，屋后有道可登攀。
屋前稻浪随风卷，田野池塘鸡鸭忙。

小亭建在小溪上，鱼虾游戏在亭旁。

村部设在大路边，背靠青山有人缘。
老少妇孺皆往此，没事也能话半天。
村部领导很热情，高兴之余党章宣。
新的指示常学习，俚语经常话语连。

娱乐场地谷场左，旁边还有治安所。
网格优化榜上显，大事小事村里管。
扑克、字牌和麻将，小小意思要许可。
一经发现黄、赌、毒，公安联防将人锁。

操场上面有戏台，你有本领上台来。
所有技能均可出，掌声云下月徘徊。
欢歌可到上半夜，十点之后不安排。
到点之后路灯熄，黑咕隆咚路径歪。

操场还有篮球场，开水凉茶放在旁。
大的活动矿泉水，搬上搬下员工难。
又来许多志愿者，大家齐心一起忙。
这些活动经常有，一搞活动累得慌。

只要大家都高兴，人人都觉心里欢。
我愿南竹多发展，浏阳市里显风光。
浏阳自古多人杰，中华大地露光芒。
南山以此为荣耀，努力赶超显堂皇。

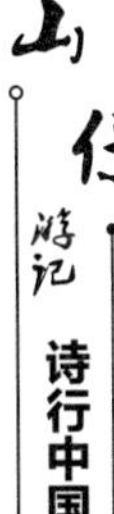

临澧兵工厂

临澧往北二十里，一座小山右边起。
开车可以绕进去，山峰独特屋互挤。
小桥流水山涧下，阳光明媚鱼沉底。
山路斜插上山坡，再往里面有惊喜。

此地原为兵工厂，抗日战争名上榜。
此地生产枪炮弹，运到前线把敌挡。
规模浩大人不见，戒备森严不是喊。
人未进门先搜身，汉奸、敌、伪吓破胆。

也曾敌特搞破坏，军民警惕挡在外。
铜墙铁壁军民防，不怕敌特手脚快。
方圆十里人皆兵，什么东西都没买。
一听口音异乡客，细心盘问是小菜。

当时最大兵工厂，常德会战正好赶。
子弹源源送前线，充足弹药敌焰散。
可打会战十二场，没有子弹再刀砍。
敌酋晕头又转向，湘西人民把敌网。

硝烟过去天太平，农家乐里歌声淌。
相如集团来打造，主席正像立牌坊。

一应俱全大会堂，接待来宾坊地广。
墙上也有红语录，主席手迹是模仿。

再往里走是客房，墙体隔断旧车间。
外墙仍用土黄色，回想过去苦时光。
今日住房来体验，看见旧墙泪花忙。
艰苦奋斗几十年，触景生情把心伤。

稍往上走游泳池，按时开放不会迟。
大人、小孩分池练，男、女有别不同时。
一家几口同时游，也可观望做午休。
躺椅坐凳在池边，小孩下池大人牵。

滑雪场里空调冷，人一进去皮打紧。
鸡皮疙瘩随即冒，看来真是很可笑。
上面斜坡就山体，少用冷气节约启。
非到人多不启动，空调启动雪花起。

山上小路可徒步，路径弯弯头稍俯。
登山必须弯腰爬，扎好腰带搂紧裤。
夏天须防蚊虫咬，拐拄随身两不误。
拄棍山地最重要，不怕蛇虫身上跳。

回转路上慢慢行，相如山庄悦来宾。
说是招待天见晚，坚持下次再光临。
客源不断人流广，临行签名留回声。
相如山庄来记忆，纪念抗日才是真。

浪淘沙·悼念张老仙逝

六月噩耗临，寒冷如冰，今后再难见音容。
梦里亲人犹在堂，笑貌温馨。

悲痛如宛心！
号啕众亲，挥洒热泪似雨倾。
张老驾鹤仙游去，直上天庭。

竹马子·车胤

观九澧嘉山，庙宇高筑，富丽堂皇。
看月上梢头，晚风习习，人觉微凉。
但见月往西斜，东方泛白，渐露曙光。
匆忙下山去，车武子，夜读常就月芒。

白天勤劳作，耕读田间，苦度饥荒。
家贫读书艰难。
无月萤囊书旁。
摸索辅国良策，聪明博学，屡将自己忘。
勤奋典范，载史在炎黄。

中国初级卫生保健基金会

阿拉木图有宣言，初级卫生话语绵。
人类保健很重要，世卫组织最有权。
卫生保健最基本，人人工作有休闲。
社会平等保健好，卫生服务小区连。

上个世纪八六年，我国承诺世卫前。
二千年有好保健，卫生目标在前沿。
实现最高健康日，中国人民幸福甜。
九十年代十二月，初保基金中国圆。

主管部委民政部，公募基金计卫署。
首任主席卢嘉锡，基本人权人人许。
蒋正华和汪纪戎，逐步完善民生住。
龚建明和曹锡荣，患者援助顶梁柱。

因病致贫多大众，基金来把药物送。
因病返贫不得了，“大病救助”现金赠。
“疾病防治”很重要，“卫生培训”有人问。
医疗机构定点帮，公益项目有人聘。

三十多省自治区，惠泽人口近亿殊。
五十多亿公益款，八百余县项目输。

二〇一六前三名，募入、捐出中国居。
基金还有多项目，落实到位大众舒。

基金主攻医疗界，扶助医院有器械。
药品、耗材皆援手，破旧物品要拆卸。
病床破损易伤人，新床安全无开裂。
贫困山区缺医难，扶助建立新医院。

众多殊荣基金得，“微笑母亲”耀全国。
“十大女性公益项”，慈善典范来表白。
“最具爱心慈善奖”，农村疾苦去攻克。
“中国环境贡献奖”，外籍人士在泊客。

“善行天下”公益行，政协委员首当冲。
中国慈善信用榜，《TOP30》榜有名。
此为清华大学网，国际国内都认同。
基金还须花大力，努力奉献争双赢。

司母辛方鼎

此鼎大号司母辛，司母戊后第二名。
造型精致胜戊鼎，且能联系甲骨文。
断定年代商王室，妇好生前配武丁。
女性将军第一位，生前还把祭司充。

死后谥号称为“辛”，其子铸鼎司母亲。

出土方鼎共两个，两个都比戊鼎轻。
坑内甲骨成堆放，说明妇好权位倾。
保存完好无法比，商代“辛鼎”放光明。

四十三年逨鼎

三百一十八字铭，记载宣王四三春。
单逨治理有功绩，周王封其为历人。
阐述单逨施政绩，西周礼制实物清。
年、月、干支、月相全，铭刻长篇记事文。

周朝礼数繁、复、杂，等级用鼎规格真。
一鼎一簋低士用，只有干肉用烟熏。
三鼎两簋高士族，乳猪、鲜鱼、干肉烹。
五鼎四簋卿大夫，猪、羊、鱼、肚分开焖。

七鼎六簋配诸侯，牛、羊、猪、鱼、肚杂分。
最高等级周天子，九鼎八簋是至尊。
一应俱全鲜牲席，干货陈杂席面中。
一言九鼎由此来，龙颜大悦可分羹。

神人兽面纹玉琮
——观《中华文明物语展》有感

良渚玉器材质精，透闪石里放光明。
玉器还有阳起石，雕琢成器玉璞根。
开玉解料须内行，不然挑断玉神经。
古代解料凭手艺，一切活计全手工。

磋切成坯要仔细，设计打样定算清。
钻孔、琢纹依势走，研磨、抛光用手轻。
线锯、片锯全是梦，切割用水靠勒痕。
上下左右慢慢勒，勒沟出现用水冲。

阴刻、浮雕用兽骨，也可石器刻灵魂。
柱状成坯加管钻，细磨慢工始得平。
大量工艺来适用，一件玉器费神功。
手工作坊琢玉器，良渚石器很较真。

鲵鱼纹彩陶瓶

——观中华文明物语感之

公元往前三千年，仰韶文化现眼帘。
用作水器鲵纹瓶，简单明了花纹联。
线条奔放真潇洒，变体花纹几何连。
晚期彩陶新石器，甘肃地区列前沿。

此次全国精品展，鲵鱼纹现不等闲。
人首蛇身以前有，单表伏羲神话言。
也有龙纹纹饰在，拟人处理反映甜。
鲵鱼纹现不简单，独一无二世界前。

早期人类认知里，可有鲵鱼小溪边？
氏族部落符号里，鲵鱼笔划不算廉。
图腾崇拜尊神鲵？叩头当然无睡眠。
百思不解图腾画，货真价实不去研。

观清水塘毛泽东诗词对联书法艺术碑廊有感

横平竖直书法廊，名家墨宝都上墙。

诗词都是主席作，承前启后行对行。
也有主席原作在，龙飞凤舞临摹难。
工整对仗主席联，见解独到字体繁。

心平气和字工整，心随气走渐草狂。
一气呵成狂草体，气势磅礴墨迹滂。
有时也有圈绕处，整体布局没有忘。
主席成就怀素体，怀素书法耀光芒。

桃花山庄

长沙西去桃花山，岳麓山后名校傍。
再往西走桃花里，一片青山有农庄。
农庄原为村民住，而今却是大卖场。
独立创建农家乐，蔬菜瓜果园中藏。

所吃果蔬皆绿色，自己栽种免抛荒。
招来城中休闲客，要想吃菜自己帮。
塘中还有鲜鱼虾，捞来鱼虾做鲜汤。
塘中也有鹅鸭在，自宰自烹自己尝。

学　习

夏日炎炎火烧天，长沙城里热浪添。
千龙湖畔稍凉爽，学习文件在湖边。
主席文件认真学，严格律己要求严。
社会公德要遵守，风气向好史无前。

又见萄红葡萄红

七月流火照当空，果农劳作倍艰辛。
一天到晚太阳晒，就盼一个好收成。
刚才传来好消息，萄红葡萄满园红。
大家赶快过来采，采摘葡萄要亲身。

萄红葡萄颗粒大，肉厚皮薄甜味纯。
多年深受市民爱，《搜农坊》上道得清。
果园就在千龙湖，自驾都是往萄红。
邀上三五好伴侣，一起去看葡萄红。

顾客相见倍觉亲

——记湖南天纵行文化创意建设公司及其团队

匠心独具创意新，所做产品叫逼真。
企业运营更升值，营销策略思路清。
商业万象唯捕捉，唯有策划来道明。
重塑企业新形象，顾客蜂拥挤门庭。

构筑形象有天纵，文化创意排头兵。
专塑政企好形象，所发都是内行音。
布局讲究五行学，易理道学路皆通。
导引未来须真见，独具慧眼市场盯。

营销市场尤重要，不是真货莫乱倾。
天纵文创讲实际，帮助政企大运行。
定位皆在策划里，简单易懂不会晕。
品类思维最重要，顾客一见倍觉亲。

湖南天纵大公司，旗下各行有专攻。
文化创意犹重要，团队精神最讲“拼”。
集纳“群萃”来发挥，事业猛进立新功。
广告艺术服务商，旗下各类有分工。

天纵政企策划业，创意建设集自身。
这样施工有保障，设计、施工没强分。
一些常有扯皮事，耽误工期阻施工。
施、设一体有好处，一心向好使劲冲。

汇聚广告行大力，广告策划团队新。
各行各业人才聚，所有创作焕青春。
行将破旧老企业，再经创意显年青。
综合现情创意作，熠熠生辉亮眼睛。

设计团队套路熟，相比之下显年青。
年青自有活力在，紧急任务最精神。
不像老者体能弱，还未开工懒腰伸。
大的项目倍努力，翻江倒海定乾坤。

施工团队更聚力，个个威猛无懒虫。
小区施工最重要，安全第一放心中。
质量工作抓得好，顾客个个拇指伸。
团队施工重信誉，小区活动热烘烘。

天纵品牌来打造，业绩一直往上奔。
各级领导来视察，赞誉表扬气势哄。
策划订单顺势接，领导关怀反复叮。
虚心学习高大上，天纵行业有知音。

生查子·玛丽莱杯全国青少年精英足球赛

青春美少年,身与足球联。
从小就好强,长大幸福甜。

湖南玛丽莱,注资似水绵。
数年如一日,比赛年复年。

沁园春·相逢

蝉鸣鸟叫,古堆山上,阳光照耀。
看湖湘大地,一派生机;
莺歌燕舞,欢腾高校。
国泰民安,幸福安康,这样生活皆可瞭。
忆过去,见教室内外,勤学早到。

时间犹同马骠,思三十韶华瞬间跳。
念同窗学子,东西南北;
各行各业,工作频调。
侗寨苗乡,三湘四水,哪有业务哪需要。
盼未来,望同学情谊,永远欢笑。

清平乐·魏晋壁画砖墓葬群

大漠风沙狂，淹没魏晋房。
嘉峪关上鸣羌笛，倾诉地下画廊。

农耕桑蚕正忙，畜牧狩猎围场。
乐舞博弈兴起，庖厨宴饮厅堂。

阮郎归·“金池凤”锦袋

新疆尼雅沙茫茫，丝绸之路难。
中西交流现繁华，魏晋吐鲁番。
金池凤，锦香囊，编织丝带长。
寓意安康和祥瑞，彰显生活繁。

清平乐·魏晋壁画砖

大漠风沙狂，淹没魏晋房。
嘉峪关上鸣羌笛，倾诉地下画廊。

农耕桑蚕正忙,畜牧狩猎围场。
乐舞博弈兴起,庖厨宴饮厅堂。

蝶恋花·驿使图画砖像

马儿疾驶驮邮差,五官端正,唯独没嘴巴。
快捷保密把马跨,无名画师数笔拉。

驿站就是驿使家,换人喂马,往返顶风沙。
政令、信函和其他,军情传达全靠他。

清平乐·T形帛画

观国展T形帛画有感:
葬仪旌幡,“引魂升天”间。
人首蛇身天神在,“招魂附魄”辛追安。

亲友哭泣断肠,月中嫦娥感伤。
长沙王室悲戚,天上神仙惶惶。

彩绘猪形漆酒具盒

漆具地下难保存，文物出土即化尘。
要使漆器得完整，挖出应放药水中。
见光即刻便碳化，脱水工作最伤神。
故尔走私无漆器，盗贼获得即交公。

漆器还是湖北好，楚国漆具天下名。
猪形酒具荆州有，一看便是大开门。
荆州馆藏高等级，不是联展不现身。
此次国展四方动，专家亲临指导真。

盖、身组合此漆具，遍体彩绘猪满身。
两头雕成猪头状，全体双首共猪形。
嘴、眼、眉、耳真惟妙，形态逼真惹人亲。
神话传说故事里，双首神兽称“并封”。

楚人特有浪漫事，夸张手法展现龙。
虚幻世界真诡奇，贵族狩猎写实宏。
空白之处描宴乐，高超技艺来涂红。
巧工匠心神赋予，漆彩时代已来临。

沁园春·萄红葡萄园

烈日当空，千龙湖畔，果熟流油。
望葡萄园内，果红叶绿；
果农正忙，抢摘不休。
分类包装，快速到达，顾客果品按时收。
须努力，看多种果实，献礼中秋。

采用先进浇灌，见凉风习习百鸟啾。
观果园上下，棚架林立；
硕果累累，见风悠悠。
红、黑、蓝、黄，浓郁甘甜，绿叶扶持果香留。
忆过去，学大寨精神，种粮同酬。

幸福考拉

有个楼盘叫考拉，长沙北去低地洼。
地洼蓄水成一片，里面正好植荷花。
以前唤作苏家托，水边住的是渔家。
而今时兴房地产，幸福考拉耀眼花。

吾友杨老住楼顶，东眺秀峰农种瓜。
西边落日红一片，夕照秀峰落红霞。
南送荷香沁人肺，北望霞凝人捞虾。
昼见列车南北过，夜来灯火树婆娑。

思远人·荷塘

仲夏时光荷香淌，随风乡间散。
荷风冉冉，直上云霄，香留月宫晚。

白鹭悠闲荷叶间，荷花骄阳敞。
夏风徐吹来，荷塘深处，蜻蜓歇荷杆。

崀山扶夷江

悠悠水路弯又长，发源广西猫儿山。
沿江美景不胜收，竹筏皮艇观风光。
无影洲上长堤柳，摇摇曳曳落浅滩。
崀虎啸天玉柱巷，团鱼石上将军忙。

婆婆岩上啄木鸟，专啄虫来心不贪。
笔架山峰插天穹，万古长堤堵水弯。
莲塘映月仙人聚，游人下棋碧水湾。

栩栩如生啄木鸟，双眼怒视盯前方。

扶夷江上漂流急，莫错七月好时光。
见水亲来小屁孩，千万提防被水伤。
气势恢宏军舰石，长期永驻扶夷江。
低缓平坡江东岸，瑶人荷锄在田间。

泛舟碧水情歌对，歌声撩发老翁狂。
真想水中游一回，水中救美把名扬。
两岸绿树随风舞，奇峰异石天水间。
水光山色融一体，鱼鸟同乐在崀山。

崀山骆驼峰

三面陡岩石间村，一年四季水嗡嗡。
骆驼峰峦平地起，恰到好处骆驼形。
头、峰、尾部凹槽现，恰似骆驼原野奔。
身架形态溪边走，偶尔回视“蜡烛峰”。

虞美人·崀山“鲸鱼闹海”

雨后高山云海，奇峰异石黛。
一望无际长天里，鲸鱼跳跃欲出海。

雾中植物时露出，婆娑蓬莱改。
微风徐来摇树摆，远见冉冉红日照山岱。

崀山八角寨

短短数日崀山行，景区里面都是人。
此时正好放暑假，大小学生兴匆匆。
今天来到八角寨，登山索道已开通。
以前没有索道通，盘山阶梯插入云。

山底仰望八角寨，东南西北八山峰。
八个龙头伸八方，风景变幻无尽穷。
六个山头在湘楚，还有两个广西存。
主峰唤作云台山，云雾弥漫四季停。

幽深莫测大峡谷，十多公里鸟声鸣。
天然艺术大长廊，中外游客到处寻。
偶尔探寻啥宝贝，非物遗产来留名。
丹霞群峰层峦迭，逶迤起伏色泽红。

浮云缥缈群峰里，但见鲤鱼跳龙门。
山神小庙龙头立，仅宽一尺匍匐行。
若要求神不容易，就看心坚意志诚。
自然遗产国际获，高度赞誉专家评。

御街行·崀山将军石

威武雄壮将军柱，扶夷江边树。
左边耸立方形石，盾牌堪把敌御。
右边古松，形似画戟，强敌望风去。

危岩峭壁将军住，苍劲古松驻。
双目炯炯视前方，憧憬夫妻相聚。
扶夷江上，情侣相依，将军往何处？

六幺令·崀山龙头香

香烟缭绕，路窄悬岩小。
山风劲吹悬岩，担心纸钱少。
险峻雄奇云台，横陈云海渺。
龙头高翘，遨游云海，欲上苍穹衷心表。

鬼斧神工凿就，风雨太阳烤。
偶尔阳光乍现，烧香最是好。
阴风瞬间即至，唯恐香炉倒。
山势雄伟，下临深渊，天功真正巧。

七夕会

据说银河有鹊桥，喜鹊搭就爱情浇。
牛郎织女来相会，丝瓜棚下听牢骚。
儿时也曾常去听，七月之下似火烧。
情话还是没听到，蚊子送来大红包。

今时改为情人节，情侣相互把花挑。
玫瑰需要九十九，这样情人不发飙。
丝瓜棚下不必去，红包厚才美女娇。
七夕本是好日子，美人欢颜男子骄。

崀山天一巷

两石之间一窄缝，再往里走不见洞。
胖子侧身也难过，气喘吁吁往下沉。
天生窄缝不寻常，天下第一无人问。
窄缝长在山腰间，爬上山巅人已笨。

蜡烛峰

蜡烛峰柱顶天穹，群山环抱皆欢庆。
没有好汉来相帮，直把民情达天听。
现时人间喜事多，人民当家政府聘。
旧时人民多劳累，而今执掌政权印。

君山黄茶

本来约好往西行，友人劝说岳阳停。
手头事情没做完，先停岳阳再转身。
说是事情并不大，一下高铁就品茗。
饮后问我怎么样，思量许久才发声。

君山银针人人爱，黄茶最是其精英。
“这茶好”系主席赞，平民百姓莫近身。
六大茶里有黄茶，黄茶工艺最上乘。
绿茶工艺基础上，闷黄、干燥和杀青。

独有工艺“闷黄”法，古法工艺来传承。
王公显贵难求得，政要贤达很难寻。

"浥湖含膏"唐时贡,"黄翎""白鹤"宋代名。
《红楼》所描"老君眉",即出此处天下赢。

八角寨古寨门

一夫当关地势穷,万夫莫开古寨门。
寨门设在悬岩顶,进入山寨很难行。
莫说强攻难得手,爬上山尖已断魂。
气喘吁吁登山客,刚迈开脚就想停。

丹霞地貌山奇险,一经小雨路已淫。
一不小心滑下去,粉身碎骨人难寻。
兵家必争关隘道,谁先占领谁上风。
屯兵建寨好去处,自由进出如行云。

清朝曾有好汉出,揭竿而起饥民疯。
起义领袖雷再浩,呼啸抗清聚饥民。
声势浩大人流涌,威镇朝野惊富人。
想要剿灭不容易,巍峨雄关依然存。

崀山竹筒酒

高果原浆灌竹筒,客家工艺保养身。
基酒"种"入嫩竹腔,酒与竹子生长成。

酒在竹腔释甲醛,饱养鲜竹精华生。
原、种、长、成酒程过,二次发酵酒更醇。

少年游·鎏金高翅银冠

唐代錾刻鎏金冠,贵族配带欢。
锤揲、线雕,镂空、切削,飞凤云纹多。

鎏金银片锤击成,宗教色彩波。
中原道教,元始天尊,契丹文化括。

虞美人·斗茶

唐时饮茶成风,斗茶兴于宋。
形态各异斗浆法,反映斗茶文化生动。

观茶品味具细心,茶靠炉火温。
冬天雪水慢慢熬,笑看斗茶技艺谁最高。

菩萨蛮·巴陵行

火车一瞬巴陵间，瞻前顾后不着边。
高楼凌云起，农舍不见烟。

身处君山里，茶香扑鼻尖。
曾经茶室在，巴陵把客添。

解红慢·仙女殿

紫云峰“峭壁秃顶，独有两巨石兀立其上”。望去恰似两尊仙女亭亭玉立。相传宋神宗熙宁年间（1068—1078），曾有黄氏二女修真于此，百日升天，石上留有“仙女的剪刀、锤子和鞋印”。传说二石是黄氏二仙女的化身。

凌空险峰。
路难攀，暴雨突然倾。
师雨坛下，步入仙境临半空。
花岗石山，观音洗手有净盆。
见云开雾散，仙女殿，沐春风。
云雷令，字入石，有深痕。

饮晨露，稍然去凡尘。
石送晚霞夜霜侵。
沐甘露法雨，百病不生。

仙女石，可见女飞升？
峰岭上，大树紫藤绕身。
药中上品，飞天术，数黄精。
补脾益气，翻腾跳跃一身轻。
欲成仙，辟谷野外，可速成。
随时困，心态静。
尘世念，不上心，纷繁世事晕。
紫云山上去修真。
黄精伴草芦，食之轻松。

七律·北京之夜（二首）

夜色如岚历长空，红旗飘扬舞东风。
统帅稳在城中坐，指挥雄师并阅兵。
金水河连四海水，华表龙柱定乾坤。
伟人音传八万里，一声号令河晏清。

红色书屋续佳音，革命前辈倍觉亲。
发扬传统当自强，誓做革命接班人。
点点星火可燎原，五湖四海结友朋。
愿我中华永世强，强军富国卫国民。

喝火令·周军书法

周军者，湖南邵阳人也。笔名梦天云，六岁始习字。历任中国书法家协会会员、湖南省书法家协会行书委员会委员、湖南省娄底市书法家协会副主席、娄底市湘中书画院院长、娄底书法研究会副会长、娄底市政协书画室创作员、娄底市人大书画研究室指导老师、湖南人文科技学院特聘专家、全国首届湘中电视书法大赛评委。曾获书法专业最高奖——第二届中国书法兰亭艺术奖，甚感，并赋：

随心而出字，没有一划同。
排列自有秩序行。
轻重殊异随势，大小有别分。

各尽其态妙，清朗见骨风。
字矩见疏意更深。
笔画坚实，骨挺肉更丰。
连绵笔画运出，意趣传话音。

凤来朝·黄巢山

据《湘乡县志·兵防志》载：“唐僖宗广明元年庚子（公元 880 年），黄巢出广州，破衡洲，自县趋长沙，营于县之旧五十四五都，今其山名黄巢山，在永丰、铜梁二都之间。”

黄巢山隘口。
石峰立，山路难走。
怪石嶙峋枯松乱抖。
白石溪，寒霜吐。

涓涓细流难数。
合流处，精彩抖擞。
溪边枯木朽。
任水冲，激流宥。

催雪·荷叶镇

荷叶镇因其四面环山，形如荷叶，又因当地广植荷花闻名。该镇位于双峰县东面边陲，东与衡山、湘潭接壤，南与衡阳毗邻。是湘衡公路与 107 国道的交汇处，湘中、湘西通往南岳衡山的必经之地。境内群山耸翠，人文景观和自然风光交相辉映，引人入胜。曾国藩故居富厚堂，坐落于该镇富托村鳌鱼山下，建成已有 120 多年，至今雕梁画栋、富丽堂皇，为我国保存最为完整的“乡间侯府”宅第……

群山耸翠，涓水绵延，湘中自然风光。
鱼米乡梓地，四面丛山。

“乡间侯府”宅第，富托村，惟富丽堂皇。

雕梁画栋，飞檐耸立，九曲回栏。

镇西。
九峰列。
南岳“少祖”峰，互助相帮。
云雾绕，炊烟气罩山乡。

八本堂内研经，经纬贯，脉畅肝不伤。
讲理论，学优则士，唯有孔孟朱颜。

韵令·曾国藩

治政、治家，治学之道，修身平天下。
晚清散文，湘乡一霸。
行文从容，自由体划。
挥笔自如，随想如说话。

蕴育真知，良言感化。
《家书》各行跨。
修身养性，形同作画。
一丝不苟，敬长为大。
学识造诣，严谨冠欧亚。

梁州令·花岩溪

白鹭舞林梢。
山川气势妖娆。
水涌青螺注五溪,白雪落松仞琼雕。
花岩美景自然浇。
青山落风骚。
五光十色树高。
水清见底鱼群彪。

踏歌·乌云界红茶

这里是世界红茶的发源地之一,明万历二十一年(公元1593年)南太常寺卿龙膺因《选宫女疏》得罪皇上,谪任浙江盐官,赴任途中邀请《茶解》作者,持“物性无殊,故腕法工拙异也”之说的罗廪,传授了炒青绿茶的制作技艺,做出了最早的红茶——“花香茶”。

顶峰。
乌云界,云雾慢慢升。
老茶树,悬岩稳扎根。
乱石缝隙雨雪霜风。

做青。
翻炒焙，全凭手面工。
文、猛火，炒锅热浪腾。
三番五次烘焙真功。

花香茶，香气喷。
溪水泡，入口透温馨。
独特地域里，梅山文化亲。
乌云为界两县分。

澧县外八景

湖南西北澧州城，九澧门户很闻名。
城头山里种稻谷，专家检测七千龄。
历史名人多游历，典故来历很分明。
城外八景今犹现，山峻河美湖水清。

佩浦渔歌澧水上，屈子离骚河边站。
空抱强国安邦志，君王不采把气叹。
可怜屈子空留梦，徘徊河边玉佩忘。
渔家寻玉常对歌，寻得玉佩家国旺。

兰江绣水为二景，星星点点小舟稳。
观景最好上城楼，傍晚时候要抓紧。
小舟轻悠兰江上，晃晃悠悠把酒醒。

舟翁不问君何往，船到码头君自请。

彭峰晓月月当中，瑶鼓之声响半空。
自古骚人多留客，借酒消愁头更晕。
屈原空有报国志，三闾大夫充客卿。
流落沅澧他方走，空留明月照寺清。

观赏烟树在关山，雨后关山莽苍苍。
云梦泽里山为奇，山处湖西水中间。
水雾缭绕水蒸腾，上山探索须人帮。
一不小心走错道，夜半湖水现白光。

龙寺晓钟敲得早，崇信道场名气好。
佛坛禅院唐德宗，文人墨客诗会搞。
《龙潭夜坐》论禅道，听众就嫌坐席少。
诗僧齐己《龙潭作》，海内闻名文人炒。

桃潭春涨桃花滩，池水可通刻木山。
地脉东出入大河，泉出涌出潭中央。
桃瓣溢出浮于水，桃花香气漫四方。
此地原为天子地，江河水泽天不干。

仙洲芳草吕祖留，洞宾酒醉卧芳洲。
滩渚遍布大江里，拐弯之处多留舟。
常有游人舟楫往，兰花遍地美景收。
据传暑夜无蚊虫，帐篷搭起过中秋。

凤堰水月寻凤凰，牵强附会真是难。
若求日月天天好，男耕女织日子长。

天长地久白头老，粗茶淡饭家运常。
人人都想求富贵，状元当然伴帝皇。

澧县闻名遍神州，各类豪杰过河洲。
清风岭上好驻扎，金牛池畔好旅游。
余家牌坊贞节女，陪子课读忘春秋。
若要尽瞻九澧情，三年五载到处悠。

减兰·过石门

各溪归澧。
河流沟溪二百几。
白、回伴苗。
民族聚居最妖娆。

雾绕壶瓶。
全省最高唯见云。
长梯溶洞。
梯陡路窄坡难蹭。

望梅·凤堰水月

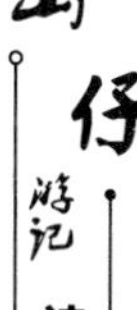

凤堰水月，在澧县城东门外凤凰堰，堰中有洲，洲上建有水月庵，庵旁有湖心亭、烟玉楼，洲岸杨柳飘柔，月夜水光相印，尘氛净

洗，清爽怡神。乃澧州外八景之末也……

立夏时节。
恰太阳高照，春夏交接。
见荷叶，破水欲放，池塘里，鱼跃蛙惊蜂跌。
荷香阵阵，水月庵，叩头心切。
两岸杨柳飘，洗涤尘埃，诚心向月。

湖心亭旁舟歇。
看水光相印，亭楼并列。
烟玉楼，登高远眺，观水绕四围，舟洲相贴。
丛林梵宇，凤凰堰，兴旺百业。
殿内诸神明，保境佑民妖绝。

调笑令·仙洲芳草

澧州古八景之仙洲芳草，处于今澧城外河澧水主河道与澧水内河之间的洲渚。远古时代，这里还是浩瀚洞庭西岸一处杂草丛生的沙洲。相传吕洞宾酒醉岳州，朦胧之中飞越洞庭湖，落此藉草酣眠，从此，洲上芳草萋迷，兰花盛开，暑夜无蚊。“兰浦幽香畹，仙人也卧眠。到今洲渚上，云水尚悠悠。”明末诗人胡澥的诗生动地描述了这个美丽的传说……

芳草，芳草，长舒水边伴鸟。
吕祖酒卧仙洲，一夜曾把名留。
留名，留名，从此暑夜无蚊。

金明池·彭峰晓月

彭峰晓月乃澧州古八景之三,据《直隶澧州志》记载:“彭山在州西南十里。澧人祀思王于上。以王初封彭,故山以彭名。

思王古祠,矗立顶峰,丛林路弯不平。
龙脉地,紫岚轻风,彭山寺,护佑船行。
澧水过,薄雾氤氲,微风起,晨阳穿透流云。
半山环鸟雀,古庙风清,山水辉映古城。

红色故事更动人。
湘鄂边暴动,首推贺龙。
王家厂,七次转战,控澧州,战略成功。
前委会,紧急扩红,红色保垒,边区永存。
观澹津突围,英勇悲壮,晓月高照英灵。

塞孤·兰江绣水

兰江,又叫逆河,为澧州八景之一,即“兰江绣水”。叫兰江与屈原“沅有芷兮澧有兰”有关……

古澧州,旧城隐春秋。

触摸墙砖青苔,战火硝烟岁月悠。
登城墙,观兰江,看绣水,眼底收。
江面窄,容数舟。
炊烟渐起,云逐沙鸥。

牧马洲遛马,一叶庵叩头。
仙眠洲上蕙兰,暑夜无蚊万佛求。
钟兰草,胜诸侯。
扁舟过,兰江游。
暮苍梧,吕祖留。
屈子吟,登澧浦楼。

眉妩·澹津公园

画栋翘檐式,公园正门,古色花径通。
矮树修整齐,花圃里,花朵含苞露红。
蝶舞蜂飞,彩辉映,吸引游人。
动物园,见鹦鹉学舌,孔雀忙展屏。

青松。
鞠躬迎宾。
微风吹竹叶,簌簌有声。
湖边垂绿柳,阳光处,少女羞比芙蓉。
平湖双月,似冰盘,幽谧隐云。
桂山石峭立,千枝秀,草如茵。

秋霁·毛里湖

毛里湖位于津市东南部，属洞庭湖水系，由100多条溪河沟汊汇集而成，是湖南省最大的溪水湖、第二大天然淡水湖。

湖水荡漾，见芦苇垂柳，共吐春色。
天然淡水，众溪入湖，白鹭齐聚湖泊。
调、拆、治、建，今非昔比很独特。
不出格。
湖滨，两栖动物来作客。

宽阔博大，天水相连，百鸟云集，从晨达黑。
毛里湖，广纳众溪，流水潺潺冲野麦。
野生植物满阡陌。
白衣庵溪，入溪河口湿地，香风阵阵，密植樟、柏。

一剪梅·中武当

据《直隶澧州志》载，“中武当山者，真武祖师修真度化之所也，唐人感其德化，建庙崇祀，即中武当道观 。道家视彰观山为养性修真福地，据传黄道中、范灵两真人在此修炼……

绿树环绕中武当。
洞庭风光,云水山峦。
“八洞神仙”彰观山。
利锁名疆,四季飘香。

雌雄井内清浊汪。
治病膏汤,信徒肩扛。
道教圣地水云间。
救死扶伤,危困人帮。

芳草渡·津市

山川湖,一眼收。
大同山,古刹悠。
嘉山佳境显风流。
昔车胤,勤夜读,在新洲。

孟姜女,为谁忧?
关山美耀千秋。
毛里湖,洞庭勾。
慈云寺,耸药山,多高楼。

花上月令·洞宾岩

洞阳山有洞宾岩，因吕洞宾曾骑着黑色麋鹿来到此山修道，由于麋鹿一直留在此处，后人就将洞阳山改名为黑麋峰……

紫雾缭绕洞阳山。
拔云天，不敢当。
气势宏伟若仙境，瑞气环。
碧水湖，落山川。

怪石嵯峨群峰起，洞宾洞，翠柏间。
飞来瀑布从天降，击水滩。
青苔滑，藤萝攀。

合欢带·刘长卿

《唐诗大辞典·修订本》：刘长卿年辈与杜甫相若，早年工诗，然以诗名家，则在肃、代以后。与钱起并称钱刘，为大历诗风之主要代表。平生致力于近体，尤工五律，自称"五言长城"，时人许之。诗中多身世之叹，于国计民瘼，亦时有涉及。刘长卿在黑麋峰有《洞阳山》诗纪行，感而抒之：

五律词，家喻户晓。
诗风美，描述好。
常思黄梁梦后事，长卿山野起居早。
与天地寿，日月同辉，人人盼好。
洞阳山，旧日成仙之处，风光看饱。

临冬客少。
冷风劲吹，荒林处处枯草。
叹空谷已无行径，望深山落晖杳杳。
残云悠悠，桃园往家，荆扉谁扫？
黑麋寺，晚钟悠悠，声渐飘渺。

竹枝·朱厚照

黑麋峰一直人文鼎盛，明正德皇帝朱厚照曾到此游历……

大明天子朱原照，年青气盛人发跳。
亲自带兵征蒙古，凯旋归来军民笑。

国家管理很不妙，人间游历处处到。
听闻曾到黑麋峰，奇山异景引他笑。

丛山峻岭任他眺，近闻百鸟欢声叫。
黑麋峰里洞阳寺，和尚对弈棋局俏。

不爱江山因山峭，山川河海随处眺。
归朝尽泡豹房里，朝中要事不开窍。

寻梅·怀素书法

怀素，僧名，俗姓钱，字藏真，曾数次到黑麋峰游历。本为湖南永州零陵人，以擅书著称。他的书法被后世称为“狂草”，其用笔圆劲有力，使转如环，奔放流畅，一气呵成，是我国书法史上领一代风骚的草书大家。

一日九醉真怀素。
好狂草，功地深厚。
笔划堪比梅枝瘦。
泼墨间，转笔如环功透。

“道高云洞”一挥就。
黑麋峰，云雾依旧。
隐天观里梅数度。
见梅枝，纷繁奇绕无数。

导引·黑麋峰

湘江东岸，高矗黑麋峰。
山势西南伸。

夏无酷暑宜纳凉，无寒难见冬。

现存墨迹怀素僧。
文人诗纪行。
黑麋寺内题寿字，书法吕洞宾。

拜星月慢·西湾春望

西湾春望是益阳十景之六。所谓“西湾”，是指资水绕过鳊鱼山、会龙山等山脚的巉崖后，河面突然开阔起来，乃至从丛山峻岭一路跌撞走来的它准备甩开膀子直奔洞庭时，却被北岸的堤防突然挡了一下，于是在河的南面形成一股回流，以致老城的益阳人觉得资水到此有西流的感觉，便将这回水遛弯的地方称之为“西流湾”。

奔腾呼啸，源自峻岭，水流直奔资江。
冲击巉崖，回流盘西湾。
桃花汛，洪水冲来一切，乱物杂陈河滩。
乱石堆上，杂物挤堤防。

江南岸，古梅山峒蛮。
春天至，桃红水绿傍。
翠柳如烟一线，撩发浪子狂。
地幔冲破地壳出，狗头金，科马提岩藏。
江湾里，舟行窄道，船工竖船帆。

多丽・茶亭

茶亭里，喝茶、饮酒谈判。
大渡口，资江南岸，单刀赴会划算。
临江亭，临时搭建，关、鲁会，吴国举办。
陆贾山下，草铺茶亭，三国鼎立尘埃淡。
城隍庙，清时修建，戏曲随时换。
卖魂幡，道士经营，招魂山畔。

歇脚点，主家下跪，茶谢宾客送葬。
"大脚婆"，送夫上山，示亲友，再婚不忘。
寡妇再嫁，倡导天足，妇女茶亭求解放。
临江亭，演绎人生，看现时，堤高水畅。
茶亭街里，妇女欢唱。

西湖月・十洲分涨

"十"，是数字，是实实在在的十个洲子，而不是有文章所理解的是泛指，或"许多"的意思。且十个洲都有自己的名字，它们分别是：黄花、华林、烟波、罗溪、刘公、清水、文星、龟鹿、玉皇、千家，均坐落于当年东关城外广阔的江面上。十洲的得名，乃明朝大学士赵贞吉“以其数合图而得名”。这话有点拗口,译成白话就是:这十个洲子在益阳十景图中排名刚好也是第十,便统称“十洲”。

水漫湖洲欲淹,洲洲被水隔,水漫洲边。
资水滔滔,顺流而下,杂物流连。
十洲露尖角,似摇曳,百姓小命牵。
忙防汛,拼命堤上,堵水日夜颠。

古人敬天畏地,修建禹王宫,多把香添。
龙灯高舞,龙舟竞渡,塔烧纸钱。
汛前多操练,渡汛期,水过笑开颜。
救灾困,处处感人,水来土掩。

梦芙蓉·碧津晓渡

旧时“碧津晓渡”为官渡,益阳北岸准确位置出旧城东门右折往河边上溯十多米远处便是,南岸则在原市农业生产资料总公司的河岸,七十年中这里还有一条通往河边巷子,巷子里有茶亭街居会和一个豆腐店。若再上溯约210米便是“碧津义渡”,亦小南门的位置,历代《益阳县志》记载三国时关羽单刀赴会就是在义渡过河,南岸也是个古老的码头。

旧时官渡挤。
江面飘烟岚,朝喧不已。
舟师迎送,客闲盘根底。
雾锁江天里。

略闻村妇漱洗。
阳光破晓，江面现扁舟，游鱼跃碧漪。

撸声咿呀帆起。
关公赴会，义渡单刀启。
绿柳浓萌，刀映树互比。
见帆船如梭，关圣稳坐船椅。
古碧津渡，思摆渡生涯，隐约资江里。

白雪·庆洲唱晚

庆洲渔唱是益阳十景之七，又名庆洲唱晚。庆洲乃西流湾以下河中心的一条洲。该洲与上游的青龙洲萝卜洲等冲击洲不同，它是由一道长约一公里，宽约三四十米，且高于河床，却又低于水面的地壳自然形成的，也就是说，此洲是个隐形洲，古已有之，比资江形成还早。至于何以为“庆洲”，历史上有两个说法：一个说法是，庆洲与益阳话的“庆祝”同音，庆洲便是庆祝的意思，说这个洲子上曾发生过许多值得庆祝的事；一个说法是，“庆洲露一拳，益阳出状元”，虽不一定是状元，但靠得住也是喜庆之事，而且这样的事出现过两次……

西流湾下，隐形洲，庆洲渔火悠悠。
轻舟慢桨，晚风送秋。
雾下鱼群浅游。
楚风浓，民歌绵，谣咏忧。
孔明灯，水中渔火，来把画舫勾。

万千灯火荡漾，五光十色美景收。
扶老携幼观景，雅士登城楼。
刘公滩，楼立奎星，畅听百鸟啾。
喜庆祥和，益阳文昌五州。

比梅·白鹿晚钟

现为益阳十景之一的白鹿寺历史悠久，相传宋朝某年益阳瘟疫流行，众医束手无策。一对白鹿衔草进寺，和尚制成草药治病救人，惠济众生。为感恩白鹿，在此建药王佛殿。

远离生活凡尘。
白鹿香火烟轻。
寺内晚钟响，声声震撼心灵。

钟声。钟声。
招引万众归心。

入塞·岳家桥

据闻，南宋建炎四年（1130年），杨幺占据整个洞庭湖区，益阳县衙被迫东南迁往沧水驿，岳飞率岳家军从东南赶来征剿，出于军事上的原因，并不是直接走的驿道，而是从南面山道上插过来，由于大队人马的辎重粮草在越过从土地山流往泉交河的清溪时，需要架桥方得过去，于是紧急伐木架了一座比较结实的木桥，征剿成功后，此桥仍留作地方民用，因此，此地也就叫做“岳家桥”。

杨幺起，朝廷急，岳飞忙。
昼夜兼程至，征剿到赫山。
清溪隔，有险滩。

土地山上泉流急，伐树木，桥架江湾。
证据确凿岳家桥，家谱里，姓增光。

木笪·裴亭云树

裴公亭，是为纪念唐代名相裴休而修。裴休字公美，河南济源县人，博学多能，工于诗画，擅长书法，在唐宪宗时，他任兵部侍郎兼领诸道盐铁史，后晋升为中书侍郎和宰相，改革漕运积弊，制止藩镇专横，颇有政绩。晚年遭贬，任荆南节度史，潜心研究佛家经学，常路经益阳，小住十天半月，在江边结茅庐读书诵经，后来人们索性在青山云树之中，修了一座楼亭合一的裴公亭，裴亭云树乃益阳十景之一。

远眺益阳城。
见千里资江，滔滔北去入洞庭。
裴亭月隐树，树榄春风。

龙湫苍崖，陡峭深水临。
白鹿山下裴公吟。
歌人间日月，世道昌平。

淡黄柳·烂泥湖

据闻，在北宋年间，由于云梦泽已淤积出许多洲来，北宋政府便顺势而为，在长江边上修筑了一道荆江大堤，把云梦泽分割开以作为国家粮食基地，至此，云梦泽不复存在。然千百年来的防洪规则是南北两边蓄洪，洞庭湖南面人民为求自保，则开始大面积围垸，以防洪患。在两湖之间有一块凸起的地方，因长满芦花，称为芦花岗。杨幺便把此地建成水军基地，当地百姓为满足其称帝愿望，称之为来仪湖。由于“来仪”犯汉文化禁忌，至明朝时，朱元璋改称其为烂泥湖。

凤凰、来仪，湖水云中依。
两湖之间芦岗夹，进可攻、退可守，杨幺水军芦花栖。

水草丰，芦荡燕喃呢。
鱼虾美、雁飞低。
野鸭群，觅食日向西。
日暮放钓，晨起收网，鲤鱼盛满筲箕。

索酒·龙寺晓钟

古澧阳城北门外，有一座龙潭寺。它是崇信禅师的道场，建于唐德宗建中年间，历来被视为著名的佛坛禅院，又是令人神往的风景名胜——澧州外八景之一，不少历代文人墨客为之赋诗著文。如唐诗人李群玉的《题龙潭西斋》、唐诗僧齐己的《龙潭作》、明理学家王守仁的《龙潭夜坐》、清澧知州何璘的《夏日游龙潭寺》等……

小桥流水池深，词人述景，墨者撰文。
《夏日游龙潭寺》，无限遐思，骚客留痕。
晓风残月，听钟韵悠扬振聩昏。
见鞭影马行急，读诸文敬意生。

奇花异草葱笼地，辛荑、桫椤，四季香熏。
幽斋举暝烟，众信徒，顶礼膜拜晨昏。
烟透流云。
焚经台，见台如面经。
奇雕巧构梁柱，无影无踪。

一枝春·关山烟树

关山烟树乃古澧州八景之四，据传开皇八年冬，隋朝高祖杨坚之子杨广"大举伐陈"，至澧州。另有文载高祖杨坚生于冯翊般若寺，喜游高山名寺，南巡至澧州。中武当道观有碑记："文帝曾云游至此，示相布德，泽及万民"，对关山之松，如城如阵，感受甚深……

山谷空寂，关锁口，树高路断人稀。
苍松翠绿，轻拨云飘雾渺，真幻稀奇。
丛峦迭，攀登无依。
烟雨飘，伴花飞舞，歪斜横竖不齐。

烟云朝暮滴翠，绳渡桥，仙人乘鹤成谜。
清醇甘美，潺缓不绝桃溪。
西岳行宫，拔地通天谁敢欺？
真洞天，幽深僻静，何需神医。

消息·桃潭春涨

据《嘉靖澧州志》记载，桃花滩，州北二里。相传，地脉通刻木山东入大河。每二、三月时，有桃花瓣忽自泉穴中滚出，浮于水面，故名。此地亦古澧州外八景之六桃潭春涨也。

一湾柳絮，两岸桃花，锦波鱼划。
棹歌碧水，放眼桃滩，浆声惊乱蛙。

潭水、石桥，柳枝漫拂，笑对丛中花。
沙滩上，沙鸥白鹭，展翅戏流沙。

无闷·会龙栖霞

耸立于会龙山顶的栖霞古寺，由印度僧人不如密多尊都，于东晋孝武帝太元年间建成，后因明建文帝于宫廷动乱之际至此避难而获名，存世已逾一千六百余年，香火经年旺盛。益阳有名的十景之一会龙栖霞即在此地。

益水之阳，堆琼迭翠，巍峨壮观山岗。
寺庙僧礼佛，早诵晚场。
四周峰峦簇拥，会龙山，早晚放霞光。
东依螺丝顶，西凤形山，枫树飘香。

寺旁。
信士忙。
伴日出璀璨，日落苍茫。
见细雨感性，白雪晕繁。
会龙勾勒弧线，若飘带，呈祖国吉祥。
栖霞寺，青灯默默，木鱼晚钟悠扬。

东风第一枝·关濑惊湍

据北魏郦道元所著《水经注》记载，三国时期，蜀大将关羽与吴将甘宁曾在这激流险滩处隔岸分守，以防对方偷渡，故此处遂称“关羽濑”。关濑惊湍为益阳十景中的第一景。对于十景，当年排序的方法很简单，以资江为卷轴，从上而下。

横江卵石，布满河床，回头浪现白花。
此地河水膝深，淌水可摸鱼虾。
志溪南入，见资江，合股冲沙。
交叉撞，形成激流，景象壮观惊鸦。

河堤上，农人种瓜。
青龙洲，岸淤泥巴。
关侯滩上对垒，甘宁鬼使神差。
关帝磨刀，白光耀，惊走乱蛙。
借荆州，倚重关羽，义重四海为家。

三犯渡江云·甘垒夜月

《水经注·资水》载：“资水又东北过益阳县北，县有关羽濑，所谓关侯滩也。南对甘宁故垒，昔关羽曾屯军水北，孙权令鲁肃、甘宁拒之于是水”。也就是说，在此之前，这个地方的名字叫“甘宁故垒”和“甘垒”，鲁肃堤没成为益阳十景，而部将甘宁的地方成为十景之一，可见并不是依据甘宁的名气和地位而定的，而实在是因为它的美景魅力……

狮子山岗顶，瞭望哨台，步兵昼夜环。
圆月东方升，甘宁故垒，河风爽竹排。
甘垒夜月，寒食节，祭拜展开。
月初上，甘氏宗祠，甘宁神位抬。

徘徊。
唢呐花鼓，曲调悠悠，晚风徐送来。
甘家巷，鄂汉正街，甘氏满街。
甘姓族人满天下，看故垒，低调不栽。
春风里，月下故垒好乖。

一江春水·鲁肃堤

西门口外鲁肃堤。
草满水边凄。
吴、蜀联盟不是迷。
鲁肃双方拉线，互不欺。

一千七百余年过。
重修资江畔。
鲁肃城发筑堤过。
自此城堤一体，关公伴。

一七令·(马良)湖

爆发于公元222年的“夷陵之战”历时半年之久,马良,字季常,襄樊宜城人,在这场战争中负责“招纳蛮夷”,作补充兵员的工作。这场战争东吴领兵的大都督是镇西将军陆逊,他面对复仇心切的刘备,采取了撤退拉长蜀军补给线的战术,后一直撤退到了猇亭,后退了七百里,故又叫“猇亭之战”,而刘备所占领的这七百里,因战线拉长,便感到兵力严重的不足,于是,便要马良到武陵联结“蛮夷”助蜀伐吴,以马良的才干和深谙土族风情的知识(据三国演义五十二回记载,要刘备南征取武陵、长沙、桂阳、零陵四郡即为马良的建议),第一次招纳五溪蛮夷,土著部族首领沙摩柯率众顺从蜀汉,于是,深受刘备器重。又派他来梅山招纳蛮夷,在这第二次的招纳途中,马良死于益阳的马良湖。

水,
清彻,蓝极。
马良坠,刘备急。
南取四郡,招蛮纳敌。
马氏五常里,白眉心最密(马良白眉)。
官至将军、侍中,刮骨疗毒棋蜜(关羽刮骨疗毒时,马良陪其下棋)。
虢亭之战七百里,历时半年双方逼。

暗香·鹿角湖

湖汊众多,鹿角湖成长袋形,蓝极。
汇入湘水,新泉寺旁流速急。
两岸绿柳护堤,微风起,凉意习习。
看翠鸟,树杈密布,可畏惧天敌?

赫山,湘名郡。
立波笔下,农民掌大印。
昔时大众,翻身解放自由庆。
耍龙灯,扭秧歌,花鼓戏,同台歌韵。
现如今,鹿角湖,各行猛进。

长亭怨慢·资水

余曾多次到益阳,以观资水。然每每都有不同收获。今友人相邀去赫山踏青,临资水边,观浩瀚江水,略有所感:

发资源,流经城步。
青山绿水,香绕瑶户。
益阳境内,接数溪纳拓溪库。

南合伊水,四里河长多雾。
轻流万山过,三里滩地飞花絮。

黄昏,
见落日下沉,江帆点点无数。
顺流而下,毛板船,日夜忙碌。
资水滩歌千万首,头面人物歌陶澍。
千帆竖毛板,船工喊号撼树。

扬州慢·志溪帆落

庚子惊蛰前日,经宁乡至益阳赫山古县城,晴日初放,见志溪河上,渔帆点点,“志溪帆落”和“关濑惊湍”乃益阳十景也。入旧城,虽疫情刚过,已无萧条景象,商贸自市,农者于田,志溪河水寒现碧,甚为感慨,逐抒之:

源发沩山,流经桃江,直下紫金河滩。
关濑惊湍急,志溪忙落帆。
自古益阳十景里,志溪、关濑,古事舟寒。
岩子潭,羊溪、新市,船过不难。

船行志溪,帆落下,保平安。
望资江,志溪,两水交汇,共激船帮。
扬帆资江河上,充宰相,自享风光。
满载货物去,回程金银半仓。

八归·寒食节

清明节前，只吃冷食，寒食祭扫无烟。
粥、面、浆、饭皆生冷，面燕、盘兔、枣饼，食之味甜。
春酒、新茶、甘泉水，入口止渴微绵。
寒食节，祭介子推，晋时文化延。

酒污衣裳客笑，斗鸡、踏青，习俗二千余年。
忆《寒食帖》，年年惜春，春去苦雨无言。
借景生情赋诗，春风花放万里天。
宿草地，仰望穹顶，新霞露雾，心自随田园。

琵琶仙·清明

一阵春风吹过，已然又是清明。由于疫情，政府动员文明祭扫。不用塑料制品，不燃放鞭炮，不施明火，兴网上或绿色祭扫。感之：

纸幡片片，山坡上，扬起道道风景。
四处山花烂漫，摘些放墓顶。
深作揖，口中默念，惟愿逝者琼浆领。
春日阳光，遍映山花，花苞待醒。

忆儿时，父贤子孝，众乡亲，都把长者请。
回想祠堂祭祖，众顶礼膜拜，奉牲醴，焚烧纸钱，愿祖先，佑儿孙敏。
席间众人追思，遥拜山岭。

齐天乐·白石塘

庚子岁，新冠疫情落尾。应友人邀去益阳赫山白石塘乡下透风、踏青及小酌。乡间柳岸闻莺啼雀叫，果不同于城市，乡人荷锄挖笋、耕田，池塘牵藕，真一派春耕生产景象也，感之为赋：

巍巍青秀山泉汩，滔滔资江水蓝。
古县新区，多韵赫山，山村处处花黄。
藕藏荷塘。
雪峰观湖浩，湖色伴山。
山峦起伏，洞庭湖西资水傍。

江湖交错何妨。
惟楚有美景，世代吉祥。
梯状倾斜，平原为主，山、丘错杂山岗。
树连村旁。
高峰十八座，峰绕白环。
乡村土味，入席大家忙。

庆宫春·双江口

沩水西岸，毗连望城，西连益阳相通。
柳岸莺啼，草藏花絮，远眺一片春萌。
雀落草堆，微风起，展翅临空。
鱼藏水底，太阳初露，扎堆成群。

香椿、杜英、灯笼（树名）。
花期交错，香飘满村。
红花木莲，木昌含笑，竹柏挑逗雪松。
茶叶走廊，人影晃，来去匆匆。
河渠密布，环境清幽，随处看风。

祝英台近·挖湖藕

湖泊中，粉藕藏，藕丝密而绵。
藕炖排骨，汤鲜藕味甜。
地道汤如浅墨，藕断丝连。
药值高，食之延年。

清早起，太阳刚出山峦，挖藕沩水边。

雀上枝头，桃花蕊中添。
水中稍感微冷，放水归田。
莲藕出，连拉带牵。

木兰花慢·法饼

儿童记忆中，吃法饼，兴趣浓。
中式发酵饼，甜酒发酵，炉火焙烘。
饼微松。烘炉里，闻香气缭绕满屋中。
现今奶油代替，甜酒之味难寻。

现时法饼形未变，一捏一个坑。
思昔时法饼，手感稍硬，手拿觉沉。
饼内气孔过多，尝乐口消融口味穷。
法饼今昔相比，其中味道难陈。

摸鱼儿·石磨

春节之前，自长沙去浏阳乡下，见乡间石磨磨豆，感之为赋：

凭借力，石磨滑动，豆浆石缝汩汩。
通常圆石做石磨，晋时推磨水击。
公输般，造石磨，解决捣米旧习。

外移原理。
上片石磨转，下片固定，磨动豆粕急。

磨眼里，黄豆自眼下滴。
驰城逐堑豆激。
豆粕浆流满下盘，粗细均匀不一。
驴拉磨，兜圈子，哪管汽车喇叭嘀。
坑洼互抵。
豆在坑洼挤，洼豆相突，豆碎无处立。

略论财神

春节期间爆竹隆，从昏达旦永不停。
浏阳鞭炮名天下，响彻宇宙大地春。
春临大地雄风起，一举镇邪还太平。
炮迎财神到吾家，财神驾到万福临。

话说财神有九路，路路财神显神通。
中路财神是王亥，文武双全号中斌。
七任君王在商朝，发明牛车拉货奔。
以物易物搞贸易，易物由此称“商人”。

东路财神为比干，天生七窍玲珑心。
亘古忠臣传世久，身为皇叔辅帝辛。
三星名曰福禄寿，禄星比干保官行。
正一福禄财真君，死后尊称文曲星。

南路财神财路广，五代后周帝柴荣。
民间俗称柴王爷，体察民情微服行。
宫中常塑农民像，百姓疾苦常记心。
矿工、窑工、建筑工，四季奉祭柴王神。

人遇争执请关羽，西路财神义先冲。
旱时求雨病求方，赐福镇宅武财神。
正月初五供牲醴，招财进宝求行程。
驱逐恶鬼斗凶煞，商家崇祀财运通。

驱雷役电赵公明，北路财神邯郸尊。
面似锅底执钢鞭，店铺、住宅塑其形。
降瘟剪疟功劳大，保命解灾异多能。
元帅之功莫大焉，买卖求财公明行。

干方财神是白圭，西北方向商祖尊。
经商贸易称鼻祖，速战速决经商赢。
知退知守理财道，“商圣”经商天下行。
将欲取之必先与，师从鬼谷商道功。

坤方财神端木赐，西南方向子贡通。
孔圣贤徒七十二，唯有子贡金满盆。
儒商始祖天下走，事事处处得金银。
外交活动显身手，言辞巧辩水很深。

艮方财神李诡祖，东北方向财帛星。
增福相公廉爱民，清、民钞票印财神。
身穿红袍戴朝冠，手执元宝脚宝盆。

貔貅前引招财路，玉马旁边卧麒麟。

巽方财神叫管仲，东南方向助齐赢。
法家先驱圣人师，助齐强大治以“仁”。
通商惠贾求开放，贸易战里求国兴。
桓公春秋成霸主，管仲相国万事辛。

海蟾子称准财神，人间处处有其形。
三足金蟾随其走，金钱串串用麻绳。
据传其乃八仙徒，明悟弘道纯佑君。
民间春节宜上画，白胖小子钓金银。

南海财神观音愿，世居南海助贫穷。
救度众生出苦海，龙王五子驼其行。
化作鳌山南海上，乌云尽去见太平。
渔民求其财帛事，富贵平安多显灵。

民间信仰为天仙，道教赐封是上神。
寄托人间安居梦，乐业兴旺佑子孙。
中斌财神大财神，正财神推赵公明。
诡祖、比干和范蠡，刘海同奉文财神。

日春、青帝是关羽，赵公明是月财神。
关、赵二人称“春福”，日、月两个武财神。
过年常贴大门上，招财进宝驱瘟神。
升官发财君财神，皇帝财神是柴荣。

招财、聚宝诸童子，齐心助力各路神。
正月初五去上香，家家户户升财门。

大家都去请财神，财源滚滚路铺金。
山村处处鞭炮响，五谷丰登福满门。

霜天晓角·财神范蠡

先楚平民，怒而越国奔。
三致千金重发，称商圣，文财神。

《三谋》《十二戒》《三略》陶朱公。
经商讲究舍得，若舍物，夺人心。

眼儿媚·南海财神

据闻，观音菩萨为救度众生，发下十二大宏愿，其中第二愿便是“常居南海愿”。南海龙王第五子圣衍慈悲心肠，广有财智，感知观世音菩萨有此宏愿，主动叩拜观世音菩萨座前，愿化为鳌龙，驮观世音菩萨横越万里波涛，为观世音菩萨赴南海拯救大众护法。又因人们向龙五爷求财，有求必应，应之必灵，故被称为“龙五爷财神”。

南海瘟魔起狂风，到处施虐行。
百业凋敝，波涛万里，民不聊生。

龙五幻化鳌山卧，风静波浪平。
福韵南山，聚财凝气，华夏之根。

忆秦娥·巽方财神管仲

商道谋，市场动态善运筹。
善运筹，四处眼线，为国忧。

弱齐霸主立春秋，管仲治国国势优。
国势优，工商并举，薄赋敛收。

安公子·干方财神白圭

行商如用兵。
观察行情勇气冲。
太岁子位天大旱，前年把粮屯。
太岁处酉位，来年五谷丰。
勤谋划，玄元道教功。
蚕茧结成时，养蚕群体粮供。

观星宇宙中。
十二年里转一轮。
每一轮回富加倍，天文地理通。

节衣俭开支,巨细必亲躬。
行改革,逐利路上奔。
发财不厌早,知星象烂于胸。

剑器近·坤方财神

端木赐者,字子贡,乃孔门弟子七十二贤人之一也。此人善经商,为孔子门下首富,为坤方(西南方)财神,曾有语:仁者以财发身,不仁者以身发财。曾相国鲁、卫。

端木赐。
孔子门,弟子首富。
利口巧词到处。
善货殖。
迁徙术。
察行情,货物巧布。
货殖列传描述。
史记库。

是故。
儒商始祖树。
以宏观,达事理,为相勤事务。
外交活动才华现,存鲁、乱齐、破吴,政事酌情而御。
国安人慕。
巧舌如簧,外交才能卓著。
春秋末年有人物。

六州歌头·刘海蟾

三足金蟾，口吐钱不停。
小刘海，戏金蟾，民间行。
准财神。
刘海蟾到处，串金钱，用麻绳。
吉祥物，镇邪恶，助长生。
千岁蟾蜍，食之千寿终。
世间闻名。
道教为瑞兽，民间灵气冲。
蟾主富贵，敬神明。

全真五祖，刘海贫。
辽进士，燕山人。
年五十，充宰相，辽国行。
道家兴。
弃官修道去，山林里，影无踪。
炼金丹，易道名，海蟾称。
金液还丹秘法，丹炉里，终南山成。
思世间格局，危卵层层迭，痴迷命倾。

一丝风·存厚堂

存厚堂是湘军将领、四川布政使刘岳昹建的府邸，始建于光绪元年，在历史的长河中春去秋来，历经岁月洗礼，铅华尽褪去，古韵自然重。

前临孙水门朝南。
昼夜赏湖光。
花鸟瑞兽雕刻，建筑显辉煌。
主尊贵，客堂皇。
数年忙。
存厚人间，气派非凡，全凭气场。

南浦·南路财神柴荣

后周世宗，柴王爷，史书黄老通。
家道中落经商，各地商号兴。
瓷器、茶叶、雨伞，分地域，样样获成功。
潜心矿窑建筑，广袤中原，奉为保护神。

五代第一明君，立壮志，十五始从军。
二十四岁拜将，三十三岁君。

在位文功武治，反割据，结束动荡兵。
宫塑农民像，察访民情到乡村。

烛影摇红·武财神关羽

人头攒涌，恭迎关公万人请。
义薄云天武财神，镇压群邪猛。
正义勇武威凛。
关帝庙，全球同鼎。
鞭炮鸣放，经商理财，所求自禀。

会计理财，商业神明关公准。
原、收、出、存笔记法，假账如喉梗。
关公信义随影。
闯天下，信义自警。
神像勿东，四季供奉，发财早醒。

蓦山溪·比干

亘古忠臣，直言劝谏能。
太师高位就，辅帝辛，受孤尊“国神”。
守财真君，道教称文曲，玲珑心，藏福禄，商时沐春风。

“殷比干莫”,孔子真迹存。
天下第一碑,地为土,碑记游魂。
碑碣林立,文学、书法陈,具特色,有图腾,北魏文帝文。

江神子慢·华商始祖王亥

王亥者,九路财神之首也。世尊中斌神,其在我国商代王室世系中,乃卜辞中所称的三位高祖之一,有词为感:

甲骨卜辞中,“高祖亥”,驯养牲畜耕。
上古代,谋贸易,运载工具始兴。
牛马驯。
部落之间物易物,立皂牢,以为民利亲。
部落呼其“商人”,商业由此人称。

有志奋发人勤。
商部落强大,商丘多丁。
树神威,商王称,多种方式贸易,鬼神惊。
上古社会发展快,高水平。
以物易物奔。
与众不凡技艺,时代音。

喜迁莺令·赵公明

见民间大门悬赵公明年画,作词以记:

正财神,赵公明。
黑面胡须浓。
招宝、利市、纳财能。
龙虎玄坛陈。

善经商,勇仗义,乐助四方穷。
神鞭祭起夺人魂。
慧眼察妖灵。

千年调·财神

春节路人遇送财神者,求之贴以壁上,敬之。

财神起得早,有缘不用找。
东南西北财神,四方赶巧。
财神九路,路路有钱搞。
乐安居,大吉利,晦气少。

文武财神，民间造福好。
民祭赵公元帅，通宵达晓。
以武行道，跟着关圣跑。
聚宝盆，摇钱树，不得了。

百媚娘·魁星楼

主宰文章神灵，魁星面目狰狞。
金身青面怪吓人，赤发黄眼文神。
钟馗主管科考行，七星文化浓。

脚踩大龟行云，“独占鳌头”文赢。
魁星楼里朝拜频，考生叩头不停。
“璇玑”星下默无声，秋后传佳音。

卜算子·文昌阁

四面街景收，夜亮路灯齐。
登阁岑目眺望处，月下行人移。

重檐三重上，鸟巢墙角稀。
攒尖顶楼阁式殿，宝瓶收顶奇。

八宝玉交枝·柳编

新颖设计，柳盘如意。
柳编时代石器。
制成各种包装物，韧性植物手技。
柳枝遍地。
席、筐、篓、盘、摇篮，美观之中见手艺。
探索、研究、实践，互不藏秘。

众多柳编艺人，手巧物异。
享誉环球无议。
见屏风，飘然立地。
看书箱，儿时记忆。
柳条白，外汇过亿。
谁说柳编可遗弃？

寻瑶草·国子监

两汉太学，传承儒家成果硕。
监者官名，主管教育博。

传授经艺，面向百姓薄。
夫国子，以德为本，观孝知逆恶。

十二时·崇圣祠

五代祖先，享祭崇祠，弟子站边。
孔丘得风光，其祖上青天。

周、程理学祠内添。
其父辈，享祭青烟。
温馨祠堂内，父子大圣贤。

十样花·大成门

城内春光浓处。寒梅吐枝头。春日阳光下，蕊迎风，阳凝伫，百花万人护。

城内春光浓处。红杏墙头无郁。
门漆朱红色，相互映，光相聚。蜡梅终充数。

城内春光浓处。门内桃花护御。
“大成”出孟子，门坎高，莫擅去。重大仪典语。

城内春光浓处。李花迎春驱雾。
一百单八门钉，阳极数，礼制与。最高规格术。

城内春光浓处。樱花自沾白露。
气势通南天，见嫦娥，奔月去，浩瀚天宇住。

城内春光浓处。当数牡丹为主。
香艳震群芳，牌坊下，店堂旁，牡丹人人育。

城内春光浓处。海棠迎风无措。
戟门左中右，添神秘，似美丽，各种武器狱。

九张机·孔庙

昔醉友处，作故词旧名；
九张机者，孔庙以记之。
观孔圣之授徒，贤者七十有二。
文者著书，武则报国。恭对孔圣，以作此词：

一张机，先师庙外察殿基。
春风三月桃花放，花落屋上，鸟鸣莺啼，暖阳照屋脊。

两张机，行人路观耕田机。
新泥层层翻出来，车轮过去，泥珠四溅，农者满身泥。

三张机，殿内孔圣着新衣。

春风吹却衣不动，肃然敬立，恭腰叩拜，旁立香客稀。

四张机，中国传统建筑奇。
中轴在线布主体，三进院落，左右对称，从南向北依。

五张机，乌龟池塘畏水欺。
太阳一出爬坡岸，静沐阳光，潜心默化，孔林充两栖。

六张机，殿内殿外文物希。
传世之宝人不窥，孔门圣贤，先哲牌位，件件出京畿。

七张机，先师（棂星）门连围墙肌。
单檐建筑歇山顶，面阔三间，进身七檩，黄色琉瓦齐。

八张机，龙纹浮雕御路集。
五龙戏珠跃石上，栩栩如生，千祥汇聚，各把风骚激。

九张机，夏秋交递崇圣期。
十年寒窗无人问，埋头苦学，孔庙祭祀，求学话别离。

七娘子·簸箕

手工编织簸箕形。
巧分工，取长补短频。
传帮带授，各显其能。
开放交流四乡行。

播扬杂物簸箕匀。
晒干货，日下坪上停。
随圆就方，不嫌家贫。
美观大方市场寻。

四字令·萝筐

收成欢乐，随处捕捉，箩筐载物堆角。
羡刹雀儿落。

竹条篾削，篾片软弱，底平角尖边薄。
来年载收获。

五福降中天·月老

满脸泛红光，姻缘薄记鸳鸯。
月下见喜神，不须人帮。
人尊月华真君，袋中赤绳成双。
婚姻天定，走遍天下勿忧伤。

天庭上仙，系红绳，从不乱拴。
千里鸳鸯线牵，也有情商。

婚姻自主,有缘有份和稀汤。
婚姻道德,不坏人姻为纲。

三部乐·城隍

名臣英雄。
生前护国土,死后垂青。
道教文化,城池守护之神。
有功地方民众,神隍庙中停,各地不同。
信徒云集,乞求社会安宁。

大殿外设仪门,神灵判善恶,赏罚分明。
城隍端坐殿中,昼夜辛勤。
左文官,专攻日巡。
右武判,夜半鬼擒。
皂隶随行。
威灵显,牧化黎民。

三台词·土地(四首)

神格不高乡间,播撒德福村前。
人称伯公土地,德佑万民福连。

简陋树下路旁，庙内神案无床。
土地公公默坐，静闻田野花香。

源于远古崇拜，土生五谷人爱。
“衣食父母”祭祀，“庙王土地”籍贯。

迷你神位安奉，街道店铺进贡。
苹果、糕点、三牲，从早至晚人送。

三台·迎春

一年之际在于春，四季之始春耕。
迎寿礼，东郊造芒神，
众社长，设案于冲。
土牛前，陈香烛果酒，前拜位，长官居中。
执事立，众行朝拜，迎春礼，礼拜春风。

芒神打扮“送春牛”，千家万户开门。
“送喜”者，赶纸扎春牛，颂词赞，富贵温馨。
见芒神，赤脚背雨笠，暗比喻，来年雨倾。
春牛图，数牛耕田，赛神社，糕点杂陈。

一心一意求春雨，家家祭献三牲。
长犁拖，犁土处处新，短耙挖，入地有声。
土地庙，祈风调雨顺，众朝拜，遍及丘陵。
焚纸钱，满脸虔诚，点香烛，烟飘云层。

忆王孙·插秧

一年之季在于春，家家户户忙田中，蓑衣、斗笠听雨音。
闻鸡鸣，早起插秧恰五更。

帝台春·水车

炎热夏季，诸多好回忆。
吱吱呀呀，水车转，如诉如泣。
水车、石磨、石碾子，田野中，光彩熠熠。
清泉水，小溪车出，飞溅凉意。

田园生活，儿时记。
风车水，洒满地。
狂风起，风车飞转，刹那间，车斗、车轮溅水粒。
至今难见风车水，犹记当年儿时戏。
岁月的水花，已随往事闭。

苏武慢·量米斗

量具角色，斗米十升，旧时度量规格。
米斗圆形，中间微鼓，周边铁条箍勒。
少粮年代，粮仓唯有米斗，仓无谷、麦。
青黄不接时，斗米相借，面子独特。

无约定，朴素语言，互帮互助，现时仍觉难得。
无论困窘，或者奢华，回想往事犹乐。
人情是尺，人若帮助汝时，感恩法则。
米斗插香祭神灵，心无忐忑。

柳梢春·扮禾桶

盛夏酷暑，汗流如雨。
收割稻谷，扮桶上杵。
哪管汗湿，任务为主。

艰难负重扮禾，五更天。
用力摔稻，谷飞桶边。
颗粒粮食，归仓心颠。

汉宫春·米升

量米容器，勤奋与能耐，辛酸回忆。
粮食匮乏年月，珍惜颗粒。
酸甜苦辣，见米升，饱含默契。
旧时里，命中八角，求满升难如意。

一升养育恩人，一斗把仇寻，并非时弊？
难时借人一口，远胜现币。
小小物件，家家有，乡村可意。
思旧物，承载岁月，劳作加倍激励。

高阳台·户对

门楣上边，柱形木雕，瑞兽珍禽上添。
与地平行，突出门框当先。
昔时官品看户对，品级高，祥鹤瑞黇。
砖雕对，门楣两侧，鹤舞翩跹。

户对比煞文武员。
文官圆形柱，话不投缘。

六边方柱，武将傲气冲天。
家有喜庆悬灯笼，户对上，绝非等闲。
思过去，门当户对，男女婚姻。

喜迁莺·门当

厉如雷霆。
古鼓代“门当”，避邪迎神。
文官圆鼓，武将方形，“抱鼓”“石镜”分明。
建筑相互辉映，和谐统一承平。
看门当，思儿女定亲，立马分清。

门墩。
与门簪，门坎、门扇，相互依存。
犀牛望月，蝶入兰山，更有麒麟卧松。
五世（五狮）同居图案，威严雕饰象征。
清律例，见官员品级，板上钉钉。

点绛唇·绸伞

寂静幽深，多雨湘南沐春风。
薄如蝉翼，绸伞细雨中。

细腻温润，几许清澈水，透轻盈。
淡竹丝绸，飘逸比彩云。

望湘人·油纸伞

秦时汉月伞，消灾避邪，桐油驱鬼壮胆。
昔时赶考，纸伞相赠，预祝名题金榜。
古镇、雨巷，经典爱情，伞下人挽。
大江南北春雨时，橙红紫绿伞暖。

七十二道工序，选竹削骨架，夏日汗淌。
见修边、定型，阳光曝晒秋晚。
绘花、上色，桐油熬熟，刷遍伞骨伞杆。
气息浓，古典浪漫，雅致天成美感。

一枝花·刘腾鸿

据《清史稿·列传一百九十五》载：刘腾鸿，湘军将领。少读书，未遇，服贾江湖间。咸丰三年，夜泊湘江，遇溃卒数十辈行掠，诱至湘潭，白县令捕之，由是知名。后战死。依道员例，予骑都尉世职，于瑞州建专祠，予其父母正四品封典；洎江南平，曾国藩追论前功，诏嘉其忠勇迈伦，加恩予谥武烈。

马鞍岭断后。
攀堞登城神助。
三林坳擒贼，稍声侯。

筑垒造桥，截贼方法诱。
蒲圻城下斗。
七战皆捷，神功无出其右。

师事泽南秀。
攻克塘角人瘦。
冲勇巴图鲁，战依旧。

分兵击贼，任其长舒广袖。
敌人东门溜。
瑞州专祠，香火终年享受。

一箩金·李光久

李光久（1845—1900），字恒亨，号健斋，清湖南湘乡四十三都人（今属涟源县荷塘镇），为湘军悍将李续宾之次子，承袭三等男爵。1894年（光绪二十年）秋天随帮办军务、湖南巡抚抚吴大澄北上援辽抗日。

湘军出战展雄风。
血战牛庄，光久率众冲。
双方争夺巷战中。

甲午海战炮火倾。

优秀人才二代临。
湖南不倒,谋求变法音。
拥护变革洪流奔。
前浪推出谭嗣同。

石州慢·油布伞

文化遗产,起死回生,勾起回想。
春雨霏霏直下,路人皆撑布伞。
时光变迁,不同方式怀旧,儿时读书风雨淌。
不尽春雨中,油布伞数竿。

伤感。
傻大笨粗,夏布制作,桐油糊网。
略显寒酸雨具,今逢人访。
看似古董,更有岁月留痕,斑斑点点现伞杆。
情怀与记忆,雨打窗扉响。

感皇恩·浏阳油饼

初春晨起早，制作油饼，文家市人选料找。
香脆甜爽，芝麻、茶油锤捣。
特制炉中焙，香气绕。

白糖、八角，桂花、百合，多种香料用棍搅。
回味无穷，多吃不腻难了。
传统手工艺，时境杳。

薄幸·浏阳夏布

垒如山垛，做夏布，工序繁琐。
麻蚊帐，坚实粗糙，密不透风蚊锁。
忆苎布，年销万筒（约十八万匹），远渡重洋有成果。
苎麻始于元，列为贡品，皇家珍之如瓅。

七月里，天微启，剥麻皮，蚊围住所。
山泉水浸泡，夏布作坊，抽离纤维用刀掊。
麻无杂质，正宗鸡骨白，晾晒，漂白干燥裹。
漂制夏布，如蓝如黑人可。

夜游宫·浏阳茴饼

茴香独特风味。
肉馅丰,酥香松脆。
三千年来色不褪。
表起酥,形微凸,馅肉桂。

小茴、芝麻焙。
外观美,擦油翻倍。
色泽金黄祥气瑞。
工序繁,石锥擂,勿嫌贵。

应天长·肉脯

家传秘方,程序繁杂,烤肉四处溢香。
客家举家迁徙,加工做肉干。
薄如纸,卷如环,精烤制,暖胃护肝。
易保存,便于携带,远走他方。

忆脆香可口,客家肉脯,海内外留芳。
又见手工操作,晒垫铺作坊。

薄肉片，沾阳光。
酱香味，溢满三湘。
乡村里，家家劳作，互助互帮。

瑞鹤仙·浏阳干果

罗霄山脉长。
见干果，山顶坡叉屋旁。
凛冽秋风中，唯锥栗，摇摇曳曳丛间。
收拾篮中，制栗壳，尝食心欢。
栗补肾健脾，强身健体，益胃平肝。

干果富含油脂，病后虚羸，用以炖汤。
明目健行，止干渴，土处方。
且甘甜如蜜，清脆可口，熟时四处飘香。
莽莽山原里，采摘山栗歌扬。

西河·蜜饯

金桔粒，儿时小吃谁忆？
秋来蜜饯晒操坪，最惹童睇。
偷偷摸摸尝金桔，撒满一地。

食蜜饯，心思念，至今口余香际。
新鲜水果为原料，蜂蜜腌制递。
长期储存味至佳，滋味甜美犹记。

又见乡村操旧艺。
摊门板，已成过去，大张晒垫相继。
操场、屋顶晒鲜果，休闲食品加工，可人意。

绮寮怨·菊花石

花纹洁白晶莹，“补天石”遗存。
浏阳河，蜿蜒山中，水底沙，偏把石蒙。
采石最好时节，水位浅，夏秋听蝉鸣。
去淤沙，錾凿声声，水面上，人拉石头崩。

形状各异石料纹。
选料相石，蟹瓜、金钱、癸龙？
谁为花神？
恁眼力，下苦功。
一经水洗分明，竹叶点，看得清。
秋风一叶，刻菊黄秋深，送知音。

关河令·蛋糕

私家甜品烘焙房，法式甜品尝。
细咽蛋糕，口味无反弹。

海绵坯捣正忙。
溶芝士，奶淡油黄。
味压抹茶，舌尖幸福扛。

沁园春·浏阳烟花

长沙东去，罗霄山下，花炮之乡。
见浏阳花炮，五花八门；
鲜艳夺目，远渡重洋。
焰火晚会，绚丽夺目，五光十色映浏阳。
金属镁，经粉末氧化，发出强光。

宋时遍映湖湘。
记孝宗观火在浙江。
有乘者弄骑，如履平地；
分布五阵，舞刀弄枪。

诗人、学者,文字记述,辙炮、烟花运边关。
现如今,烟花送瘟神,夜现昼光。

解连环 · 火焙鱼

魂牵梦萦。
经去干水分,烘焙烟熏。
火焙鱼,外酥内嫩,佐米饭,鲜爽兼腊味同。
韧中有酥,鱼皮脆,咸香适中。
忆桌上食客,杯光交错,浓郁乡情。

勤奋朴实家馨。
简单的味道,质朴家风。
鱼送酒,多喝不晕。
但见火焙鱼,香飘芬喷。
垂涎欲滴,金灿灿,受热均匀。
浓浓人情味,儿时记忆倍滢。

解语花 · 白沙豆腐

白沙豆腐,闻名于世,山泉水正宗。
泉水叮咚。
白沙溪,夕阳辉映乡亲。

炊烟四起，豆香弥漫，梆子声轻。
乡愁里，巷子深处，街灯黄昏。

隆冬近春乡村。
见小桥流水，岁月留痕。
桥上、河边、石板巷，儿时记忆犹新。
细雨蒙蒙。
巷道里，卖豆腐声。
豆腐坊，石磨黄豆，昼夜声嗡嗡。

大酺·南瓜

春光明媚，田埂上，农民喜种南瓜。
雨露春风后，藤蔓沿坡上，到处乱爬。
淡黄花开，粉粉嫩嫩，南瓜长蒂结疤。
不惧风和雨，不畏草藏蛇，晚送日斜。
经夏去秋来，日下暴晒。
自露风华。

人见人爱夸。
圆滚滚，有的挂树杈。
像葫芦，凸凹有致，屋檐上巴。
大圆盘，貌压葵花。
南瓜收获季，阡陌里，众笑哈哈。
瓜愈老，味到家。

抢收果实，搬运市场手麻。
浏阳美食需它。

六丑·箬叶粑粑

山中箬竹绿。
摘箬叶，微风细雨。
清水洗净，海盐下少许。
糯米揉杵。
奇形怪状粑，独特清香，随风到处舞。
炊烟袅袅醉客旅，揭开甑锅，叶香给予。
粑粑新鲜出锅，但闻叶沁人，吃客无语。

箬叶谁寓？
细看江中船，箬叶巧作篷，船家住。
箬叶编作斗笠，任狂风暴雨，水流如柱。
惟箬竹，傲立胜黍。
箬叶蓑，无论寒暑易节，农着朝暮。
见田野，人在叶处。
思箬竹，见田园牧歌，竹傍村树。

夜飞鹊·苦瓜片

浏阳苦瓜片，精制素食，小儿百吃不厌。
夏秋苦瓜采摘时，硕果累累价贱。
加工素食菜，过蒸、卤、煮关，暗黄略现。
二次腌制，糖水泡，苦中甘见。

春种苦瓜陌野，日下除杂草，轻松熟练。
夏日除虫藤下，头顶烈日，汗流如线。
熬制苦瓜，秋日里，蚊虫扑面。
小小素食菜，个中辛苦，操作百遍。

浏阳豆豉

豆豉产地大平桥，人食豆豉常用勺。
气味芬香无杂质，米汤、葱花伴豉烧。
豆豉生来美滋味，泥豆做出香气飘。
黑豆也可制豆豉，色泽酱红水分抛。

皮皱肉干质地软，加入菜蔬透风骚。
腊味合蒸最需此，豆豉一入味立飙。

治疗感冒加葱蔸，胡椒煎服立挺腰。
唐时僧人来浏阳，袋之云游美名标。

花犯·五花扣肉

浏阳菜，传奇土味，方言梅州袭。
客家语系，见湘菜流派，堪比粤齐。
祖宗留下美食方，回流客家迷。
望东乡，炊烟阵阵，随风飘移。

五花扣肉钵中装，简单不泛味，走亲互提。
梅干菜，亲制作，钵底如坭。
清香在，越蒸越疲。
餐桌上，任酒醉喃呢。
度佳节，匠人匠心，精心制作奇。

过秦楼·盐津铺子

凉果蜜饯，坚果炒货，浏阳高手优秀。
盐津铺子，美味零食，食品安全依旧。
精挑农家食材，源头控制，绝不将就。
观销售模式，主为线下，平民接受。

看浏阳，山青水绿，
田园牧歌，四道八达路透。
塘蓄鱼虾，田种菜蔬，五彩辉映影就。
夜观星月明朗，饮茶廊下，权当白昼。
见家家户户，翻炒瓜子、黄豆。

琐窗寒·酸枣红薯糕

酸枣去核，红薯洗净，蒸笼里蒸。
柴炭慢煨，搅和两者香喷。
蒸锅内，开水沸腾，香气飘飘使人晕。
瞬间里，气塞满屋，酸味薯香升温。

温馨。
劳作辛。
赏酸枣薯糕，口滋肺沁。
家乡素食，远方游子倍亲。
拌白糖，椒粉加入，酸味去除保中庸。
甜辣味，最是煽情，家乡人独钟。

风流子·炒米糕

儿时炒米糕，米和糖，香脆松酥彪。
乡间做客去，炒米端出；

香飘土屋，糖流米膏。
红丝、芝麻糕上粘，咬嚼甜味浇。
姜茶沸腾，素菜自作；
未曾入口，肠胃自骚。

传统土工艺，糖熬制，炒米拌糖烧。
糖米混合，滚平切成长条。
菜刀起落处，节奏有致；
大小均匀，黄皮纸包。
沙尘勿入，乡镇土货肩挑。

剩鱼头

鱼的种类有很多，大多清蒸花样苛。
鱼肉腥重口感老，不要直接倒入锅。
洗净、切好、晾干水，然后细细把盐抹。
葱、姜、料酒调配好，然后油炸锅外挪。

大年三十应食鱼，食鱼寓意有富余。
食完鱼尾剩下头，灶火慢煨添水徐。
煨出膏汤做鱼冻，初一小饮大家娱。
鱼冻鲜香味佳美，边吃边聊心情愉。

全家福

过年团圆全家福，菜肴飘香透满屋。
大盒杂烩花样新，此菜原从杭州出。
意骂秦桧为杂种，陷害岳飞设苦局。
一锅乱炖杂烩菜，热气腾腾大家食。

荤素搭配好食材，滋味鲜美菜样乖。
洋洋大观好寓意，营养均衡席面呆。
团圆必点大杂烩，口烫吃得脖子歪。
真正好吃大硬菜，喝多就怕桌下栽。

红菜苔

洪山菜苔产武昌，宝通寺旁价更钢。
黄鹄矶头大鲤鱼，优质大物不敢当。
菜苔、腊肉来混炒，喝酒不怕脾胃伤。
曾记前年武昌游，宝通钟声郊野猖。

东坡兄妹武昌游，也曾尝菜在龟山。
黄鹤楼上品佳肴，远望蛇山莽苍苍。

冬日寒风冷彻骨，惟见长江白浪翻。
今日病毒袭武汉，唯愿勇士全民帮。

春节快乐

石军农诗：

曾经教书育伟人，而今微圈写美文。
邮电弟子遍天下，湖湘品味永传承！

山仔和之：

万事顺意赠友人，感谢石总记得清。
风雨数载您关照，通信路上有尖兵。
愿汝今年顺风发，赚钱赚得金满盆。
仕途路上身体健，一直往上快如风。

芋 头

浏阳初一食芋头，事事如（芋）意官帽收。
做起事来讲圆滑，万事亨通乐悠悠。
芋头富含钙、磷、镁，营养丰富美名留。
粘液皂素它具有，润肠、通便大家求。

解毒、消肿芋来化，产生抗体蛋白球。
调补中气芋来帮，过敏鼻炎马上丢。
芋头通体为碱性，中和酸性体内溜。
芋头具备消毒功，瘀血见芋立马休。

青菜

大年初一吃青菜，一年无病青气在。
浏阳初一青菜食，青青气气多爽快。
花序顶生呈圜形，花色浅黄人人爱。
十字花科产亚洲，城市没有乡村带。

口感略苦心内凉，约有上火吃无妨。
青菜变种油白菜，两广喜好争着尝。
有时放入汤锅用，即放即食配粉肠。
小炒拌以姜蒜末，想要炒好不太难。

交切

童年记忆食交切，糖果、花生、芝麻贴。
糖果、花生须碾碎，少许面粉需加热。
芝麻、糖浆翻、拌、炒，薄薄一片芝麻歇。

纯、千万、酥、脆不粘牙，只是做工费心血。

此前也吃花生酥，满是花生芝麻丢。
交切与之不相同，芝麻、糖浆充分留。
花生面粉为配料，用此只把水分收。
交切上面全芝麻，偶食小片乐悠悠。

酥　糖

曾记儿时吃酥糖，慢咬细咽去品尝。
所有物品皆计划，想要多吃实在难。
全家计划约一斤，人手两块马上光。
少吃尝味真君子，小人撑死胃没伤。

乡下也曾自制过，细嚼之下味难当。
不是乡人没水平，只是用糖不到场。
熬糖需时拉力现，若糖不够无反弹。
而今似乎忘不了，那时吃酥嘴喷香。

粮谷白沙小院

长沙往南刘家冲，公路旁边有高峰。
陡坡一直斜上去，粮谷小院落坡中。

有人称其农家乐，土色土香奉灶公。
农家菜肴摆上桌，土法烹制大不同。

肉饼清蒸佐白耳，肉香飘出口生津。
老鸡炒姜新滋味，野狗跑来做门钉。
香芹炒出猪耳朵，脆、嫩、香、鲜逗黄蜂。
谁说南方无北菜，猪肉粉条香喷喷。

臭豆腐

臭名远飘海内外，喜好吃者见睹快。
无论其往那里走，眼尖鼻利找外卖。
一年四季离不开，更有瘾者随身带。
瘾来可以伴开水，臭熏不顾旁人在。

臭气飘满小街坊，长沙古巷香气坏。
香臭升天杂味浓，不知是谁日头晒。
皮焦肉嫩如黑炭，众多湘人顶礼拜。
奉劝灶公献此礼，玉帝吃后不食菜。

腊猪脚

今年公司要会餐，当然酒店不敢当。
一怕纪委查纪录，二怕报账心里慌。

顾委提出食堂可，自带酒水肝不伤。
自斟自饮无可说，自花酒钱应无妨。

小妹出自名厨家，自制猪脚有偏方。
只是猪脚不好找，小心腌制要时间。
各自出资平均算，外加补贴公家摊。
香味飘出云天外，八戒闻之泪水汪。

小　年

北方昨天叫小年，毛血旺里白菜添。
生冷硬盘必须有，越冷越吃冷生鲜。
这样才好饮老酒，冷热交换头不颠。
酒杯还是大的好，一杯下去热翻天。

南方小年二十四，家家户户飘炊烟。
农民打工急奔家，喜闻家乡辣椒煎。
油炸辣椒佐腊肉，即使喝醉不喊冤。
越吃越喝人越勇，整村整寨乐无边。

十样花·刘腾鹤

刘腾鹤(1832—1859),湖南涟源人,刘腾鸿之弟,清朝将领,随军将中营。咸丰九年二月,战牯牛岭,进攻建德风云岭贼巢,破其二垒。贼大至,被围,力战死之,年二十有八。官候选知府,诏依道员例赐恤,予骑都尉世职,附祀兄祠。

亲率中营攻城。
炮伤左臂不停。
不及伤痊愈,复峡江,攻吉安,拒敌彭泽屯。

一痕沙·光裕堂

湖南涟源市杨家滩俗称杨市,是湘中地区有名的千年古镇,老刘家光裕堂走出了许多湘军将领,它是杨家滩刘氏的祖居之地,始建于康熙四十七年,规模宏大,建筑面积达3万多平方米。

一百零八天井,建筑科学标准。
纵横交错廊,通客堂。

家族兴旺发达,互相推举财发。
大夫第高悬,可通天。

醉乡春·马德顺

大清国至今洛阳地区唯一有专祠的洛阳名人,就是护理浙江提督——马德顺。他是湘军第一支骑兵顺字营(军)的创始人。

知人知明同心。
攻错若石断金。
忠君事,将士亲,相期无负平生。

疆场驰骋纵横。
三个方向从军。
去恩怨,真感情,处处家乡同音。

一剪梅·塔影松涛

塔影松涛景观位于今河东郊区寺塔。光绪末年,东郊寺失火焚毁,寺院内仅存东郊寺塔……

松涛阵阵随风飘。
风力愈大,树干愈摇。
松枝不时扫塔身,尘埃去尽,塔显身骄。

莲花山上风自妖。
寒暑易节,时发牢骚。
韵城历水千万次,护佑南粤,塔基永牢。

小桃红·西河竹籁

西河竹籁景观位置在现在的复兴路口西端西河大桥头附近岸边水域。

风吹竹动籁籁声,小雨下不停。
沿江小路满游人。
看竹景,孟洲坝和五里亭。
西关税卡,南北要道,查商旅行程。

小重山·榕皋晚眺

韶关的老榕树虽多,但被命名为"榕皋晚眺"的,应是在韶关市区最古老的巷子之一——太平街里的两棵老榕树。

南粤榕树岁月留,根须深入地,到处揪。
太平街里老树莌,观世事,古榕环春秋。

老榕盘塔楼，根径墙隙入，劲不休。
中山树下有诉求，北伐启，倒帝乐悠悠。

小圣乐·仙桥古渡

据清代《曲江县志》载，北宋韶城知州陈宗宪在渡口处，建造了一座以铁索连贯木船的桥梁，称为“西河浮桥”。庆历元年提刑陈宏规重修，名曰“庆元桥”，南宋嘉泰年又重修更名为“嘉泰桥”。明弘治年间韶州郡守钱镛重修这座浮桥，并写有《重修西河浮桥记》，《韶州府志》《曲江县志》均有记载。嘉靖年间，西河浮桥年久失修，陈大纶重修后改名遇仙桥，邀林嗣环写有《重修遇仙桥记》，当时，在遇仙桥头还修建有遇仙桥门楼。

杨柳依稀，两岸水雾迷，难得人梯。
浩瀚江水，急速向前移。
风雨摆渡舟难，欲渡者，望雨痴迷。
古渡口，百船挤窄港，雨打风欺。

展露韶城历史，见仙桥古渡，重现河堤。
神仙难遇，知府美名遗。
两组遗址景观，相对应，矮樬人栖。
俯武水，尘襟顿豁，丹碧临虚。

大圣乐·双江环碧

橹摇声声，欸乃重重，晨夕嗡嗡。
随塔影，晨起暮归，点点鱼帆轻轻。
山绿水清。
通衢三省韶关在，观水陆，逃税不轻松。
观浈江，源于大人寨，古称始兴。

北江干流上源，思武水，湘南去寻踪。
过湘、粤十县，源于临武，横山跨冲。
乐昌峡谷，重要关隘，石峡文化夺天工。
赵佗城，史前文化址，诉述前因。

大江乘·薇岩积雪

韶关二十四景之一的薇岩积雪位于城东西二十里之紫薇岗。据《曲江县志》载，“朱翌谪居韶州，放意山水，遇父老指示始得游，此峒可容数百人。”

洞中山泉，轻流出，尝之清冽醇甘。
曲径通幽贯山顶，洞深莫测水弯。

摩岩石刻，字迹斑斑，岩松露苍桑。
年久水浊，自有历史光芒。

放意山水朱翌游，时值冬腊，瑞雪飘满山。
莽莽苍苍白茫见，映照洞内火光。
残冬虽过，冰折路荒，原野坚冰伤。
犹忆父老，一年到头为谁忙？

下手迟·韶石生云

韶关二十四景之一的韶石生云就处于丹霞山。丹霞山位于广东省韶关市仁化县境内，旧名为韶石山，相传上古时期舜帝南巡时，曾在此间三十六座山峰下弹奏韶乐而得名。

抚琴奏乐情愫勾。
韶乐响，斑竹泪流。
周田镇，石壁江边立，江映红溜溜。

岭南美景尽眼收。
韶石山，怪状难修。
皆自然，峰峦奇秀在，走兽多姿游。

下水船·书堂夜雨

清宣统年间邑人梁朝俊等纂修《曲江乡土志》山川门则载："书堂岩，在本境治所之东十五里，上车都内。山之西距浈水四里余，近山处有来泉水，石洁水清，张文献公尝读书于此。"张文献公即张九龄是也。

车马路不通。
洞豁厅宽回音，水落悬岩，山泉汩汩有声。
书堂石，白茫渡口相对，荒无人烟洞中。

秉烛光，夜读惟张公。
洞外冷雨阵阵，几声豪放，洞内暖气融融。
放晴处，远处霞光万丈，近端野草蓬松。

上阳春·中流塔影

古曲江二十四景之一的"中流塔影"指的就是通天塔，明朝时候，韶州知府陈大纶发现自宋朝以后的元明两朝，韶州地域再没有出现过像张九龄、余靖那样有历史影响的大人物，于是倡议在浈武两水合流处建造一座石塔，以"环拱风气"，取名为"通天塔"。

降龙伏虎，惟玲珑宝塔。
逝水无情过，田地毁，树木皆拔。
使水南徙，建塔合流处，陈大纶。
昼夜行，沿江勤勘察。

塔映夕阳，影倒妖魅杀。
浈江聚灵气，挡武水，合流互压。
韶州得水，付耕种桑、农，文气生，武者发，万物多收纳。

上林春·貂蝉秋月

韶关二十四景之一的貂蝉秋月位于现在的百年东街。这里有韶州府署，府暑前的青石街东出口有一个迎恩门码头，古时凡有来韶的京都官员，大多乘坐官船沿浈江走水路，停泊相江门码头登岸。

皓月当空，歌舞升平，貂蝉个个南音。
漫步江边，观看新月，爱侣小道倾情。
羞煞老翁。
别见怪，代沟很深。
月稍斜，见游人渐散，风扫路清。

昔东街，码头迎宾。
走水路，但观浩荡皇恩。
天后码头，宫殿矗立，众皆叩头嘭嘭。

又逢秋月，江两岸，粤歌声声。
码头上，人头拥，争渡回程。

倚西楼·迴龙鱼笛

据元朝陈普《秋日即事》诗之五："鱼笛水寒江上晚，荒丛豆叶雨纤纤"记载，迴龙鱼笛指的是韶城南八里回龙山下北江百旺沙洲到蒙洲铜锣湾处，不远处是历代曲江县官设立"濠浬司"的地方。

迴龙湾上鱼歌晚，河道弯曲商船缓。
鱼翔浅底捕鱼忙，烟波浩渺游人赏。

北江水晚寒人胆，细雨蒙蒙蓑衣傍。
渔、商辛苦有谁知，唯愿风调雨顺银钱淌。

上平西·白沙烟艇

韶关曲江二十四景之白沙烟艇座落在古老的白沙圩上。据《曲江县志》记载："北宋庆历年间（1041—1048）已有白沙之名，因北江流经此地，河道弯曲，水流缓慢，西岸河套沉积沙滩在太阳光照射下，白光耀眼，故得此名"。

丘陵地，三江汇，小艇溜。
翠竹绕，古圩沙洲。

山水相映，绿树婆娑春风悠。
古圩河道商船集，从冬越秋。

北江河，水流急；
龙归河，奔大流。
马坝河，舟行无忧。
马车、人力，陆地运输货难求。
河道船运水推急，顺风如侯。

上西平·莲花樵唱

自清代起，莲花山就以清代曲江二十四景之一的“莲花樵唱”闻名。主要景观有“神仙水”山泉、莲池映月、杜鹃春啼、莲山松涛、桃李争春、滇军墓地，等等。

古道上，林幽深，小鸟啾。
花飘香，蝉鸣不休。
马尾松长，微风起处白云悠。
玉兰香醉沁人肺，渐入心头。

莲池水，清泉汩，攀岩场，树木幽。
登楼顶，远眺韶州。
岚气成云，四野佳色尽囊收。
长途游客爱莲山，暮下高楼。

惜奴娇·皇岗夕照

“皇岗夕照”为古韶州曲江二十四景之一。皇岗山海拔 400 多米,是韶城周围最高的山,山峰成岭,悬崖绝壁。古往今来在夕阳西下时,一缕缕夕阳红光洒照在郁郁葱葱皇岗岭上,映照出“横看成岭侧成峰”的色彩斑斓和神奇美妙的景观;故“皇岗夕照”景观,成为古人对皇岗山的赞美和神奇怀古的美妙遐想。

郡北三里,道连笔峰斜,高峰矗,直指天穹。
皇岗山麓,有胜迹,不难寻。
勿停。
出屏障,虞泉淙淙。

夕阳西下,岭成峰。
静怡神,山泉响,宛若韶音。
清甜甘洌,凉透心,见流水,婉转,影无踪。
流水叮咚。

上江虹·九成遗响

据《竹书纪年》记载:“有虞氏舜作《大韶》之乐于韶关之九成台”。《吕氏春秋·古乐篇》也有记载:“帝舜乃命质修《九韶》《六列》《六英》,以明帝德。”此后,夏、商、周三代的帝王都将《韶》作为国家大典用乐。舜帝南巡在韶演奏韶乐,留下了许多民间传说。于是就有了九成台,九成台乃滨奏韶乐之地也,每逢夜雨,乃豁然作响,似韶乐声……

曲江北城,闻韶台上有余音。
名流听,不知肉味,《九成台铭》。
舜帝南巡制韶乐,万众膜拜舜南巡。
观夏商周帝倾韶乐,至乐亲。

九成台,有回声。
逢雨夜,声嗡嗡。
苏东坡北归,伯固逢迎。
太守盛邀二苏游,畅谈韶州太平春。
见东坡台上题碑,如行云。

花心动·笔峰写云

韶关二十四景之一。据清同治《韶州府志》载:帽子峰,在府北一里,松竹蓊蔚,团盖如帽,左浈右武,悉聚目前,为郡之镇山也。帽子峰在宋代又曾叫笔峰山,宋中书舍人朱翌(字新仲,号潜山居士)谪居韶州时曾结庐屏居于此,写有《登帽峰序》。

端如圆帽,瞰韶城,胜地登高远眺。
战略重地,双方争夺,扼守韶关险要。
山势神奇三峰接,似笔架,云遮雾罩。

烟雨里，顶如笔端，虹绕官帽。

文人墨客心跳。
官迷樵径里，心慌尖叫。
云霞幻处，烟雨画联，画中可见神笑。
乱世避祸僧侣住，观世人，强者武耀。
君不见，碉堡夕阳高照？

上行杯·蓉山丹灶

蓉山在汉代已很著名，相传当时有个叫康容的道士在此砌灶炼丹，故后世有“蓉山丹灶”之名，为曲江二十四景之一，后人在康容炼丹处建庵，上书“芙蓉古刹”。蓉山古刹在芙蓉山山腰近顶峰处，始建年代以及历代修缮情况无法考证。但据地方志记载，蓉山古刹在明代崇祯年间曾毁于兵火，后由明僧募，重建。

大山遍植芙蓉，临风摇，香气满冲。
砌灶炼丹有康荣。

登山远眺，城秀美，水碧清。
近观，山岚现，雾气升腾。

三姝媚·韶阳楼

据清前《广东通志》载：唐初，韶城已建有“韶阳楼”，然未记始建具体年份。清中后期之《韶州府志》、曲江县志亦记之，指其“在南门外，临江，创始无考，元末废”。唐代诗人许浑有七言律《韶州韶阳楼夜宴》，佐证韶州唐时已有韶阳楼。

夜灯映红瓦。
松涛伴钟声，细雨飞洒。
古典建筑，合唐宋之盛，意境高雅。
意出五行，翘檐挺，可驻飞马。
呼应莲花，形成聚心，檐柱多卡。

楼前碧树夏绿，青山雾气重，歌声渐哑。
观古鉴今，唯今之楼榭，货物堆码。
昔之豪士，就明月，推杯换把。
岭南古风犹在，思古来写。

三奠子·韶关森林公园

韶关国家森林公园是1993年经原林业部批准在韶关林场基础上建立的国家级森林公园。其前身韶关林场成立于1918年，具有悠久的历史。

望三江六岸，交相辉映。
皇岗山，松涛现。
瑶池碧波影，栈道古韵见。
万寿寺，玉兰醇，香扑面。

瑶族歌舞，百看不厌。
攀岩场，把身健。
金镜湖划船，望韶亭晨炼。
林葱郁，溪流畅，花香涧。

送征衣·马坝猿人

马坝人遗址，位于广东省韶关市曲江区马坝镇西南3公里处的狮子岩，是两座石灰岩孤峰，远看像伏地的狮子（北山为狮头，南山为狮尾），山中拥有纵横交错的溶洞。1958年马坝公社的农民在狮子岩狮头山北面第二层溶洞中采挖洞内的堆积作肥料时，在一条裂隙中发现古人类头骨化石和古脊椎动物化石，经有关专家鉴定是直立人向智人过渡的早期类型人类化石，于是命名为马坝人。马坝人的脑容量估计超过北京人，又具有智人的进步性质，分类上归于早期智人，是直立人转变为早期智人的重要环节代表。

见曲江。
弯弯曲曲，流经石峡，遍布历史景观。
独木舟，洞中玩。

自尝。
客家菜，调配膏汤。
满嘴留香。
马坝人，亲烹美食，色香味，暖肚肠。
昔野菜，今为上品，众举杯称觞。

遗址秀丽土廊，曲江洞内通航。
旅人乘坐木舟，观景四方。
留芳。
鸟儿叫，鱼游浅底，蝠飞洞涧。
远见“猿人”枕马鞍，真福气，寿无疆。
山、水、洞，兼收并蓄，集地老天长。

三登乐·北伐纪念馆

北伐战争乃革命历史上最重要的历史事件。1922 年和 1924 年，孙中山先生曾经两次亲临韶关督师北伐，大本营曾设韶关。为缅怀革命先行者孙中山之丰功伟绩，彰显韶关在北伐战争中之重要地位，提高韶关作为历史文化名城之知名度，韶关市政府根据相关文史资料并按原貌复建北伐大本营，并命名为“北伐战争纪念馆”。

中山钢像，肃穆庄严，矗立馆前。
浈水淌，静流无言。
求民主，灭军阀，创立政权。
彰显韶关，北伐前沿。

蒋汪合，谋政变，好人遭冤。
共产党，心与民联。
分土地，驱土豪，耕者有田。
维护统一，夺取政权。

丁香结·韶关学院

友人邝金松先生乃韶关大学毕业高才生，学生会精英。是日，吾等驱车前往，学院坐落于韶关市，它是经中国教育部批准成立的一所省属全日制综合性普通本科大学。学校前身是创办于1958年的韶关师专。

鸟语花香，季风阵阵，林荫道路心醉。
香气沁胃蕊。
校园里，水莲卧塘花碎。
足球草坪上，人影晃，双方打擂。
晨起暮落，红日依旧东升西坠。

犹忆。
初夏课堂里，蝉鸣催人入睡。
辛勤教师，和颜悦色，白发驼背。
骄子天南海北，求学志不褪。
赴大江南北，年年万人分配。

十二郎·一六镇

与广东韶关犬牙交错的湖南宜章一六镇，海拔高度只有186米，因逢一、六为墟日而得名。一六镇具有深厚的文化底蕴，朴实的民风，人民淳朴，热情好客，有汉、瑶等民族，以客家人居多。

商代先驱，半坡上，耕作山间。
见斧、凿、刀、矛，夹沙陶器，自然古村成行。
上席温泉民宿傍，外观土，瑶家新房。
驶洞仰公路，乡村美景，参杂山梁。

亲尝。
瑶家佳肴，温馨胃肠。
酒后泡温泉，通体舒畅，医嘱早忘。
休闲茶吧，高档舒适，消解疲劳心安。
五指峰，莽山奇险，山路嵯峨攀难。

十爱词·南华禅寺

南华寺始建于南北朝梁武帝天监元年（公元502年），全寺建筑的风格，呈中轴线两边对称布局，建筑面积一万二千多平方米，从正门进入，依次是曹溪门、天王殿、大雄宝殿。建筑除灵照塔、六祖殿外，都是1934年后虚云和尚募化重修的。其历时十年，建成殿堂房舍243楹，新塑圣象690尊。寺内文物有六祖真身、千佛袈裟等。

掬水曹溪甜，建制有因缘。
宝林（南华）寺建南朝湮。
流水潺潺过奇秀山川。

六祖真身在，珍贵文物添。
千佛袈裟千佛在，武则天赐南华永延年。

破阵子·韶关

传说舜帝南巡奏韶乐，把所到之地命名为"韶石山"，就在今天韶关的北部仁化；到隋唐时期，又以山名作为州名，就成了"韶州"。今年是我们第一次出省，心有感触，抒之：

岭南枢纽名郡，华南生物田园。
丹霞山里藏红岩，山地丘陵向南延，春天阴雨绵。

畲族乐居翁源，瑶民安居山间。
百丈峡谷山峰绝，云豹、黑鹿戏山巅，白果、板栗圆。

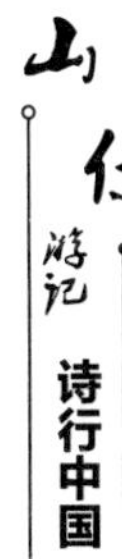

九回肠·品茶

余方采风自湘中归，即受方总邀请于神农茶都品茶，享受品茶之艺术，友人相聚，不亦乐乎，真乃生平之幸事也。诸多朋友皆讲究品茶艺术之茶人，非常注重品茶之韵味，崇尚饮茶意境高雅，真所谓“壶添品茗情趣，茶增壶艺价值”。自午达暮，意犹未尽。红花绿叶，相映生辉，众皆相邀下次再聚，感之，遂赋：

口鼻余香。
回味悠长。
烹活水，烫壶先开张。
鉴赏茶叶貌，温杯、高冲，呡润膏汤。

味蕾刺激舌腔，细浸中，通胃肠。
审叶底，观色泽老嫩，细密柔软光，
古树、南糯，地老天荒。

九回肠·安化平口

很多次坐火车看到娄底、益阳和怀化交界的山山水水，美不胜收，其实这里就是安化县平口镇。平口四面环山，面临资水，坐落在山坳坳里，这次有幸走进山冲，那种城市现代生活气息扑面而来，我简直不敢相信这个山坳里的乡村集镇堪比香港……

水陆通衢。
富贵有余。
湘黔线，飞驰江上过，正东来西往。
柘溪水库，帆影徐徐。

集市吆喝阵阵，乡音绝，音韵娱。
友谊街，贯娄底安化，门店惟鳞比。
清晨鱼市，声杂无谀。

少年心·埌塘老街

浩瀚资江，位于湖南省中部，资江河所经之处，不但“留下”了优美的风光，而且繁荣了两岸人们。资江环绕的新化县埌塘镇，是座千年古镇，古镇的荣光，来自古镇一条条沧桑传奇的老街……

资江优美风光。
街巷里，浸透沧桑。
昔日繁华不再，小河弯弯。
寻旧貌，物移墙翻。

幽深长巷无光。
往事隐，屋漏地荒。
高楼临旧景，两样辉煌。
苔藓下，睹物人勿伤。

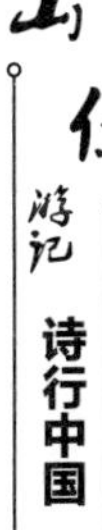

涟源湘军故里

湘军故里杨家滩，远古时期九黎蛮。
蚩尤、炎帝交汇地，神农采药来梅山。
汉高祖时建龙城，县治就在孙水旁。
古镇原有八大门，烟火万家云集商。

耍有文狮七十二，武功套路十八般。
一百单八把子龙，龙舟竞技显风光。
思邈、仲景、李时珍，都来龙山寻药方。
《千金要方》孙思邈，茫茫药海见一斑。

时过境迁至清朝，洪杨起事调子高。
上天敢把玉皇戏，入海可把龙王抛。
一声号令啸聚起，冲州掠县民居烧。
为求自保办团练，湘军支柱靠得牢。

湘军之母罗泽南，率先组建湘军忙。
尔后策应曾家军，东南西北开战场，
以一抵十常有事，湘军到处战事繁。
涌现诸多巴图鲁，清史留名永世扬。

光复武汉肃湖南，驰援江西攻九江。
北上打出湘军旗，兵临城下占南昌。

战安庆后克金陵，所过之处一扫光。
千将云集西南北，平定新疆复陕甘。

刘家军和李家军，按察、布政全国行。
提督、总兵遍天下，毛、肖、彭、周到处赢。
其他姓氏不敷述，千百战役都同心。
总督、巡抚和知府，相逢个个涟源人。

道员、知县、盐运使，涟源在位好轻松。
自古官场互帮护，外委、总兵相互撑。
副将、游击和都司，按排论个述前因。
千总、把总稍列后，大小官员上千人。

得胜凯旋回乡耀，金满船来银满屯。
湘江运出圣斗士，涟水带回运尸人。
哪有战祸不挂彩？哪有苦战不死亲？
兄弟上阵相护卫，上天还有瞌睡星。

湘军善治水火席，余家凉粉祭亡灵。
翡翠豆芽油豆腐，羊角棕子装满盆。
桐叶蘸粑一并起，唯愿亡人看得清。
风光大祭众壮士，封妻荫子护众生。

孙水作证诸多堂，战事过后造得忙。
湘乡遍地建堂、寺，没有土地宝庆摊。
靠近宝庆亦堂口，整个一县全庙堂。
巍峨壮观数百里，灯亮黑夜如天光。

明清古建遍湘中，民风彪悍人不凶。

诸事都有法律在,偷盗当然跑远冲。
孙水河流傍滩过,日日夜夜诉谐音。
湘军旅游博物馆,可把历史来封存?

人月园·蒋益澧

蒋益澧,生员,湘军统领,官至广东巡抚。益澧政绩以治浙为着,从左宗棠克复各城,攻拔杭州省城,肃清浙境。左赴闽后,益澧于浙办理善后事宜。筹闽饷,浚湖汊,筑海塘,擒海匪,裁漕粮,减关税,商农相率来归。又增书院,建义学,兴善堂,百废俱举。东南诸省善后之政,以浙为最。益澧从政以安民为务,人称“蒋青天”。同治十三年四月日本侵犯台湾,蒋奉诏复起“属以边事”。

肃清枪匪减漕粮,百姓始安康。
疏浚湖汊,兴修水利,高筑海塘。

修复名胜,兴办慈善,恢复工商。
造船购炮,兴建铁厂,心为谁伤?

二色莲·刘蓉

刘蓉,出身于娄底茶园镇儒介冲。附生,年少从师罗泽南,罗称蓉曰:“研心经史,步趋程朱,而于当世之务,无不穷究,为不可多得之经世人才。一旦乘时而起,必可大用。”入伍后选为湘军统领，官至陕西巡抚，以平川、治陕政绩尤着。于川削平蓝、李起义，名扬巴蜀。于陕镇压回捻。

名篇《习说》，刘蓉著来，中学教材。
一家不治，何以天下之才？
从政安民治吏，救灾荒，教化风抬。
“君子所学”遵行，“贵乎慎始”应该。

晚清文学家，桐城湘乡派，捕获石达开。
指挥湘军，远望唯见招牌。
遂初园外种菜。
养晦堂，晚年徘徊。
其奏疏，入大海，搁置成排。

一剪梅·王鑫

王鑫，附生，年少从师罗泽南，读书穷极圣贤义理，志量宏远。从戎五年，为湘军统领，历大小数百战，克复城池 20 余处，歼敌十余万，官至道员，赠内阁学士衔。

五百击败五万兵。
身巧脚轻，用兵如神。
人称“斑虎”严厉行，用兵大凶，气势如虹。

湘军出自苦乡村。

贫苦村民，相倚为营。
跑、跳、刀、拳样样精，父老乡亲，进攻随心。

一斛珠·周世宽

曾任湖南提督（相当于最高军事长官）的湘军将领周世宽，出生于涟源金盆。金盆在杨家滩之东的大田垅之中，涟水绕村东南，龙山耸立前方，风光旖旎。金盆似盆，四周圆而高，中间低而平——有五口水塘，传周氏后人必发，周氏家族在五塘四周建起了三锡堂等6座堂屋。传至周世宽时，家渐贫寒。打下天京后，周世宽又渐渐充实了三锡堂……

家境清贫。
农闲抓鳅谋生存。
洪杨起事福气临。
火炮轰隆，误射太平军。

因祸得福福临门。
富贵人家来提亲。
新房笑睇美娇娘，儿时玩笑，洗脚水身淋。

一萼红·罗泽南

罗泽南（1808—1856）湖南湘乡人。字仲岳，号罗山。因洪杨事起，从1852年以在籍生员的身份率生徒倡办团练，自此率湘军转战江西、湖北、湖南三省。因战功卓著，历迁任知县、同知、道员（加按察使衔）。1856年在规复武昌之战中，中弹伤重而死。咸丰帝下诏以巡抚例优恤，救加巴图鲁荣号，建专祠奉祀。位逼巡抚。他在近代湖湘文化中的特殊地位，历数十年仍清如明镜。后人曾作盖棺之言："泽南以在籍生员率生徒倡办团练，转战湖南、江西、湖北等省，大小二百余战，克城二十，由其学术醇正，立志坚定，故能临战不苟若此。至今言咸同中兴名将者，无不言泽南为冠首也。"罗泽南一生治学也颇有成，著作计有《小学韵语》《西铭讲义》《周易附说》《人极衍义》《姚江学辨》《读孟子札记》《皇舆要览》及其诗文集等。

时代推。
本为教书匠，昼夜读书痴。
精修理学，气质深沉，著述常伴诗书。
号儒将，湘军之母，料事准，敌闻胆魄飞。
朝执兵戈，暮讲道学，兵如山威。

无泽南，无湘军，攻城如神助，战前深思。
博爱不亲，心有专宗，谈诗堂里儒知。

家境贫，微光夜读，学业就，课徒正当时。
金秀洪杨起事，湘军对峙。

上阳春·龚志刚山水

龚志刚先生是一位资深的山水画家，作品气象正大，笔墨厚重，善于全景式布局，皴法线条古拙，氤氲磅礴。观其画，感之：

势之所就，点划刚火候。
就山川之势，山所在，顺来逆凑。
奔腾飞跃，咫尺万里透，蜿蜒地，险峰绝，石顽树灵秀。

势欲右行，用意于左够。
动势见峭拔，嵯峨现，丝丝入扣。
山树掩映，弯曲有小路，气脉在，
走龙蛇，形式变化逗。

千秋岁·诗石留题

据清光绪元年《曲江县志》记载：清代布衣文人廖燕厂七《游诗石桥题铭记》中写道："去府治西南十五里有涧，莫知其名。"又据《廖燕文集》称"涧上有桥，以其近黄屋村"。可知诗石桥位于城西南黄屋村附近，距韶城十五至二十里处，即"诗石留题"景点是也。

藤花蔓叶，迎风透香，春末酒后惹人伤。
乘坐小舟沿溪去，两岸美景溪水弯。
石拱桥，文字刻，透年斑。

野草藤葛漫桥荒，距溪高约二丈间。
桥跨九米灰土夯！
桥边怪石很显眼，舟揖过去细把玩。
石桥老，货载忙，勿再扛。

小梁州·罗岩仙树

罗岩，即唐代陆羽《茶经》“韶州茶”主产区，也是清代曲江二十四景之“罗岩仙树”所在地。

茶树层层山峦高，满山香飘。
罗坑茶岩尽妖娆。
明前采青忙碌，摘茶美女娇。

船花花蕾似火烧。
茶山顶部风骚。
树大花繁，杜鹃花妖。
应时花放，砂岩峰林相映刁。

小重山·狮岩招隐

此景位于曲江马坝狮子岩后山北麓。据《韶州府志》载，唐新州卢居士曾栖隐于此。宋政和年(1111—1117)提刑耿南仲题“招隐”二字。

巨石卓起临高枝。
马坝遗址现，卧雄狮。
石室空隆卢生痴。
秋风冷，洞阴斑癣舒。

马坝古人居。
石峡文化史，谁人知？
高人洞内面壁思。
避尘世，洞内不畏淤。

小桃红·曹溪香水

据史书记载，曹溪之名的来历，最早是在三国战乱时期，有曹操的玄孙曹叔良南逃流落曲江，客居南华寺宝林山下溪水旁，在此地开荒耕作，以水养命，故将门前这条溪流以姓命名为“曹溪”，千百年来，至今这里仍有曹侯村名和曹姓人居住。

南华山上峰峦翠，曹溪水甜胃。
暮鼓敲响晚霞褪。
望曹溪，狗耳岭下风光醉。
绿树婆娑，泉水金贵。
烹茗沁肺蕾。

小镇西·迥澜夜月

该景位于现在的韶关海关处，那里水面辽阔，浈、武两江汇集成北江，江面通天塔呼应一江明月。

明月映江中，上下两轮。
水映天，天露微晕。
水波潾。
小扁舟，江中慢行，橹桨轻摇，嘤语叮咛，月入云层。
是恋人。
平时工作忙，夜来轻松。
一轮明月挂当空。
放光明。
两岸游人挤，游人观江，江伴游人，两江汇聚互融。

小梅花·涌泉流殇

紫薇岩，又名紫薇岗，洞中崖壁下有清泉汩出。北宋名臣余靖曾作有《涌泉亭记》碑刻，赞大涌泉：“……大若韬涌，细如鼎沸，久旱不竭，经冬常满。南方瘴暑，酷如炎焚，暂息泉上，寒悚毛骨。”因年代久远，碑亭现已不存，但碑文在余靖《武溪集》和《韶州府志》中仍有记载。

长流泉。
特别甜。
山岩石罅水流出，东向西，浈江依。
清冽甘美，涌泉越千年，世外幻境比桃源。
手掬清泉倍觉鲜。
冬暖延，夏凉添，壑自高深，泉涌生紫烟。

乐冲坪。
岩口村。
世世代代与泉亲。
知泉声，听泉音。
田长稻谷清香，出远门。
冬天水可将手暖。
夏至水凉堪清心。
久旱涌，夏如冰。
涌泉流殇难觅，唯见亭。

韶关二十四景

天下南粤有雄关，山路嵯峨连险滩。
湘粤孔道通南北，赵佗城内可观光。
二十四景韶关内，景景都是水傍山。
也有景观在城内，双江汇聚不敢当。

芙蓉丹灶为头景，话说当年练神丹。
康荣本为一书生，为寻长生燥得慌。
后来入观做道士，四处熬炼有妙方。
终在蓉山有出处，炼丹之处现神光。

笔峰写云帽峰山，圆似官帽浮云间。
府北一里松竹蔚，初一、十五赶场忙。
为求顶戴迷经里，也有正着攀官环。
如若不信汝亲试，封妻荫子显荣光。

遗响仍在九成台，《大韶》之乐徐徐来。
君子闻之不食肉，梁绕余音三年环。
《六列》《六音》明帝德，夏、商、周帝日月排。
如若经年不听乐，当朝谏臣呵声来。

每当夕阳照皇岗，风摇翠竹耀眼光。
翠竹多在南岭生，也有斑竹杂其间。

吾见斑竹生洞庭，斑斑点点心里慌。
娥皇、女英思帝去，余光尽洒在河滩。

莲花樵唱小径里，生怕游人不知起。
早起樵人不知累，一年到头唯粮米。
旧时韶关南蛮地，生活劳累穷互比。
苦中作乐唱樵歌，以此娱乐安慰已。

白沙圩上舟楫密，舟行缓慢转弯急。
江流直下白沙圩，突然缓慢哨作笛。
此处常有税官坐，抽查紧搜沿旧习。
旧时抽厘个挨个，管你亏盈必付息。

迥龙鱼笛紧挨边，水寒江上生紫烟。
岸边行人走得急，寒雨之下惟自怜。
勿怪春雨蒙头下，回龙山上龙在天。
百旺沙洲铜锣弯，但闻鱼笛把水牵。

一轮秋月当空照，可见貂蝉着风帽?
貂蝉美貌人皆知，为何流落韶关道?
原来南国多美女，原模原样貂蝉造。
吾已貂蝉真辛苦，从暮达晓随月俏。

环拱风气通天塔，两江汇聚妖气刹。
浈江武水来融合，北江二水来接纳。
塔影常留两江中，波光流溢污淤抹。
中流砥柱今又是，见证繁华把财发。

南华晚锤按时鸣，声声警醒现世人。

国防教育最重要，少儿自强国最亲。
保家卫国须自强，佛家也有救世音。
如毁吾身救大众，宁毁吾身救全村。

上车都内书堂山，就在浈水四里旁。
泉水汩自洞中出，九龄夜读伴烛光。
天寒自燃木炭火，夏无蚊虫水自凉。
后来追谥文献公，勤学自可放光芒。

韶石生云丹霞山，山石映江泛红光。
仁化生来长此石，奇形怪状音乐场。
舜帝南巡爬上岭，悠哉游哉把琴弹。
琴声唤得山石笑，朝化喜雨暮生香。

冬来积雪满薇岩，冰凌倒挂岩壁斜。
朱翌放任山水间，朝饮晨露暮观霞。
紫薇洞内厅广阔，积雪融入寒气爬。
朱翁夜间生明火，惊走野狼煮熟瓜。

双江之内见小舟，舟动橹摇写春秋。
浈江武水合流处，通天塔影映韶州。
两江四岸游人织，惟见舟揖泛中流。
呢喃细语小道出，恋人相挽草上游。

西河浮桥北宋年，铁索木桥连两边。
南宋嘉泰又重修，沸沸扬扬址未迁。
明朝重修西河桥，大纶桥畔遇神仙。
康荣诉诸造桥法，仙桥古渡把景添。

榕阜晚眺在市区，南粤榕树最是殊。
各种类型皆上品，千姿百态不服输。
吾最喜爱太平巷，美女如云楼上居。
朝观榕树晚瞅女，娉娉袅袅看那姝？

狮岩招隐到曲江，马坝猿人住洞间。
曲江绕岩轻流过，居士隐此傍草滩。
当然江水很是甜，饿时只好把草尝。
人谓卢君不显老，野食当然泛灵光。

三国鼎立战乱急，玄孙逃难韶关避。
虽为皇族本姓曹，豆荚煮豆同样敌。
流落溪边溪随姓，溪水香甜味如蜜。
曹溪香水仍如故，做饭烹饪很给力。

复兴路口影婆娑，车如潮涌女婀娜。
美女自有帅哥傍，老翁切莫去啰嗦。
西河竹籁人影动，不知是竹还是哥？
人在竹中观竹动，竹动观人笑得欢。

塔影松涛处河东，当然此景在明、清。
寺塔旁边大松树，时常护塔和谐亲。
每当狂风暴雨夜，松枝扫塔籁籁声。
风平雨停塔显光，夜灯之下放光明。
塔佑南粤千重福，松护塔基万年宁。

《涌泉亭记》大涌泉，大若韬涌水味甜。
涌泉流殇水汩出，久旱不竭酷暑天。
经冬常满江竭时，泉水鼎沸冒白烟。

年代久远碑不存，仅留泉水慰人间。

迴澜夜月现海关，神仙都要把税还。
自古韶关多关卡，南来北往货物扛。
浈武两江合流处，一夫挡关万夫难。
夜有当空明月照，日过收厘莫心伤。

罗岩仙树在茶山，陆羽韶州煮茶忙。
天生喜爱韶关茶，《茶经》里面有开场。
罗坑“船花”极上品，不是每个都可尝。
吾也多趟韶关去，从未见过“杜鹃”扬。

韶关西南十五里，诗石留题叫得起。
《曲江县志》有记载，黄屋村内去起底。
行舟尽管走小溪，岩洞之上乱草倚。
洞内文字斑剥现，现实之中无法比。

岭南处处多峻山，四大雄关谁敢翻。
石峡文化今犹在，只是无人来把关。
风光景致到处有，山岭之下有河滩。
湘粤孔道风声急，催人游历叫得欢。

沁园春·白泥湖

岁在庚子，时值春夏交替之际，陪友人前去湘阴指导工作。事毕，友人知吾早年从事蔬菜种植，乃提议去他曾泾工作过地点——

白泥湖生态有限公司参观指导一下，吾欣然应邀，一路沿湘江北上，但见波光浩渺，田野葱绿，不胜感慨，遂抒之：

时值春末，沿江北去，绿色湘阴。
见农场内外，春意盎然；
春菜千亩，郁郁葱葱。
瓜蔬满地，大棚林立，换季蔬菜随时临。
农庄内，惟庄员劳作，责任分明。

农场处处温馨，招农技人员托终身。
昔白泥湖畔，荒湖水域；
湖淤白泥，瓷土加工。
湘江尾间，远浦归帆，愿做农场新农民。
看未来，数鱼米之乡，白泥农村。

广寒秋·秦汉古道

湖南临武县境内的秦汉古道，是指从临武县城武水河畔的南门口老街起，往南经邝家村、茅结岭进入广东连州交界处荒塘坪，全长五十多公里。

石板延伸，荒草丛生，岁月匆匆脚留痕。
天然溶洞摩崖刻，小篆体，水蚀泥泞。

深井古铺，半露街灯，昏昏浊浊霞客行。
古老宗祠斑剥现，壁露光，鸟驻顶棚。

广寒秋 · 西京古道

西京古道,也称湘粤孔道。它从英德浛洸至湖南宜章,全程有500余里。西京古道途中,“五里一亭、十里一驿”,至今有不少凉亭驿站遗址,这些驿站,就是史书中所记载的“驰驿”。当时,地方进贡朝庭的龙眼,荔枝,就是走的西京古道……

南粤佳果,妃笑红尘,快马运送宫廷。
繁华老街灯照云,万夫集,肩扛手拎。

十里长街,货运码头,熙熙攘攘人行。
进京赶考行匆匆,青石板,人马留痕。

于中好 · 阿婆缺驿站

从广东河源市和平县青州镇到热水镇一直往北,在和平县浰源镇有一处驿站和茶亭,叫阿婆缺驿站,旁有一茶亭,称“界下山茶亭”,茶亭匾上书“赣粤第一关”,亭联则书“赣岭万商云集奇峰堪注目,粤界千关跋涉辛劳且宿肩”。这座藏身九连山中的古代关隘,不久将展现在世人面前。

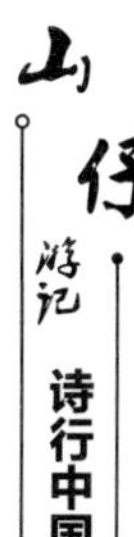

驿道公里六十六。
已千年,道淤乱竹。
上岭台阶有百级,青石板,铺得齐。

茶亭石凳破败缩。
草丛里,再难入足。
苍凉古道丛林没,粤赣边,货难得。

燕山亭·阳山关

阳山关是秦汉时期隔绝南越与中原的三大关卡之一,秦始皇三十四年至三十七年,即公元前 213 年到公元前 210 年间,秦军在阳山,连州交界涟溪口设湟溪关,在阳山骑田岭古道设阳山关。

石板古基,杂草横生,腐朽樟树路栖。
人迹罕至,曲路移迷,树阻径歪墙移。
骑田古道,渐成谜。
阳禺国奇。
弱小,处处受人欺。
西汉归依。

猛坑石头攀疲。
见南岭主峰,云遮雾罩,山路歪倚。
高山平原,天然盆地花期,红白莲花,相互迷。
远古海凄。
地壳,粤北隆,化石留遗。

山亭柳·湟溪关

据《史记南越尉佗传》记载：湟溪关，是中国湘粤交界处的古湟水驿道上的重要关隘，由楚(兰山县南)入粤(连县西北)之要道。

向北攀援，南天门上天。
湟溪关，绝壁连。
气势雄伟险道，兵家必争路檐。
青石板梯雨蚀，马踏痕添。

秦末战火燃中原，反秦起义扑粤边。
任嚣逝，赵佗连。
断决岭南通道，“盗兵”难出中原。
奠定坚实南粤，赵佗梦延。

山亭宴·乐昌峡

乐昌，古称赵佗城，位于广东韶关市，是湘赣地区通往岭南的重要关隘。乐昌峡谷是南来北往的水上必经之道，山势奇险，水不畅达。东汉桂阳太守周昕开凿九泷十八滩，武水贯通。近代以来，乐昌峡仍为兵家必争之地，征战不断。

高山峡谷武水河。
乐昌峡，以少胜多。
九泷十八滩，通岭南，石峡风嗖。
百态千姿金鸡岭，似屏风，栈道路苛。
城墙傍古寨，四隘口，险下坡。

宣娇阁上放高歌。
点将台，古风仍在，巨石峥嵘挲。
梅花猪，客家人唆。
石峡文化源流长，青铜器，刀、枪、戟、梭。
春秋战国墓，秦半两，无人睃。

南粤趁墟

自古南粤路嵯峨，以货易货故事多。
货物交换需场地，应运而生墟市苛。
人多乡村可成市，货物运来市场挪。
人多货挤城镇现，就以墟日现成拖。

湖南宜章一六镇，小小墟场行大运。
此镇深入韶关市，所有语言客家听。
瑶、畲、土、苗混合居，两省之间语言混。
无论汝用何语系，不是土音难融进。

佛冈有个二七村，从化墟市不同音。

二七墟市傍水立，从化货物运水滨。
两岸货船互来往，墟市购物船送临。
可以不用货物下，直接运货到家门。

三八墟市在台山，以墟成镇不敢当。
历史悠久繁华现，黄金水道船载忙。
侨乡个个都奋勇，国家有难匹夫当。
同心建镇力量大，三面环水有灵光。

台山城东四九墟，始建明代可见书。
因墟繁华变成镇，城镇扩大清路淤。
山路崎岖丘陵地，杂以平原到处居。
东邻新会有北峰，攀岩、运动成新区。

河之对岸五十墟，月无九、十初一输。
有些月底有不同，下月初一暂屈居。
两岸繁华相互比，四五、九十酒不输。
茶堂、酒肆闹烘烘，豪歌劲放山水纡。

也有墟市办得繁，十天之内有三场。
故尔产生一四七，云浮六都去游玩。
旁临西江美河鲜，招牌林立棚傍房。
紧靠河滩腥味重，个个都想河鲜尝。

二五八街在陆丰，也是墟场把街称。
历史久远古街见，慢慢回落古韵中。
微翘屋檐图腾现，苍龙、白虎画顶峰。
花卉图美显斑剥，没落墟市大街冲。

三六九墟在东莞，惠阳、博罗紧紧傍。
三县互贸有先例，仗义同心放肆淌。
和睦相处是美德，人人勤奋没有懒。
赚钱之时讲美德，仁义疏财有人奖。

各地都有墟市存，多见南国数字行。
看来方便又好记，送与吃货南粤停。
当然趣字还更多，浩渺广博似流云。
吾爱南国四季天，所以游历在眼前。

山鬼谣·二五八街

广东陆丰二五八街以墟市而得街名，与之一起的还有三六九街。当我们井然有序地进入二五八店铺街时，瞬间小街巷立马热闹起来。但纵横交叉的小巷更使我感兴趣，它们幽深静谧，荫凉而清爽，那稍微翘起的屋檐及屋脊下的饰纹都使我流连忘返，不忍离去……

骑楼下，繁华不存。
天空微露乌云。
刹那又是小雨上，伴以沉闷雷声。
残垣屋，树断根，旧时繁华何处寻？
悠远古朴，繁华伴遗存，新颖盛世，旧屋草横生。

明月清，远处阵阵靡音。
大街顷刻亮灯。

霓虹灯下新潮现，靓女着绿穿红。
朱雀桥，路灯昏，男女打俏无正经。
旧屋温馨。
待月挂高空，凉风习习，老街稍无人。

山坡羊·三六九墟

东莞市桥头墟的墟期是每月逢三六九，是惠阳、博罗和东莞三县互贸墟市。据桥头墟广晋街挖掘的古碑《审断墟期碑》载，桥头墟，原名“义和墟”，即“仗义同心，和睦相处”的意思，建于清朝康熙六十年(公元1721年)。

仗义同心，和睦相处，见三县墟市互贸相帮术。
墟碑柱，如铁竖。
忆清时为建墟挑沙运土，铲平高地广植树。
买，有心去；
卖，诚心御。

山花子·四七墟

云浮六都是西江边上古老的小镇，圩期是农历一四七，以出产河鲜而闻名四方。

与江相望德庆县，来往城乡很方便。
河鲜餐馆排排立，价格贱。

脚踩污泥如气垫，念念有词福气念。
泥泞路上摊挤过，菜蔬链。

万里春·五十墟

五十墟建于清代嘉庆四年（1799 年），是一个以墟日命名的墟集，也是台山仅见一处跨越了一河两岸的墟市。距四九镇府约 4 公里。

“牛骨墟”内，簇暮春天气。
趁墟市，南北商货，捡漏并不贵。

物品如吾意。
入囊中，个人韵味。
求姻缘，墟市相亲，双方生暖昧。

万年枝·四九镇

自明代始，四九镇因过去农历每旬逢四日、九日两天为圩期而得名，位于台山城东部。

丘陵山岗，平原水夹滩，地势艰难。
东邻新会，高矗北峰难攀。

历史水利蛮陂头，福临碉楼观光。
森林公园，国防基地，登五指山。

源远流长。
见非遗，农事谚语，碑记长廊。
民谣、传说，到处沸沸扬扬。

甄子明和黄三德，抗日战争救亡。
侨领、亚裔，市长、总督，海外登场。

千春词·台山三八镇

广东台山三八镇因墟市而得镇名，是著名侨乡。

台山西北，东邻水步，地势独特。
看台城河水，缓缓流过，使潭城主流有特色。
北接苍江，三面环水，丘陵山地不出格。
具潜力，惟风景秀丽，开平桥隔。

合拍。
旅游南国。
自古侨乡先机得。

观山清水秀，公路畅达，黄金水路，船载稻麦。
旅外乡亲，港澳台胞，纷纷解囊搞建设。
看现在，见开发区内，互相仲伯。

千年调·从化二七墟

在老广东人的口语中一般把乡镇称为墟，把约定俗成的集市交易称为“墟日”。广东的墟市，根据南朝沉怀远《南越志》的记载：“越之市为墟，多在乡村。”

墟市伴码头，两岸沿水道。
清代贸易活动，水运重要。
沿水设墟，墟市因地造。
人流涌，选址妙，货物到。

乡村土产，出口物紧俏。
一俟货物紧缺，不用高叫。
通商刺激，全靠计算妙。
货物集，互交织，勿高调。

天仙子·则道曼松贡茶

据报载“2019 胡润百富至尚优品颁奖盛典”在上海举行，则道曼松贡茶荣膺“高端普洱茶最佳表现奖”，成为胡润百富 15 年来首次上榜的中国普洱茶品牌。是日，有幸于高桥茶城结识则道湖南经销商尘心阁潘定栋先生，并应其邀请品尝曼松贡茶佳品，不胜感概，遂抒之：

贡茶传奇四百年，辉煌曼松舞翩跹。
高山采摘雨涟涟，攀高梯，性命牵。
质量优良宫廷牵。

踏遍茶山闻茶鲜，制茶工艺守眼前。
王子山上背影添，路越难，人越坚。
为求好茶不惧天。

沁园春·六步溪

六步溪乃湘中之“西双版纳”，山里有吾等很难见到之大叶茶。吾虽从数面坐车，步行或舟楫进入安化，未果。署月中旬，友人八另邀余参加六步溪茶艺品尝会，始得一见，感之：

时逢暑月，岁在庚子，热气难收。
见茶城内外，琳琅满目；
送茶车上，货在人留。
茶艺桌上，群英毕至，品饮茗茶乐悠悠。
闻天尖，思香气略浓，味上心头。

盏内大叶漂浮，想此叶难从树上揪。
惟莽莽丛林，蛇虫乱窜；
攀登采摘，吾心甚忧。
尝之芳香，气贯满楼，门外顾客往里瞅。
见老板，呼顾客安好，招待甚周。

惜花春·氐星

吾日前抵娄底，逛娄星路和氐星路，方知娄底之来历。据《史记》载：“氐，东方之宿，氐者言万物皆至也。”氐为苍龙之胸，万事万物皆了然于心。龙胸，乃龙之中心要害，重中之重，故多吉。

氐土貉，苍龙星之精，要害龙心。
其星属土，形如狐狸，耳小万事精灵。
博学多才，有奇术，很难傍身。
治疗阴气所伤，其咒去除病根。

星象形似牛角，座为天秤星，又名天根。
随和善得人意，长幼宠，平易近人。

善于谋略，有野心，业立家兴。
擎天柱，根为本，往下猛扎根深。

风光好·娄星

据《史记》载，娄为聚众。《公羊》则说，牛马维娄，系马曰维，系牛曰娄。牛和马的意义并不相同，马在古代大多出现在战场，而牛则大多出现在农耕和祭祀，因此，娄星代表着吉祥富足，国泰民安。

娄金狗，把财守。
吉祥富足多田亩，家中有。
天狗食月追月走，吃后吐。
娄星主和不互扭，相互搂。

风中柳·贺德英

贺德英(1238—1252)，南宋湘乡县焙塘(今属娄底市娄星区杉山镇田湾村)人，宋理宗嘉熙淳佑年间神童。

上知天文，下晓地理年少。
五岁始，出口文妙。
《赋雪》诗俏。
《圣小儿》人笑。

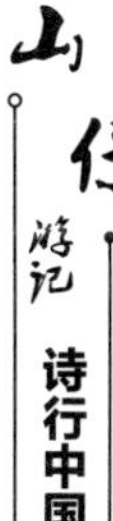

宋理宗，亲自考校。

芸窗新迹，文塔早题名翘。
学风起，人文重要。
西莲河绕。
神童归乡耀。
神童湾，英才前哨。

凤归云·南水

夫南水者，珠江水系北江支流也。亦称南水河、乳源河，古称洲头水、渣溪水，源于广东省乳源县之五指山安墩头，流经龙南镇、乳源县城，于龙归与龙归河汇合，再经韶关曲江区孟洲坝汇入北江。

溶岩高原，支流众多。
龙归水汇入，韶关起波。
植被良好悬岩立，水落高坡。
见南水水库，著名土坝，世界参观。

蓄水发电，不畏风呵。
电站设山洞，岩洞管梭。
天然落差一千二，直线下拖。
兼防洪枢纽，调节水位，雨猛闸挪。

风入松·罗坑水库

韶关曲江区罗坑水库，占地 3000 多亩，库容 3468 万立方米，周围青山环绕，其特点是水质清纯而碧绿，毫无污染的水面看上去犹如翡翠碧玉。加上四周绵绵起伏的青山及那若隐若现的野生鸟鹤，让人感受到一种回归自然的乐趣。

亚热常绿阔叶耀。
船底顶翘。
雨后山顶云雾现，出云层，太阳高照。
罗坑水库碧绿，四面青山环绕。

红花莲藕迎阳笑。
小路狗叫。
绿色环保白莲藕，运市场，人抢物俏。
珍稀动物保护，辖区正列纲要。

娄底古八景

自古娄底趣事多，娄、氐二星照山坡。
山坡之上运程聚，神童下凡民声欢。

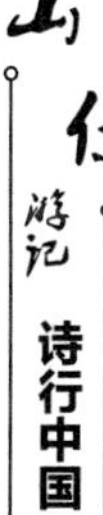

也有丞相似蒋琬，为民勤政省严苛。
湘军由此奋勇起，英雄辈出涌长河。

娄底八景伴涟水，澄清秋浦杉山尾。
据说杉山有澄清，斩杀孽龙有一腿。
孽龙虽杀并未死，澄清化塔把龙擂。
从此孽龙不害人，长镇塔下春光美。

花岭云蒸花山仑，老街附近半坡中。
一年四季花香溢，老街处处熏香风。
野生植物遍山长，春暮正好掐胡葱。
也可桃油泡水喝，也可鸡蛋煎香椿。

仙桥月朗梅子湾，此处过河涉险滩。
河道虽窄水流急，常因过河湿衣裳。
仙女欲搬大巨石，铺设便桥把人帮。
还是政府力量大，大桥架设可观光。

豹洞晓雾妙笔峰，岩洞之下出神童。
手持毛笔横竖扫，笔到之处有妙音。
音随笔走好文章，考场之上得头名。
豹洞清晨有雾出，雾到之处有精灵。

市区东北涟水东，石门返照伴水滨。
夕阳西下映水面，天水一体红彤彤。
鱼翔浅底傍岩过，水冷壁高半临空。
岩高水深鸟不过，水静岩悬难渡神。

化井长虹老街中，一组古井傍水滨。

井水共有三层次，饮、漱、用水很分明。
古井上面有便桥，桥上昼夜有人行。
井上雾气升腾起，雾映彩虹桥上停。

珍涟晨雾高山中，珍涟雪霁在隆冬。
春天看雾冬看雪，珍涟水冷不宜停。
山中有洞可驻足，也就那么半时辰。
汝等也可常光顾，夏天观光很时兴。

涟滨乡下南阳村，此处有个冷水坑。
水流常自坑内汩，也不知道出何因。
流入涟水犹觉寒，水流直下沙洲侵。
水冲沙洲回流急，急弯下来转头晕。

娄底八景就岸坡，地形优势游人多。
旁临老街好游玩，旧时兴趣靠人挪。
地方前后不太远，涟水河畔有人歌。
恋人也喜僻静地，当然人多也好欢。

风中柳·冷水圆折

娄底八景之一的冷水圆折位于涟滨乡南阳村的一段水城。当该水流入涟水时，为神童湾沙洲所挡，水柱飞溅，形成蔚然景观。

涟水江滩，水击沙洲回弯。
泉水冷，凉彻心寒。

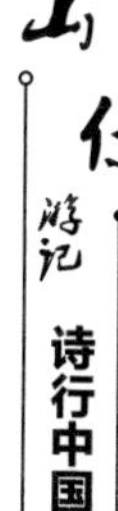

鱼游岸边，水急前行难。
沙洲立，冷风登场。

冷水坑边，蔬菜种植夏忙。
返季类，夏如冬凉。
黄泥塘畔，山色伴水光。
物产丰，果满山岗。

月华清·珍涟晨雾

娄底古八景之一的珍涟晨雾位于石井乡与涟源交界处的珍涟山上，山高四百余米，上有珍涟洞，下有珍涟水，山路曲折，登高而望，别具一格。

黄泥塘东，杉山古村，石井乡里雾浓。
流水潺潺，远听山泉叮咚。
珍涟水，沿坡直下，过石井，幽会蛟龙（地名）。
龙晕。
看珍涟洞外，雾漫清晨。

三圭工业兴隆。
见回龙煤矿，奋力助农。
娄斗铁路，昼夜往返乡村。
铸造厂，翻坯倒模，合金钢，可炼真身？
果兴。
惟农林经济，可以扶贫。

月华清慢·化井长虹

在娄底老街曾有一组古井，“化井长虹”就是说的这组古井，古井上方曾建有一座古桥，每到冬季，井群上热气腾腾，古桥隐现于雾气之中，仿佛彩虹一般……

涟水河畔，街始于宋，老街古井雾蒸。
见店铺林立，夜晚暑气烘。
望湘门，人流熙攘，观化门，井边沸腾。
轻音。
三五洗漱妇，语调轻轻。

桥上马车嗡嗡。
待妇妪散去，热气缓升。
旧时繁华不见，渐渺无踪。
井犹在，饮、漱、用分，雾亦现，难见长虹。
欢欣。
冬日偶一见，喜气临门。

感皇恩·石门返照

娄底市区东北处，乃涟水之东，其岸有一黑石壁临江而立。该石壁高约五丈，乃娄底之天然门户，每每夕阳西下，光照石壁，水映红波，乃天然之美景，此即娄底古八景之石门返照是也。

壁立涟水边，夕映江天。
黑石壁岸冷气添。
帆立半滩，鱼游岸边柳间。
盛夏坐船头，酒傍边。

垂钓老者，炒豆、耳尖。
人生顺意月中圆。
微风渺渺，看来寒气又连。
见钓翁收杆，醉意绵。

月城春·豹洞晓雾

娄底杉山“妙笔峰”古木参天，修竹拂云，泉韵清幽。神童湾山麓有一石岩，名“豹谷洞”，每当残月西沉，东方露白之时，洞口白雾飘缈，恍若仙境，古人称其为“豹洞晓雾”，乃旧时娄底八景之一。

豹洞雾环。
望杉山村寨，炊烟呈蓝。
烟混雾罩，混沌满山岗。
诗意家乡。
清晨里，远处山岚。
晨露点点，鸟叫蝉鸣，欢乐杉山。

神童可曾登场？
孩童贺德英，神采飞扬。
七岁诗文，高中第一行。
无人为难。
临此地，略带情伤。
怀古思近，娄、氐仲伯，月升正当。

月宫春・花岭云蒸

座落在娄星区老街附近的花山仑，一年四季云烟蔽天，花开满山，乃娄底古八景之花岭云蒸所在地。古时，境内属湘乡县域，是由一小集镇逐渐发展，正式形成于北宋时期。

花山仑里花正开，令吾几徘徊。
红花绿叶迎风筛，恋人互倚歪。

曾记前年老街呆，时逢桃李脱花胎。
满坡尽绿红退，花随溪水环。

百宜娇·仙桥月朗

每年农历七月七日，常有人在梅子湾桥边上设斋供奉七仙女。“仙桥月朗”也就成了娄底八景之一。

涟水弯弯，石露江滩，梅花怒放冬忙。
沿水两岸，桥梁正铺。
岸边基础打夯。
水隔两岸，来往少，耗费时光。
涟钢区，人员汇聚，建桥工人加班。

忆往昔，摆渡心伤。
见狂风暴雨，立马收摊。
严冬暑月，停船摆渡，路人唯恐停航。
思七仙女，移巨石，欲助人间。
惟今朝，群英奋力，力克难关。

月当窗·澄清秋浦

澄清塔，位于湖南省娄底市杉山镇澄清村，座落在涟水之滨，是娄底八景之一的“澄清秋浦”。

涟水之滨。
焚字塔迎风。
敬字惜纸焚炉，奉文昌，把孔尊。

澄清。
杉山人。
曾经斩孽龙。
宝塔临江而立。
面蓝田，谷溪宁。

月当厅·北江

北江，中国南方大河珠江之支流也。正源乃浈水，发源于江西省信丰县之西溪湾。西南流，至韶关汇武水后称北江，至三水同西江相通。三水以下经珠江三角洲，主干从洪奇沥入海，长582公里。

中流河段峡谷多，两岸峰高，水击险坡。
多江汇入，珠江水系鱼多。
源于翁源船肚，滃江入，英德东岸歌。
飞来峡，水利枢纽，水放风嗖。

风光秀丽“小三峡”，连江水，流经青莲地苛。
峡谷奇趣，树木、植物多科。

连南三江至龙口，汉代水利龙腹陂。
宋、明、清，堤防建，北江大堤搁。

瑶花·云溪

据《湘乡县志》载："境内最早的佛教出于云溪，始建于南北朝萧梁时期（502—557），当时有殿宇九进，寺田一处。"

石柱峰下，大石桥旁，古寺傍石山。
涓水弯弯。
紫云绕山岗。
塘现碧光。
村寺潇洒，树呈绿，白鹭绕田，成双对，应答寻欢。
中国第九道场。

古寺祈盼光芒。
兴盛不衰史，再露光环。
祥云缭绕，香火旺，满寺磬音绕梁。
山清水秀荷水地，山涧潺潺。
尘埃中，众续佛缘，古寺定铸辉煌。

征招·古大同

坐落于津市的古大同传为九祖道场,东方初祖达摩禅师曾驻锡于此,是黄教四十二福地之一,为湘鄂边境闻名古刹。

隐天蔽日重岩迭,云烟缭绕雾歇。
景色千万变,山水互连接。
滔滔澧水过,环山麓,洞庭集结。
九祖道场,古大同里,天庭有别。

壮观,高台阶,至山腰,曲径卵石铺砌。
十万丛林“庙”,信徒攀登锲。
飞檐顶拱月。
朝拜者,络绎不绝。
古寺庙,名闻遐迩,妖魔望而怯。

一寸金·雨水

道教神祇,龙王、海神岸住址。
管山陵、江河,四海龙王,存于水域,陆地不杵。
司阴阳风雨。

辅妈祖，渔民安寓。
各神仙，阴冥众生，听命龙神山川许。

日、月星君，雷公电母，庙中如木楮。
每风雨失调，祈雨龙神，消灭灾害，减轻疾苦。
盼风伯雨师，多关照，下雨如煮。
香火旺，风调雨顺，庙前奉柏枝。

西施·杨林坳

人山人海杨林坳。
灶台从地造。
膜拜关公，齐赶武圣庙。
每年两次庙会，地花鼓，龙灯和高跷。

一马平川资江北，桃江凭山依靠。
进退可，杨林坳里蜀军啸。
两军对垒资江，看南岸，山腰密布哨。

疏影·赫山

庚子春月，携友人游赫山古镇，欲寻访赫山古镇，不果。据闻，东汉末年，资江南岸乃东吴守将甘宁驻守，北岸乃关云长对垒，著名的关羽单刀赴会就发生在这里。至南宋年间，岳飞围剿杨幺后，当地人拆卸了岳飞搭建的营房以修赫山庙，内供关羽，岳飞父子诸英灵。庙故址为赫山区政府东围墙附近至七里桥，于五十年代拆毁。现鸾凤山附近岳家桥镇岳氏家族乃岳飞后裔也。

三国年间，此处皆水泊，水与山连。
南岸甘宁，武功卓著，小心镇守忧天。
关羽单刀赴约会，北岸驻守，南北分辕。
鲁肃堤，关羽濑湍，甘宁故垒水边。

岳飞镇守赫山，见旌旗蔽日，防敌它迁。
牛皋、张宪，把守沅江，兵家之地留仙。
赫山庙里享香火，香火旺盛，直达天尖。
思故址，规模宏大，此时杳若飞烟。

三台令·土地

土地，土地，百姓劳作生计，商人收获得利。
百姓劳作耕田，田耕，田耕，一年到头无利。

胜常·药山

津市药山始于唐初，相传曾有唐“尉迟敬德督建”石碑。唐贞元至太和年间，续有扩建，殿宇雄伟，长约一公里，俗传“跑马关山

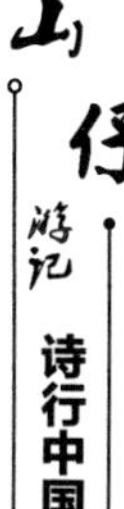

门”。唐高僧惟俨于德宗贞元年间从衡山移居药山寺,一时禅风大振。

禅宗祖庭,法脉源头,日韩遍布信徒。
不远万里朝拜,尔等到底何求?
拜祖师塔,谒枯荣古树,可有名留?

品令·津市白衣村

荷露尖。
绿叶圆,村前荷塘蛙喧。
溪水清,观田园风光,草地绿,红花添。

村民聚集村前。
环保整治水边。
投人力,创亮丽风景,有机制,定胜天。

暗香·雷峰山

雷峰山云蒸雾蔼,万木葱茏,奇峰突兀,洞穴石乳千姿百态,怪石嶙峋,悬岩百丈,圣殿凌云,是南岳衡山七十二峰的“穿破山河雷祖峰”(原名雷祖峰)。前清湘乡县志中记载有“远望雷峰如层楼焉”。

云蒸雾蔼，奇峰入半空，枯木返青。
悬岩百丈，千姿百态石嶙峋。
洞穴钟乳闪烁，顶滴水，流水淙淙。
参禅地，高山巍峨，四方佛音。

晨钟，警世人。
暮鼓阵阵响，威镇三湘，护佑太平。
弥勒、斋堂处处新。
观音堂里叩拜，众信士，慷慨捐金。
新殿立，灵气现，苦海重生。

浪淘沙·游开封

其一
大相国寺庭院深，旧址应为信陵君。
佛教圣地由此起，祭祀信陵在后庭。

其二
相国之位登大宝，此种机会堪谓少。
“大相国寺”名至今，李旦(唐皇)登位真是巧。

其三
千手千眼观世音，千里之外看得清。
四面八方均察到，手心慧眼放光明。

其四
鲁达倒拔垂杨柳，水浒故事永不朽。
北宋辉煌史可见，不信汴河走一走。

其五
“相国霜钟”子夜鸣，开封八景天下闻，
除夕之夜烧头香，撞钟祈福天下行。

宁乡溶洞

第一天然佛像洞，五颜六色离天近。
近观佛像多幻觉，造型生动不会动。
远看神仙欲飞天，飘飘渺渺如做梦。
我谓神仙好快活，只岩片石相互共。

乳石、石笋和石柱，看似擎天实觉笨。
石幔、石花状似佛，送子观音去心病。
一朝求得麒麟子，观音法力就是硬。
惟妙惟肖诸法象，看啥像啥随意用。

沁园春·毕节

北风悠悠，黔西南去，赤水源头。

望崇山峻岭，身披薄纱；
沟壑纵横，水浅停舟。
武侯祠内，七星灯亮，诸葛设坛万魅收。
先农坛，祈风调雨顺，衣食无忧。

杨泗祠内龙愁，愿潮长水落应民求。
看摩崖石刻，古旧斑剥；
普惠双井，似有物留。
鱼山黑神，气势咻咻，关帝豪气永不丢。
祖师庙，见三丰祖师，仍在神游。

青门饮·包公

初冬时节，暖阳高照，郑州东去，包青天湖。
柳垂湖岸，瀑布飞泻，水波浪击湖鱼。
花团绵簇里，微风起，枝摇叶扶。
满目翠绿，幽雅宜人，风送尘除。

铁面无私去疽，清廉家风，从严以拘。
金元始起，歌颂包公，常列庙堂居。
历朝贤臣里，思包拯，去贪如无。
强国富民任重，多请贤臣来居。

岳　阳

岳阳历史源流长，唐代开始传佛忙。
圣安是其发祥地，无姓大师开佛坛。
杨凭建寺费巨资，龟山原本是道场。
宗元所刻无姓碑，堂堂皇皇立寺旁。

历代名流皆来此，屈原、李白、范仲淹。
韩愈、杜甫、苏东波，天天研诗好疯狂。
石涛大师亦住此，作画不畏天地荒。
八指头陀了不得，翻山越岭不畏难。

圣安寺庙岳阳南，楞伽北峰大地方。
《碑阴记》为宗元刻，记录影响显辉煌。
圣安威德誉江湖，现任方丈是宝昙。
寺庙扩大一百亩，佛教慈悲感四方。

黄材溶洞

三亿六千万年前，岩溶风靓现眼边。
清奇俊秀千佛洞，地貌复杂大自然。
五六世纪有记载，十三连环洞相连。

灵佑法师曾闭关，千尊灵佛洞内添。

栩栩如生佛像群，迂回曲折洞幽深。
冬暖夏凉奇景出，神秘莫测石柱擎。
钟乳千姿并百态，石笋撑破云天外。
阴河、瀑布暗地生，奇景迭出风光在。

山体水景组成画，山水田园自然外。
溶洞风光配山色，内秀外雅妙趣带。
全长二千三百米，地下河段后隆起。
河道露出成溶洞，雨水洞顶渗入缝。

溶解诸多石灰盐，洞内结晶钟乳添。
石笋、石柱、石幔等，气势磅礴雄伟间。
千姿百态石景多，地下画廊风景坡。
据说里面洞连洞，绵延桃江慢慢挪。

至今只有前六洞，乘船、步行游览观。
送子观音、千佛塔，大仙浴足动物吓。
藏宝阁旁流金台，寒天雪伴着提开。
高峡飞爆水流急，一线观天移步密。

翡翠、宝石和珊瑚，地下宫殿到处立。
移步成景溶岩洞，宏伟、壮丽世人问。
地下水力真巨大，碳酸钙把岩石化。
沉淀堆积百万年，结晶形成神功添。

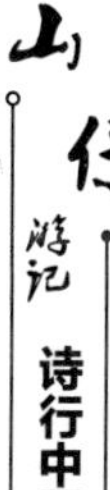

崀山主峰

崀山主峰云台山，若要上去尽力攀。
云台寺在山顶立，寺庙内外好观光。
新旧建筑层层迭，处处都是好地方。
敬神求卦好去处，信则有灵菩萨帮。

浏阳乡下所闻

远见鸟雀上屋尖，探首翘尾戏神仙。
啮牙咧嘴探首望，偷偷摸摸欲上前。
惊雷一声如棍喝，横空出世莲花边。
魔高一尺道高丈，灰飞烟灭大圣前。

古庙又称天符庙，符法遍布众生间。
有求必应求神助，大圣解厄在眼前。
天助大圣护苍生，符驻神威在山巅。
火眼金睛通宇宙，大圣除去世间冤。

浣溪沙·道吾山

苍劲挺拔道吾松，兴华寺内听晨钟。
湖山胜迹莲花峰，“海印流光”金匾耀。
铁瓦覆顶大明铸，释迦牟尼殿内供。

阿拉善见闻

矗立山坡三百年，定远营内有神仙。
僧俗参拜延福寿，清帝赐名把景添。
此寺也名王爷庙，和硕亲王送金匾。
满藏蒙汉回文字，金光闪闪匾内嵌。

大雄宝殿藏经楼，各种大殿十余间。
大小房间二百多，二百喇嘛拜佛前。
六世达赖曾来此，广传弗教在众前。
九世班禅亦参禅，普渡众生在殿前。

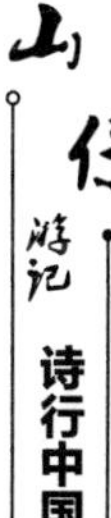

蝶恋花·中国化

大乘佛教菩萨心。
两晋传入,普渡众生灵。
最初观音为男神,一改女性隋唐行。

慈悲之心合国人。
中国文化,结合该过程。
白衣飘逸观音到,万人空巷徒众迎。

沩仰学派

灵佑禅师唐代僧,沩仰初祖福州人。
法名灵佑俗姓赵,佛教禅宗五家兴。
十五出家随法常,受具足戒于龙兴(杭州龙兴寺)。
五家七宋最早成,世间当数消仰宋。

沩仰开创是灵佑,还有弟子慧寂僧。
灵佑设坛在沩山,慧寂常驻仰山冲。
一家宗风兴盛世,后代称为沩仰宗。
盛于晚唐五代时,个半世纪始不衰。

唐时沩山在潭州，袁州仰山在宜春。
两地相隔近千里，可见师徒很同心。
买佑广究大小乘，参学之首怀海亲。
怀海之嘱去沩山，开法道场悟湘中。

山路峻峭沩山峰，猿猱之间烟火生。
橡栗作食草为被，乡民营建寺庙兴。
毁菜逐僧唐武宗，裹头匆遽农民充。
裴休把他迎出来，同庆寺内朝廷名。

禅风大振人见多，一千五百憎人行。
人多自然好办事，垦荒开田靠自身。
仰山慧寂常行走，香严智闲为上首。
敷扬宗教四十载，怡然而寂八三外。

顿悟因绿数灵佑，马祖、百丈倾囊授。
机缘凑泊寻思纯，弟子慧寂学在后。
师徒同道大修养，从上诸圣宗旨做。
缘得一念悟自理，净除流识无尘受。

慧寂禅师不寻常，未受足戒拜师忙。
初谒南阳道真师，后参灵佑在沩山。
灵佑见他不同常，加以开不执侍旁。
传授心印与慧寂，莽山、仰山宗门忙。

他本韶州怀化人，观音山上开宗门。
著名人物法嗣中，智闲也是灵佑人。

刻苦学习买佑技，香严寺内顶上乘。
从闻入理理深妙，教人寻思心圆明。

夜静思

禅净双修佛门幽，一任春光年轮流。
冬来秋往花容在，万缕烦恼身后丢。
幽烟常绕斋房里，月照堂前美人图。
禅房书横在床角，灵儿夜读佛香留。

思　念

吾记民间曾有云：七月十四可是亲。
地官大帝赦罪日，祭祀祖先度亡魂。
夜晚、野外阴气重，节前节后要小心。
尤其七月十四日，野鬼犹如出牢笼。

祭祀祖先烧纸钱，数好纸钱放包封。
小人、纸马来扎起，灵屋里面可收音。
现时还有大宝马，扎个二奶伴宗亲。
苦难日子没过好，烧座别墅配大棚。

纸钱烧得好又多，两个保安护金银。

冥都银行收讫毕，保安烧后充家丁。
各地风俗不一样，有些地方放河灯。
晚风吹来灯一片，河面地上数不清。

气球冉冉升上去，扑闪扑闪耀眼睛。
孔明灯里写祝福，叮嘱祖宗护儿孙。
忽然鞭炮一阵响，哽哽咽咽哭亡灵。
纸船明烛漫天烧，注意环保莫伤人。

月下笛·龙归河民居

在韶关自西向东畅快奔流的龙归河，水清浪洁，竹树护堤，在它汇入北江附近的孟洲坝景色迷人，村中的古建筑，更是独领风骚。

民国古建，后连石山，前接小河。
青砖砌墙，黛瓦重重彩绘苛。
卷雕草纹石门礅，高门坎，纹饰花多。
艺术造诣高，沿饰珠链，重墨彩拖。

手法，慢慢摸。
翘檐高昂处，铃响风挲。
双凤朝阳，旁有绿树婆娑。
鼓形柱础透魅力，蛟龙现，鱼纹水波。
圆形井，青石垒，水质醇美止渴。

月中桂·浈江

浈江,珠江水系北江干流之上游段也,乃北江源头。起于江西省信丰县石溪湾,至广东省韶关市沙洲尾以上河段止。浈江古称保水、始兴大江,俗称东河、东江。

水深流广,见舟楫通航,点点风帆。
三江口镇,汇多股溪流,浩浩荡荡。
见河道猛张。
棉地坑,注入墨江。
崇义竹洞凹,由北向南,
锦江冲河滩。

南越平乱汉武间。
杨仆楼船集,鼓响风扬。
船高六丈,主帅立船楼,能不风光?
日运万担粮,思明朝,昼夜船忙。
沙鸥轻轻点,远处水浅船行难。

华瀚虫草酒

以前也常吃虫草，一般就着老鸭煲。
只喝汤来并尝根，效果并不都是好。
手端酒杯互碰喝，烧酒下去忘虫草。
盆底空留虫草在，饭堂收盘胡乱倒。

偶在山庄识李总，华瀚科研虫草搞。
专研虫草之药性，虫草制酒神奇了。
实为高级养生酒，国际保健身体好。
“软黄金”是虫草称，国酒序列不好搞。

一天到晚订单到，供不应求心烦燥。
李总日夜催厂家，门外顾客急得跳。
阿哥以前不喝酒，心血管内有渣糙。
担心酒后血管裂，老婆跟着心发跳。

自从认识文锋总，每餐半两慢慢要。
食之一周多一点，夫妻二人逗情俏。
似此长期呡下去，只怕阿哥身体燥。
文总说是不碍事，只是身心慢慢少。

中华文化李总学，教育道德使命号。
融华科研来开发，对外融来和重要。

融华之内贯通和，黄帝内经根源抱。
身体里面全贯通，血活脉通真是妙。

国家项目八六三，转化科技在民间。
文锋总领该项目，能把虫草变膏汤。
若喝虫草享富贵，湖南华瀚帮大忙。
天天喝蛊虫草酒，汝是虫来必变狠。

致公之音

受中国湖南致公党老龄委员会所托，特创此歌词。

今天我们站上舞台，高歌一曲畅述情怀。
以前我们勤奋努力，为社会为祖国创造未来。

致力为公前赴后来，餐风沫雨，生死徘徊。
现在我们仍然奋发，为人类，为世界歌唱未来。

党的领导中华起来，繁华昌盛世界前排。
我们继承祖国伟业，为中国，为世界再敞心怀。

天香引·武水

武水源出湖南临武县，经宜章、乳源十来县至韶关，与浈江合流并入北江。水之前乃“武溪”也，亦称乌溪。临武县志载有“武溪”之记录，北魏郦道元之《水经注》中亦称“武溪”。然“武溪”最早出现乃是东汉伏波将军马援之《武溪深行》“滔滔武溪一何深，鸟飞不渡…”一诗中。

武水两岸放高歌。
农田收割，稻菽垒搁。
深山峡谷风嗖嗖。
空中飞鸽，水冲滩多。

昔日里九泷十八滩豪强动干戈。
今日也漂流船奋勇冲浪逐水波。
岁月蹉跎，遗址留锷。
往日关隘，野炊埋锅。

沁园春·九泷十八滩

位于韶关市乐昌市坪石镇至县城之间的武江河段，号称九泷十八滩。全长60公里，河道蜿蜒曲折，水流湍急。沿河两岸层峦叠嶂，山清水秀，江心岸边怪石嶙峋，千姿百态，一年四季色彩各异。九泷十八滩具有一美二奇三险的独特风貌，是古往今来文人骚客赋诗作画摄影的胜地。

乐昌城外，峻岭迭翠，水陡风高。
见马鞍山下，蛙石横陈；
武水湍急，浪花高抛。
雪浪拍岸，白雾飞烟，
“鸢飞鱼跃”比风骚。
思垂泷，惟惊湍飞注，雪沫风涛。

泷美滩多人漂，观乱石堆中人发骚。
望惊涛骇浪，滚滚而去；
漩涡里面，唯恐浪彪。
青山绿水，谷深林密，两岸如削墨客挑。
见遗迹，显淋漓尽致，仍露妖娆。

关山古镇

关羽屯兵建安年，时值汉朝战火连。
关羽远征长沙歇，观察环境好迁延。
见此扎寨多方好，背靠山来前有田。
四方进出皆有道，向前直压湘江边。

水路贯通达湘江，派出暗哨把民当。
暗哨回报无大碍，敌方对此无主张。

将帅不和常有事，韩玄常把黄忠防。
此去长沙是好事，长沙毕竟不金汤。

关羽屯兵响水坳（关山原名），箭楼（地名）还是自己造。
烽火楼下卧马槽，安设颜塘最可靠。
把兵屯在两河（湘江，沩水）间，沿江架设擂石炮。
帆船逆向浏河走，天心阁下呼声啸。

攻战长沙实很难，上有黄忠来把关。
关公还在阵前叫，飞箭破空落缨环。
大惊失色关羽走，二次大战在城旁。
关公使用拖刀计，爱才惜老不忍伤。

韩玄一看心中烦，尔等全是走过场。
黄忠入城喝拿下，立马斩杀才应当。
魏延上前追韩玄，倒脱鞋巷故事藏。
话说韩门出忠烈，追随孙坚闯疆关。

族兄韩当吴猛将，几经生死吴营站。
一心追随孙家走，其子韩综是混蛋。
此子后来背叛出，家眷老小随敌傍。
真是好景随水流，一代忠良遭人叹。

关羽势发不可收，桂阳、零陵一并偷。
马良计出无遗漏，回头又把武陵抠。
武陵蛮夷皆归附，吴蜀决战长悠悠。
响水坳设关帝庙，关山成名至千秋。

考古遗存在近旁，胡里花哨真叫难。

古剑、古矛样难观，戈、戟、斧、钺皆旧伤。
土堆一处称遗址，只见土来不见光。
到是民俗堪眼亮，蓑衣、花轿美女妆。

现时关山黄金游，交逼便利随时瞅。
自然风光生态园，乡村民宿把歌丢。
餐饮包厢会议室，走时不要把妹留。
绿壳鸡蛋土花猪，葡萄、大枣配时蔬。

采摘基地按节气，美景如诗春天里。
春风畅帽杜鹃花，摇摇曳曳现谷底。
春初各处地衣现，密密麻麻傍溪挤。
暮春油菜近尾声，沉沉甸甸惹人喜。

夏来万物显葱茏，万物复苏最可亲。
鸟语蝉鸣树杈上，使人昏睡犹听音。
花猪躲进树丛里，见到人来嗡哼哼。
是否向人讨潲水？口渴难耐吵人晕。

五谷丰登金秋月，正好路边把凉歇。
硕果累累枝头上，姑娘为谁把面揭？
是否随其果园里，半天劳作半天学？
果蔬接近四千亩，不知那年能结业？

冬来雪景场接场，可知雪地有安防？
白雷映照山水间，水塘之处可见山。
乡味年会已筹备，湖南传统抢着尝。
年味岁月常回顾，远乡之外思湖湘。

吾恋三国大情结，吾爱三国把情伤。
缘何都有关山事，只因吾家出宁乡。
宁乡也有炭河里，四羊方尊把名扬。
宁儿美名扬天下，帅哥排队赴宁乡。

天下乐·福海普洱茶

是日，应高桥茶市金湘茗经销商冯伟先生邀请，品尝云南福海茶厂之普洱茶，香沁胃底，不胜感慨：

西双版纳勐海县，高山耸，道不便。
大叶种茶为原料，福海茶，云雾中垫。

冯伟君，茶海常露面。
懂行情，知茶链。
温暖体贴客户院，不问价，只兑现。

一落索·杨家滩

涟源杨市镇古称杨家滩，又称集祥乡。汉高祖五年（公元前202年），在湘中建制连道县，这里乃县治龙城所在地，占地4千余亩，涟水绕城而过，历史上是水陆要塞、兵家争地。

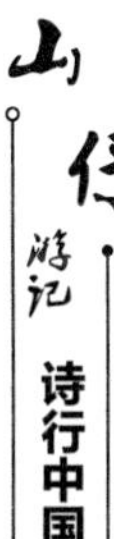

古镇八大城门。
建筑遗存。
民俗风情独特现,人文底蕴深。

田园阡陌纵横。
孙水穿行。
烟火万家商贾集,全操涟源音。

山仔游记 诗行中国

王建新——著

中国原子能出版社

图书在版编目 (CIP) 数据

山仔游记：诗行中国：上下册 / 王建新著 . -- 北京：中国原子能出版社，2020.10 （2021.9 重印）

ISBN 978-7-5221-1036-3

Ⅰ . ①山… Ⅱ . ①王… Ⅲ . ①诗词—作品集—中国—当代②散曲—作品集—中国—当代 Ⅳ . ① I227

中国版本图书馆 CIP 数据核字（2020）第 208527 号

内 容 简 介

诗歌发端于先秦，历经岁月洗礼、变革兴衰，流传至今。无论文学大家，还是普通大众，诗词都备受青睐。在文化兴盛、多元发展的今天，古诗词创作也大有人在。本书便是作者于生活中感知、感想、感悟后创作的作品成集。作品体裁丰富，有古体诗，有格律诗，有词也有曲；涉及内容丰富，包罗万象，信手拈来，雅俗共赏；内在表现丰富，言志、抒情、叙事俱有，“不平则鸣”、真情实意；语言生动形象，平易近人，不拘一格。总体来看，本书作品是作者高度凝练生活，抒发情感的结晶，也是当代文化兴盛的一个侧面印证。

山仔游记：诗行中国：上下册

出版发行 中国原子能出版社（北京市海淀区阜成路 43 号 100048）
责任编辑 张　琳
责任校对 冯莲凤
印　　刷 三河市南阳印刷有限公司
经　　销 全国新华书店
开　　本 850mm × 1168mm　1/32
印　　张 18.5（上下册）
字　　数 498 千字（上下册）
版　　次 2020 年 10 月第 1 版　2021 年 9 月第 2 次印刷
书　　号 ISBN 978-7-5221-1036-3　　定　　价 98.00 元（上下册）

网　　址：http://www.aep.com.cn　E-mail:atomep123@126.com
发行电话：010-68452845　

目　　录
CONTENTS

山仔
游记
诗行中国

八百里洞庭

湘资沅澧四水流，流入洞庭水全收。
洞庭号称八百里，神仙洞庭美名留。
风光旖旎迷人景，浩瀚迂回山水游。
山峦突兀湖中现，湖山连接云雾悠。

洞庭秋月今犹在，远浦归帆朦胧瞅。
渔村夕照风光好，江天暮雪洞庭浮。
渔帆点点洞庭渺，芦叶青青随风溜。
天水一色湖湘景，鱼米之乡写春秋。

水龙吟·岳阳小乔墓

现今看似城墙，东汉其时小山岗。
临水而筑，俯望湖滨，周郎可安?
广丰仓内(小乔原墓址)，秋风萧瑟，野草茫茫。
洞庭八百里，广袤无垠，望周郎，何日还?

南郡太守周郎，领君命，镇守岳阳。
修筑城堡，训练水军，救死扶伤。

瑜亮相会，唇枪舌剑，吐血而亡。
别亲友，小乔随夫出征，泪洒人寰。

鱼巷子

岳阳楼去往南行，巴陵广场洞庭滨。
有名唤作河街口，鱼巷子名才是真。
长约百米东西向，各种鲜鱼摆满盆。
西头斜坡通湖里，渔船直接靠坡停。

船停靠坡鱼贩至，市民购鱼跑不赢。
边挑边选边还价，最后看称平不平。
唐朝始起鱼巷子，千年风雨兼旅程。
洞庭鱼虾集散地，生活气息乡土浓。

琵琶王立交桥

楼上观桥如过节，立交桥下人堆砌。
跳舞、健身人流拥，剃头、理发桥下歇。
桥之两侧行人走，中间大道车辆越。
车辆有序行驶忙，川流不息人挤热。

先进、复杂似迷宫，也像长蛇在打结。

五条干道此交汇，堵车从此永告别。
贯通东西南北向，互通立桥如彩蝶。
人机分流岳阳市，上帝视角最贴切。

水调歌头·后羿射巴蛇

头部放蓝光，巴蛇本性残。
毒液腐蚀百里，蛇信伤客商。
一片生灵涂炭，寸草不生地荒，百姓心恐慌。
巴蛇胃口大，黄帝遣人忙。

执弯弓，上利箭，致蛇伤。
后羿天生神力，巴蛇更猖狂。
巴蛇斩为两段，身体死而不僵，变身为山岗。
岗上建房屋，巴陵古村庄。

柳毅井

清澈泉水千古流，永不枯竭有来头。
据传柳毅曾传书，拜见龙君井口留。
佳话胜址留君山，传说柳毅雄赳赳。
泉水甘甜香津芳，旱盈涝涸无止休。

传闻柳毅赴京试，途见龙女泪水流。
洞庭龙女嫁泾阳，变身牧女放羊奴。
柳毅接受龙女托，传书洞庭龙庭游。
龙君小弟钱塘君，接回龙女泾阳休。

柳毅传书真情在，民间传说美名悠。
崇善惩恶人尽美，神秘色彩大家求。
神州美井有很多，各地比美不胜收。
君山柳井旧如故，不与攀比名最优。

覃记腊排骨

地道农家药草熏，菜一端上香喷喷。
姜葱爆炒热油过，下垫青椒小火焖。
炆火乃是真功夫，香气满室口味升。
一当开筷大家抢，就怕手慢不好分。

卜算子·湘妃

悠悠君山岛，寂寞无飞鸟。
已是临冬狂风啸，丈夫音信渺。

斑竹根系绕，竹斑才是巧。
闻夫已乘仙鹤去，敢把江水搅。

先天下之忧而忧

岳阳楼上视洞庭，烟波浩渺千帆行。
渔翁垂钓堤岸边，浪击堤岸湖水腾。
远眺君山烟雨渺，但见炊烟冉冉升。
洞庭大桥繁忙景，车来人往忙不停。

天下名楼看岳阳，撰写楼记范仲淹。
雄伟气势皆道出，盔顶建筑结构繁。
如意斗拱迭合美，工艺精美全木杠。
先忧天下后己忧，范翁提法不简单。

清平乐 · 永福游

秋高气爽，百寿峡谷淌。
板峡湖里看撒网，村民渔歌唱晚。

永宁古城呐喊，麒麟洞内回响。
重阳树下庆寿，狮子口（水库名）中偷懒。

全　州

千年湘山古寺老，参拜朝禅要赶巧。
人流堆拥似节日，全州旅游日见好。
炎井河谷温泉热，刚下浴池受不了。
天湖水库秋水凉，清凉一下火气渺。

两千多年古邑城，西汉初建规模小。
历代州、府、县治地，燕窠楼上炊烟绕。
枫塘上面语录山，各类名家衔头表。
虹饮桥上聚游客，熙熙攘攘别乱跑。

越南行

长沙驱车友谊关，越过河流和高山。
行车里程一千二，不急不慢更不慌。
现今高速通达畅，五个小时出湖湘。
这事退回几年前，到达永州现夜光。

下龙湾海鲜

来盆生蚝锡纸包，包过之后炭火烧。
此时正好啤酒送，温凉两抵头不飙。
指甲螺里长条肉，姜、葱煨炒最是高。
一斤三个来尿虾，大蒜葱梗热油浇。

天可怜见脚微肿，看到螃蟹头直摇。
人性贪吃怪不怪，海鲜不吃嘴还刁。
听说虎斑是野生，黄焖、清蒸任你挑。
据言白酒就海鲜，我若醉后美女娇。

木兰花·下龙湾天堂岛

天堂岛上秋风疾，浪打礁石水珠密。
鸟儿高处啾鸣急，四处盘旋寻闺蜜。

情侣相依互就力，登岛过后沙为席。
回想往事犹历历，夕阳缓缓谈何易。

席地而坐

主人请余坐上席，好酒好菜敬来吃。
席地而坐悬贵宾，席摆地上关系密。
只有贵宾家中请，不是贵客门外急。
百思不解席上坐，古时请客请上席。

上席原来是这样，推杯把盏同志毕。
敬完酒后必握手，手心抓紧脚不踢。
越南讲究亲弟兄，兄弟同志才得力。
张同志来李同志，喝酒之后亲如蜜。

下龙湾巡洲轮渡

说是巡洲不巡洲，可带游客四处游。
不过所游皆水域，下龙湾里显春秋。
巡洲游轮大且好，轮在江中慢慢悠。
吃喝玩乐皆在此，世外桃源任尔遛。

身在其中海不阔，前后游轮相互揪。
你追我赶互不顾，游客观景劲上头。
使吾想起漓江景，船船相接先者溜。

大海不比漓江浅，救命筏索谁先求。

吉婆岛

下龙湾里很悠闲，吉婆岛上躲一天。
海路慢慢一小时，蜃楼美景不着边。
传闻曾有神女现，使余瞌睡眼不黏。
神女从来未出现，倒是美女趋眼前。

渔家村姑多清秀，话未开口嘴已甜。
问余在此中餐否，稻谷种在自己田。
海产自是亲自捞，不信清看海中船。
几经商量合计后，就此中餐海水咸。

还剑湖

悠悠千载还钊湖，传奇故事实难书。
南北长约七百米，东西宽为二百殊。
树木青翠湖岸绿，湖水如镜人见舒。
玉山寺内经常念，耄耋老者数佛珠。

龟丘山上有龟塔，塔镇湖底能去污。
黎朝太祖得宝剑，顺天得胜敌酋输。

太祖后来阅水军，金龟索剑入湖淤。
从此该湖称还剑，虽是传说正理扶。

沁园春·友谊关

秋高气爽，友谊关上，八桂风光。
看关外越南，群山起伏；
炊烟冉冉，田野渐荒。
中越通道，车来人往，进进出出好繁忙。
忆过去，观中越边境，国泰民安。

秋来八桂飘香，看友谊雄关背靠山。
思汉时建关，大兴土木；
历朝历代，无人敢攀。
南疆雄关，城楼飞檐，祖国河山若金汤。
看现在，观祖国关隘，敌莫敢伤。

过扶绥

汽车驶过九重山，扶绥城里好气场。
龙谷湾里好度假，玛雅漂流去观光。
风雨桥上情侣会，古塔依旧叙苍桑。
恐龙馆中奇石现，白头叶猴跑得慌。

金鸡岩濒左江立，伏波亭设岩口旁。
金鸡娘娘岩内坐，花公、花婆、花木兰。
斑民夫人亦设此，明代遗址不简单。
金鸡娘娘此成仙，传奇故事西南方。

碧髻旅游正忙碌，渠黎南麓玩得欢。
壮族客家民俗馆，进士名楼人不攀。
岩画已与宁明接，花山延绵岩画长。
宁明、龙舟和扶绥，共同申遗岩画忙。

姑辽贡茶彼方饮，萎凋、做青、发酵干。
此茶历史三百年，红茶类型天然香。
客兰银鱼肉鲜嫩，味甘性平好做汤。
脾胃虚弱和咳嗽，虚痨疾症银鱼帮。

板包香糯真可口，香味浓郁味蕾沾。
十万大山余脉里，板包村里气温凉。
泉水长年不断流，昼夜温差夏见寒。
脆皮烤猪沙姜制，全猪焖炉肉不伤。

再游象州

武鸣河绕象山城，风景优雅买水滨。
地下河流穿县过，伊岭岩洞好吹风。
望仙岩上眺望远，相映生辉甲泉春。

香山河绕起凤山，广德古庙在山中。

三仙殿里供三仙，文昌阁里有观音。
合云峰上飞来寺，失之保护待复身。
“仙人背剑”明山翠，误落飞泉化为龙。
为避“大明”国号讳，改名“大鸣”沿至今。

荔浦游

修仁古榕立镇头，阳朔乘船漓江游。
龙怀乡内文化景，状若游龙美尽收。
长滩河漂欢乐多，天河瀑布天上流。
丰鱼岩内溶洞现，银子岩里有高楼。

鹅翎寺在山巅上，荔浦文塔飘琉球。
银龙古寨可戍边，震慑南蛮有来由。
龙头山上观美景，稻浪翻滚如流油。
荔江河水清见底，两岸田园正逢秋。

异乡之中秋节

八月十五月儿圆，异乡月饼照样甜。
略有所思家乡月，月光是否照窗前。
年年都食乡土饼，未曾思念他乡延。

今朝有幸在他乡，月儿明亮夜空悬。

吾思嫦娥多寂寞，把酒月下江中船。
听闻汝常奔月去，今否下凡叙前缘？
愿闻汝之流浪史，凄美故事可直言。
想看汝之月宫居，吴刚煽情话可绵？

生查子·辣椒峰

看似非常热，乍看不贴切。
似椒不太辣，但它与天接。

我欲攀峰顶，但嫌天太热。
全球欲攀登，为首罗伯特。

欣闻孙女王韵雅喜获“雏鹰杯”第二十届全国青少年儿童书法大赛金奖有感而抒

少年勤奋赶暑寒，深思敏学不畏难。
事理通达得要领，心气平和事不忙。
各门学习争优等，专心听课在学堂。
德智体美全发展，少年强则中国强。

宝塔巷

下慈氏巷清朝称，七十多米达湖滨。
宝塔原为“慈氏塔”，基督教会在此兴。
最初来者海维礼，一九零二美国宾。
前街塔东建教堂，普济医院同时存。

护士学校傍塔建，街宽四尺人堆人。
西近湖边有大户，舒家大屋叫得亲。
民国建筑依然在，高楼之下不春风。
年久失修无人住，整理老街势必行。

永遇乐·范仲淹

千古名句，经典中肯，受用无穷。
“登斯楼也，宠辱皆忘”，痛饮酒迎风。
碧水连天，芦叶无边，洞庭波涌白云。
黄昏近，秋水浩渺，寒烟冷翠怡人。

愁肠已断，沽酒未至，望乡思归无行。
岸上闲客，但爱鲈鱼，一叶扁舟停。

“不以物喜，不以己悲”，《岳阳楼记》详情。
山映斜阳水接天，壮哉洞庭。

汴河街

旌旗招展特色明，一览无余楼前行。
天下洞庭水无限，岳阳楼上极目穷。
岳阳天下楼皆赞，飞檐斗拱插入云。
明清古建烘托起，青石板路巧镶成。

连廊曲径通街里，错落有致歌声匀。
古树婆娑人映月，街中有景游客停。
地方特产列商铺，物廉价美吸游人。
民俗、工艺来展示，此起彼落眨眼频。

革命精神永存

中午八菜一汤，山上掘土正忙。
烈士牺牲宝地，修筑坟茔荣光。
八十余年过去，如今儿孙满堂。
虽为光宗耀祖，鼓励儿孙前行。

革命后继有人，不畏敌人猖狂。

当兵勤奋戍边，在家耕种田间。
中美经贸大战，妄图动我国防。
中华人民团结，军民固我边疆。

永遇乐·怀甫亭

单人扁舟，流寓岳州，云梦悠悠。
穷困潦倒，孑然一身，忧国之心揪。
泛舟洞庭，寻话平民，屋破沽酒无求。
天苍苍，漫步湖滨，《登岳阳楼》诗留。

玲珑典雅，方型小亭，四周护栏环修。
怀甫亭匾，古朴苍劲，如龙在游。
舟系洞庭，魂归洛水，人生际遇解愁。
忧民之心人神敬，绝唱千秋。

仙梅亭

明朝重修岳阳楼，仙梅亭始一起修。
本来没有仙梅亭，建楼掘石似梅留。
宛如画家在写意，疏影横斜趣悠悠。
而今梅石尚留半，供好事者推拓求。

青石板在亭中立，上绘画工临摹图。
道是江南第一梅，说话之人绝不羞。
亭旁栽有松、竹、梅，岁寒三友论春秋。
亭中常有老翁坐，品茗、斗棋、亭外遛。

岳阳三醉亭

岳丽楼旁三醉亭，传闻吕祖想渡人。
市井走贩皆不识，虽说神仙也难寻。
醉后施展点金术，果然有人来敲门。
吕祖探问求什么？米商直想要金银。

世人不盼成仙去，题诗楼阁道得明。
无人赏识成神仙，真金才好度贫穷。
百感交集醉树下，感叹世人不识神。
城南老树忽发声，愿意被渡脱苦根。

不忘初心

庆祝建国七十年，大型节目排演连。
红旗招展满舞台，人人个个趋向前。
我们祖国人人爱，党政工团活动联。
民主党派齐努力，舞台节目喜气添。

我谓衡阳多节庆，事事处处显新鲜。
衡阳致公堪奋进，舞台演出在前沿。
音乐起处红旗展，歌唱祖国震云天。
而今社会生活好，人民不再受熬煎。

江城子·衡阳老干中心

风尘仆仆赴衡阳，高速疾，秋叶黄。
城乡驶过，夜入蒸水旁。
联欢会里添歌手，高歌起，不虚场。

不忘初心欢庆狂。
精打扮，节日繁。
歌颂祖国，不畏工作难。
携手合作向前进，竞风流，斗志昂。

马铃响来玉鸟唱
——记杨岳森、肖红老师

高腔起处云飞扬，凤凰鸣唱满剧场。
台上两人双重唱，台下众人喝彩忙。
人谓天下无此音，以为神仙下人间。
百灵鸟落回雁峰，歌飞南岳在山岗。

一条破裤带的故事

——记革命先贤李树一

出生耒阳白沙乡，第一才子远名扬。
工农革命奋勇起，带领农工杀豪强。
分田分地好忙碌，先把自家田分光。
朱德钦点管财经，财富充公贫困欢。

没收浮财一大屋，自己节约不要帮。
身系一根破腰带，哪怕金银堆成山。
表弟前来走亲戚，分文未给人谓憨。
经费都作革命用，哪管自己饿得慌。

黄思铭魔术表演

突见扑克满天扬，飘飘洒洒落满场。
忽然一声音乐起，扑克又在手中忙。
任尔抽中那一张，说得正确不装样。
又见牌桌随身起，牌在桌上见端详。

望海潮·蒸水

悠悠蒸水，流贯衡阳，波光闪烁船家。
江岸柳堤，微风轻拂，茹飘朴实无华。
繁星耀苍穹，炊烟起乡野，水漫河沙。
高速公路，城乡驶过，江河跨。

江水如同腰带，城乡轻盈越，两岸芦花。
斗笠渔翁，只杆夜钓，全神贯注鱼虾。
游船轻划桨，乘客轻轻唱，暗合琵琶。
月里嫦娥依旧，朦胧遇见她。

江城子·迭彩山

漓江岸边好风光，迭彩山，徒步忙，人流堆拥秋日好疯狂。
曾经几上明月峰，气不喘，行不难。

月上天穹放光芒，回望乡，休思量，乡关已近，此处不凄凉。
少有时间思明月，月峰下，不能忘。

贺新郎·独秀峰

城中峰入云。
似蜡烛,青翠突兀,上达天听。
群峰朝拜王庭在,环列万山之尊。
桂林山水甲天下,南天一柱独秀峰。
峰独在,临百雉而立。
显庄重,水遥临。

靖江王府遗址存。
君听否,溪书岩内,琅琅书声。
月牙池畔独秀泉,溪流昼夜叮咚。
攀登峰顶观全城。
龙爪树上求灵物。
吉祥水里试考生。
太平岩,显太平。

圣丰果园

长沙西去有果园,名号“圣峰”楠桔甜。
顺便可把葡萄摘,人山人海满山沿。

重阳节日人挤人，可开百桌一线连。
儿找爹来爹寻妈，电话信号不好联。

拐过几坡几道弯，车行陡坡把时延。
吾劝司机小心点，心惊胆战话语绵。
师传自称是高手，只管开车语不言。
重阳佳节佛保佑，老人欢度在山巅。

美哉，炭河

悠悠炭河千古流，人才辈出争上游。
四羊方尊炭河出，山野之中宝器留。
宁乡盛产好煤炭，铸造青铜杀敌酋。
故尔此炭常出口，炭晶烁亮实难求。

春来河岸一片绿，夏看稻浪翻跟头。
秋果硕硕一片黄，招头翘首等人收。
冬季稍早寒气逼，白雪皑皑把冰溜。
我谓老乡多福气，酒香飘飘人悠悠。

定风波·象鼻山

江水平平杨柳青，竹筏轻摇现水声。
水月洞里来流连，拍照，再展芳容不青春。

漓水流贯象鼻山，轻轻！
象鼻入水漓江中。
普贤塔上望江月，思旧，长天漫漫月清新。

沁园春·会安古城

河内南去，秋盆河畔，岘港风光。
看会安江水，浩浩荡荡；
广南省内，稻花飘香。
船泊港内，驳轮互挤，忙忙碌碌聚会安。
观会馆，见五花八门，分派立帮。

古老建筑辉煌，唯越南土产相互攀。
思越南木艺，精雕细刻；
国产丝绸，远走他邦。
生猛海鲜，包提箩装，绝非泊来往外扛。
想过去，夫农业之国，产量上翻。

海云峰

天下第一雄关称，弯弯曲曲靠海滨。
全长约为二十里，顺化、岘港天然屏。
风景宜人观远处，平均海拔五百零。

充满诗意好境界，游客徒步好轻松。

峰顶上面观大海，放声高喊海浪倾。
云涌重山山峦迭，雾气翻腾不见人。
秋来晚见夕阳落，满山到海红彤彤。
晨起朝霞布满天，但见渔女落画中。

卜算子·山茶半岛

半岛海中立，屏封叙春秋。
历尽苍桑岛无恙，岛在台风溜。

见证法入侵，遗址诉不休。
但愿青春常驻守，似砥柱海中悠。

龙州黑水河

黑水河里水不黑，滚滚黄汤尽头没。
据说前天下大雨，故尔水黄稍出格。
汝即名谓“黑水河”，夏天肯定水不热。
探手水中刚一试，果然水冷有特色。

此处乡贫无桥梁，车行轮渡水浪拍。

未坐此轮五十年，今朝一坐脸吓白。
轰隆响处船身颤，刚行半途船休克。
篙撑索拉始达岸，众神护佑有心得。

德天瀑布

河水跌宕奔流急，水花四溅似雨密。
轰鸣回响声震耳，犹如晴天响雷劈。
人处江中轰隆响，但见彩练如挂壁。
奔流直下白雾里，可见仙女云中立。

对岸南国多青翠，但见美女戴斗笠。
旗袍开叉力度大，微风起处现私蜜。
一阵香风飘过来，婷婷娉娉凉习习。
现时正是大热天，如沐春风实不易。

洞仙歌·桂林榕湖

小船轻摇，莫道水流慢。
杨柳轻摇榕湖岸。
清见底，湖面水波荡漾，鱼儿游，桨声划过鱼散。

千年护城河，时干时淤，荒草凄凄蓄湖上。

垃圾到处堆，猫鼠乱窜，清湖淤，市民遥盼。
行正道，方案几经换，榕湖见日月，美轮美奂。

桂林夜游

八月中秋月儿明，悬挂天空驱浮云。
桂林灯火亮如昼，赛过苍穹满天星。
漓江渔火轻闪过，树丛处处见恋人。
人不思春已近老，怎不觉得动凡心。

船入四湖经船闸，心中老想船悬空。
悠扬歌声岸边起，原来阿牛对歌赢。
说是正娶刘三姐，三姐脸上透红晕。
吾也跟着头微胀，岸上阿牛三姐亲。

为亲家姥爷喝彩

欣闻中华人民共和国国家勋章和国家荣誉称号颁授仪式已于9月29日上午10时在人民大会堂隆重举行。中共中央、国务院、中央军委给亲家姥爷颁发了一枚奖章，表彰亲家姥爷为国家的社会主义革命和建设做出的巨大贡献，有感而抒：

十三四岁去当兵，戎马倥偬几十春。
对敌作战堪英勇，随军南下显雄风。

那时国家粮食紧，严把关口不容情。
黄河泛滥民情急，兴修水利带头冲。

三峡大坝风浪激，刻苦调研不放松。
小到每个螺丝钉，严丝合缝要搞清。
水电系统事繁杂，逐条逐项须摆平。
所作贡献中央见，今授功勋服人心。

龙州起义

工农红军第八军，起义龙州把命拼。
十多县城连一片，打击帝、封不留情。
不畏强暴劳苦众，翻身解放做主人。
白色恐怖常笼罩，革命坚守左江滨。

赤色龙州后人记，打造基地传基因。
壮、汉、瑶民团结紧，先烈遗志永继承。
而今改革大发展，爱国教育要讲清。
人人个个来学习，党的路线记心中。

清平乐·王城公园

王权巨鼎，王城公园凛。
红墙碧瓦镶嵌紧，白杨高飘屋顶。

牡丹花香海外，四方顶礼膜拜。
也有花开花落，千年古都不败。

重游龙门石窟

三十年前游石窟，道路窄小车塞淤。
龙门石窟在眼前，只好步行往前蠕。
石窑靠傍河床立，洞内无光眼不舒。
稍行山路恐崴脚，弯腰慎行气喘吁。

而今大道通龙门，宽阔场地车可踞。
河水清澈向下游，偶尔可见江中鱼。
山路调整无坑洼，洞内未见有人居。
一到夜间灯光亮，不怕生人脸蒙乌。

水调歌头·天子驾六

礼制规格在，谁敢超越天。
皇家规矩难越，天子显威严。
天子豪华驾六，马车横向宽边，烈马咆哮前。
尾部风尘起，纵横在民间。

周天子，迁河洛，诸侯牵。
鼎盛不再，统领诸侯梦难圆。
皇帝轮流来坐，诸侯此上彼下，春秋战国连。
漫漫长河里，谁把乾坤颠。

鹧鸪天·紫金关

两厢古建院落深，明清繁盛有原因。
丹水河从街穿过，水涨水落见太平。

背靠山，面江滨。
此地无处不逢春。
丹江流水悄然过，留下繁华满紫金。

御街行·一脚踏三省

豫、鄂、陕省交界紧，山洼里，分水岭。
三角小亭支柱起，各挂一角三省。
商南鸡鸣，郧阳早醒，淅川地里滚。

商淤之地遭秦哄。
六百里，实六顷。
楚王一怒霄烟起，百姓安能睡稳。
回首往事，如在眼前，世人都道蠢。

恋友情

悄然北上兮不知所然。
而今伤感兮远离家园。
鸿雁头上飞跃兮向南远去，
吾今北上兮求经奋发再续乡缘。
吾盼众乡友兮他日奋发，
吾盼众村民们兮年年团圆。
而今北上兮欲取真经，
党恩浩荡兮华夏千年。

洛阳行

天过午，车始停，依次下，缓缓行。
师哥接，倍觉亲，久别离，念亲人。

离校后，四十春，擦肩过，体未闻。
喇叭起，讲得清，出口见，发未鬓。

君未见，小儿亲，君不见，少年音。
君不见，孙儿在，君不见，叫爷亲。

思校友，卫辉人，唤不见君师兄。
人群中，忽有人，唤老师，是杨翁。

师在否，是本人，鬓角现，还觉亲。
洛阳好，此处真，君若在，饮一樽。

送戏下乡

河南豫剧远名扬，才子佳人把敌降。
春花秋月台上演，歌唱祖国小白杨。
精诚报国岳武穆，少儿歌颂红太阳。
老年合唱夕阳红，双人转里话本行。

送戏下乡淅川院，曾经出访太平洋。
诸多岛国受欢迎，而今省内来轻扬。
低调下乡送戏剧，也可同台演端详。
扶贫戏剧同台演，你有本事别装样。

崇德小区

崇德小区幸福家，丹江水暖依恋它。
上邻石桥乡政府，若往下走临水洼。
此处新居皆移民，楼栋之间四季花。

百年古树立村左，广场舞傍大树丫。

号称“崇德”不简单，崇德之风定不差。
尊敬老者孝当先，爱护幼小四季瓜。
家庭暴力不见了，家庭和睦大家夸。
弟兄共同孝父母，互相推诿批评他。

淅川梯田

淅川梯田在山丘，一层一层耀眼球。
此本山穷贫瘠地，现时种桃果实收。
淅川往西三十里，丹江水暖在上游。
山间设有抽水站，河边抽水不用求。

春季松土少用水，六月天气抽水稠。
黄金蜜桃七月摘，秋季来临水不抽。
冬天树旁种油菜，一到春天绿油油。
春夏交接黄一片，远道游客长久留。

淅川郭家渠村

老城往北郭家渠，山川秀美水富余。
丹江就从山下过，要想喝水靠天储。
山内五个自然村，想多喝水要靠驴。

帮扶改伍赶过来，靠近江滨建新居。

集体经济项目好，就近劳动干部吁。
全民开发山瘠地，山坡整理种蘑菇。
坡下深沟勤处理，防止滑坡清湖污。
南水北调汉江水，上游清洁杂质除。

淅川大石桥乡

省道旁边向左转，车行窄道贴门脸。
此处内街有集镇，豫西南人不觉远。
而今周末清早起，扶贫不怕山道险。
山道弯弯雾更深，小心驾驶不眨眼。

此处山瘠无财捡，个个争先不腼腆。
乡里扶贫总结会，生怕迟到会误点。
扶贫工作勤努力，稍有成就相互勉。
建设幸福大农村，这台好戏大家演。

淅川穆山渡口

淅川老城到张庄，丹江水浪白苍苍。
临近穆山有渡口，每一小时有一班。

上下行人多拥挤，早晨、天晚等得慌。
此地水深湍流急，小船不走大船伤。

白雾朦朦船不走，春寒冷冽船机瘫。
夏时有时雷雨暴，电闪雷鸣旅客扛。
秋风刺骨行船难，船里船外风发猖。
冬天冰雪凌空舞，船家唤客抓船帮。

丹江水阔深千尺，两岸居民住水弯。
若有大桥横江水，何惧江阔伴水汪。
牛郎尚有鹊桥过，年年岁岁显神光。
扶贫路上任务重，国家投资百姓安。

西峡范蠡村

陕、鄂、豫省三界邻，听闻有个范蠡村。
西峡平湖可泛舟，范蠡泛舟为哪宗？
又闻范蠡为商圣，财产打理最是精。
吾思诸塈苎罗山，离此应是几千程。

范蠡真是走得远，吴、越并非他的根。
若非西施长得美，范蠡为何发此心？
泛舟西峡多遥远，难道西施不思亲。
实实在在范蠡住，一些道理讲不清。

扶贫路上

天刚朦胧五点钟，起床洗漱奔乡村。
车行公路绕且窄，稍不小心滑沟中。
过了丁庄过肖店，再往前走是段营。
志中扶助大石桥，丹江水左三省邻。

陕、鄂、豫之西南角，贫困山乡很出名。
山脊水低经常旱，水离田土数丈临。
南水北调水位起，现时村民住水滨。
农工操作才起步，开始引导焕民心。

逐家逐户去走访，初心不忘帮脱贫。
经年累月住乡下，村民患疾查病因。
辅导村民学理论，科学种植开始行。
党建工作尤重要，领导村民往前奔。

邓州行

中心城市丹江口，中原天府豫西走。
丹水明珠游人赞，承东启西桥梁纽。

南水北调轴线中，邓州五镇排前数。
湟、沐、刁、湍、茱萸河，邓州水道推其首。

祖师殿景在东顶，福胜祠里佛音吐。
吾离陵址名天下，渠首杏山留一手。
湍河渡槽水北运，天下之奇邓州有。
岳阳楼记出邓州，范公风骨真抖擞。

赞美东江湖

诗友徐昌俊云：
捕鱼焉能有笛声，仙境美女戏若演，
美女若仙乃凡人，何不带回尝尝鲜。
山仔复之：
雾里桃花可逼真？此地正好娱游人。
若君想做桃花梦，雾漫东江来寻亲。
徐昌俊又云：
祖国山水一片好，好景就在此片了，
纵有不及某去处，览师传画亦当少。
山仔又复之：
趁汝年青到处跑，潇湘美景处处找。
若要寻找好去处，我愿陪君看个饱。
徐昌俊又曰：
潇湘山水美固好，沙滩大海北海巧，
东江湖清水虽美，南海有景涠洲岛。

山仔和之：
天下云梦八百里，半个洞庭东江起。
虽然不及南海大，潇湘特色各有比。
徐昌俊又和之：
今日所谈两地亲，各有特色难比真，
景色再美只在脑，师生之情烙在心。
山仔复之：
祖国处处是春风，山河大地正逢春。
君若有闲到处走，观看社会好民情。

北行赴京之长江水文站

兴致冲冲往北行，今日刚达长江滨。
长沙动身已五日，好友相会格外亲。
洞庭湖水迎佳客，岳阳楼高入云峰。
车胤故里思孟姜，翊武草芦话太平。

长江水阔向东流，奔腾流淌永不停。
三袁家乡弯路窄，至关重要是水文。
水事报告松滋立，石首往下流轻松。
若遇洪水不用急，蓄洪区内可蓄洪。

诗友徐昌俊云：
捕鱼焉能有笛声，仙境美女戏若新。
美女若仙乃凡人，何不带回尝尝鲜。

山仔复之；
雾里桃花可逼真？此地正好娱游人。
若君想做桃花梦，雾漫东江来寻亲。

兜率灵岩

兜率灵岩缘壁生，岛中有庙显神风。
庙中有洞更难见，洞中有庙更难寻。
洞洞相连真名刹，天下名山南宋封。
独立小岛东江湖，国内海外有名声。

峭壁临水真是难，兜率庵里有佛音。
兜率洞长五公里，铜钟、锣鼓是洞名。
彩石洞里钟乳垂，人若高声声嗡嗡。
晶莹透明闪烁石，宛若天河璀璨星。

白　廊

东江湖畔白廊镇，国内游客多赞颂。
风景优美水质好，一级水源不用问。
此水用来可直饮，客户要求广东送。
源源不断东江水，天上之水全省运。

白廊是其中心地，环境保护责任重。
清洁上游特努力，河长规定谁敢碰？
环湖公路净而美，岛民经常湖边庆。
丁点垃圾不准留，国际靠前真名胜。

东江大坝

发电、航运兼防洪，调节水位大库容。
担负调洪华中局，免除洪水鼎力行。
春雨时节洪水涨，坝闸双启水放平。
奔腾而下东江水，落入耒水似蛟龙。

直泄峡谷水珠散，巨大雾气扑面迎。
犹如银缎九天下，顷刻化成七彩虹。
这时突然暴雨下，又如珍珠落满盆。
泄洪渐渐停下来，大坝上下寂无声。

枢纽工程拦河坝，大湖之上如凌空。
一级放空泄洪洞，关键时段扬高程。
双曲拱坝混凝土，弧门潜孔在底层。
二级放空在右岸，排量较小保平衡。

龙景峡谷

山水相映峡谷中，大小瀑布依次冲。
山势陡峭人难走，负氧离子随处供。
青山滴翠若仙境，游客纷纷朝此奔。
如若不是水充足，清潭、瀑布怎成群？

各具特色健康道，本地居民常健身。
惜余不是久呆客，抓紧时间峡谷亲。
古木参天难见日，想见月光入林深。
东江奇葩今日见，水丰林茂靠天公。

雾漫小东江

雾气蒙蒙升江面，冉冉袅袅水不见。
突然驶来小渔船，渔民撒网隐约现。
一阵笛声吹过来，悠扬婉转真熟练。
红衣女子坐船头，衣袂飘逸神仙恋。

御街行·飞天山

丹霞群山落江滨，秋风劲，寂无声。
青藤绿叶护其身，山峦起伏显真。
夕阳西照，薄雾朦胧，丹霞映江红。

翠江碧绿泛波纹。
微风过，现鱼群。
翠江渔户撒网忙，尽显当地民风。
绿色田园，共同打造，幸福路上奔。

万华岩

溶洞里面地下河，弯弯曲曲怪石多。
全洞探明九公里，奇特异石堆成坡。
有时河水淹洞顶，潜水下去行程苛。
现时开发一公里，复杂路障旁边挪。

以前探洞需舟楫，步行、坐船观得欢。
摩崖石刻立洞口，见证历史旧轮廓。
空山夜雨坦山岩（即万华岩），钙膜晶锥国宝呵。
张拭手迹今犹在，惊、奇、险、秀万众歌。

东江桃花岛

东江湖水质地蓝，一类水源直接尝。
水波荡漾鸟飞密，游船驶过波浪翻。
惊起鱼群一大片，上下扑腾飞鸟忙。
岸边缘树尽婆娑，枫叶飞处一片黄。

东江湖中桃花岛，索桥高悬岛两旁。
铁索上面铺木板，战战兢兢索上玩。
妇幼老者小心过，左右摇晃心胆寒。
岛上居民飞步走，如履平地习如常。

思　春

不知汝为啥忧伤，不知汝为何惊慌。
不知汝心想何事，专心业务把命扛。
我谓老天太不公，弱小肩膀大事当。
君不见怜乡村女，而今社会鼎力帮。

社会力量大如天，愚公合力可搬山。
妇弱老少全努力，社会脱贫在前方。
吾访小区湘东南，努力脱贫在山乡。

山地、林间、水泊里，党的教导记心间。

江口村

资兴有个江口村，郴州东去有义工。
道路工整似新作，事事处处显新风。
不然尔可驶车去，比较一下倍觉亲。
此村临近东江湖，片片段段皆觉新。

过去湖边不好走，泥泞满路到处坑。
太阳一出坚如刀，扎破轮胎汽车轰。
一到天雨路如塘，贫苦大众泥满身。
而今湖岸公路起，幸福指数向上奔。

两岸垂柳微风过，香风一阵把人熏。
君若不是初来此，反复留连为那宗？
吾劝众等多努力，事事处处想湖滨。
环境卫生最重要，爱湖如子是亲生。

一号山庄

一号山庄真是忙，人上人下挤满山。
人想此处非仙境，神仙都想来捧场。
不信你来彼处走，东江红桔任尔扛。

这儿红桔水多蜜，入口尝来味特甘。

夜晚月儿映舟帆，星星点点现夜光。
繁星照耀江舟上，天上江面亮堂堂。
天上星星当然多，水面星光更觉繁。
我谓星星太耀眼，生生竟把白昼伤。

湖南名优特

湘楚产品有特色，腊味之中不现白。
养生还是自制好，小鱼、腊鳖好待客。
山野茶油自己榨，香飘海外很难得。
黑、白、黄、绿和红茶，出自洞庭芙蓉国。

袁老亲自来指导，亲自题写名优特。
现时流行互联网，网上团购不出格。
乡村亲谊依旧浓，虽近年末依旧热。
大力发展农产品，助力扶贫供外国。

八六子·清明上河园

看朝霞，太阳初升，露珠沁透菊花。
远处钟楼依旧在，浸透山河风雨，看惯日落西斜。

百姓如临深洼。
元朝大军无它,贪恋北宋繁华。
几度春秋里,诡计百施,城破日近,何以为家。
上河街,百业操持如旧,恰如朝饮夕茶。
俱往矣,仅存长卷人夸。

惜分飞·开封铁塔

天下第一铁塔重。
佛家舍利相赠,皇家亲供奉。
塔身内订,无人碰。

最初曾遭雷火喷。
木材改用铁棒。
麒麟、菩萨送。
形态生动,人神共。

八六子·龙亭

看晚霞,残阳片片,暖风频灌菊花。
北宋皇宫依然在,历尽千年风雨,城池浸透奢华。

黄河泛滥搬家。
城池灌满泥巴，汴河混浊无虾。
漫长岁月里，城墙凋破，百姓失所，田野无鸦。

俱往也，一轮红日新启，中华大地人夸。
看现在，汴河水清无沙。

绿头鸭·开封菊花

初冬里，菊花片片香熏。
黄昏近，五颜六色，竟露百媚风情。
刚蕾者，迅速成形；
花谢者，委婉缩身。
含苞待放，发劲速生，冬日久逢小阳春。
繁花挤，盆钵互邻，枝叶交叉亲。
阳光下，露珠欲滴，静落无音。

北风起，越过昆仑，昼夜逼近开封。
危巢下，岂有完卵，枝凋零，难回原形。
残花落处，混杂泥泞，聊作花肥地下停。
盼来年，繁花焕发，还菊再年青。
随人气，人民安好，河晏风清。

瑞龙吟·开封府

开封府，菊花相互争艳，枝压小树。
千年历史南街，史称东都，旧事繁叙。

建隆年，太祖陈桥兵变，行权有术。
开封称为国都，百姓安居，何人敢觑。

寇准、包拯、苏轼，政绩显著。
范公仲淹，天下忧而己忧，晓喻万户。
司马迂叟（司马光），《通志》有警句。
宗汝霖（宗泽），沉毅知兵，屡把敌御。
戒石铭碑立，明察秋毫，廉明永驻。
藏龙卧虎地，时过也，黄河淹没天柱。
漫漫黄沙，渐隐渐去。

望海潮·鲁智深

大美豫东，九朝开封，北宋自古都城。
两岸垂柳，风送乌蓬，汴河昼夜歌笙。
河道水清澈，小船行无声，月朗风清。

店列百货，铺设茶儿，陪客亲。

小菜园子哄哄，观鲁达拔柳，十分轻松。
围柳数匝，双手抱树，奋力摇晃树根。
合力聚全身。智深拔垂柳，观众揪心。
泼皮从此安定，整理日见新。

清平乐·繁塔

寺毁塔存，万佛留开封。
菩萨个个造型真，行行有特征。

一砖一佛繁塔，《三经》存于宝刹。
沉寂千年犹在，屹立黄河挺拔。

渔家傲·宋都御街

繁华北宋何处去，宋都御街有出处。
昔日繁华帝王所，达天听，昼夜笙歌看魔术。

吾谓大梁近日暮，吾思汴京有人觑。
北宋繁华偏一偶，君安否？
可有长矛把敌御。

谢池春慢·开封城墙

十月阳春，天微暖，花蕾新。
秋菊争相放，柳条拂风轻。
万物承暖意，华夏沐新风。
阳光照，小鸟亲。
双双情侣，相倚话语轻。

汴河轻流，鱼沉底，畏见生。
夕阳照汴江，数叶舟楫停。
冉冉炊烟里，牧童放歌声。
望遗址，沐烟云。
临街沽酒，宋词歌长城。

浪淘沙令·潜龙宫

子夜不觉寒，阳春依然。
皇上夜读不胜忙。
北宋三皇出于此，不是夜谈。

明镜湖水尝，江山难忘。

北宋皇上真是难。
大好时光随冬去,何日春光。

卜算子·开封校场

北宋校场边,菊花展翅颠。
一朝怒放香艳倾,沁透满人间。
无意群芳妒,自我把雪眠。
秋去冬来春又是,只待下一年。

菩萨蛮·府衙文化

铁面无私黑包公,威风凛凛在开封。
刚还不护短, 敢把贪腐冲。

南监关重刑,府衙不畏凶。
监狱设府衙,扶正祛邪侵。

浪淘沙令·开封司西狱

西司狱牢房,望而胆寒。

奸人进去百刑尝。
监狱里设狱神庙，公正无旁。

取证工作烦，铁证如山。
罪名成立取枷难。
龙、虎、狗铡伺侯也，永别人间。

卜算子·天庆宫

修行苦不苦，三清来作主。
崇奉道教大宋朝，太极八卦补。

包拯坐南衙，两旁均列虎。
铁面无私来执法，专铡贪、腐、鼠。

风流子·开封翰园

开封翰园忙，人头拥，学生挤作坊。
当场学拓字，个个上场；
水浇宣纸，字拓成行。
文房功底从小练，长大不敢当。
中华文化，艺术瑰宝；
绘画、篆刻，源远流长。

中华翰园起，筹巨款，李老昼夜繁忙。
最苦家人，从未按时就餐。
洋洋数万拓，集聚翰园；
连绵数里，遍布长廊。
个中辛苦，谁人愿与同尝。

过生机乡

车行窄道石丫口，凹山王里走一走。
毕杨路上刚过去，岩上往上车行堵。
林口乡中好繁忙，高流村口古树朽。
峨峰村上白雾浓，盘龙坡上葡萄有。

亮岩镇上赶集忙，人头拥挤车靠柳。
黄泥坝上近悬崖，危岩边上吓走狗。
燕子口边大山悬，人在云中头晕呕。
突然一阵急刹车，车挤窄道慌脚手。

毕节团结乡

毕节下去团结乡，高山深处洼中间。
四周群山峰峦迭，山腰之中苞谷黄。

土豆刚从石岩出，青菜长在屋上方。
高山流水云隙走，太阳出来午时光。

天寒地冻十月始，一到半晚白茫茫。
冰凌一片地面滑，老鼠冻死田野荒。
早起恰好八点半，微光之处不见山。
山路弯弯天梯折，雪亮工程忙得慌。

赴黔西南

贵阳下去毕节东，处处山崖老山冲。
汽车盘山公路转，白雾迷蒙看不清。
远处稍有灯火现，车傍危岩冷汗惊。
忙唤友人车行缓，安全第一都放心。

东方初现鱼肚白，耀眼红球缓缓升。
光芒四射照群山，话喊对方有回音。
炊烟层层农舍出，又听公鸡竞相鸣。
正值高兴从车出，不想脚下在滑冰。

总　结

人人围桌坐，发言个连个。
社情民意事，敢把困难挫。

为民办实事,好坏立即判。
矮层装电梯,首先预决算。

道路去融雪,专家来讲课。
老龄来检查,定好近时段。
空巢要关心,最好有人伴。
诸多困难事,完成大家贺。

思远人·桶子鸡

色艳金黄桶子鸡,千里慰客稀。
肥而不腻,皮脆肉筋,香送老酒眯。

脆、嫩、香、鲜风味驻,酒醉店中栖。
味道口感好,三年母鸡,散养近小溪。

忆少年·花生糕

多层疏松,香甜利口,多味花生。
入口宜自化,回味且无穷。

满街但闻木槌声。
花生碎,香气盈门。
饴糖作辅料,酥软靠自身。

鹧鸪天·套四宝

四只全禽汤内香，层层相套不敢当。
鸭、鸡、鹌鹑和鸽子，浓、香、鲜、野有偏方。

烹、烧过，上浇汤，全骨剔后皮不伤。
宁吃飞禽四两肉，不食走兽真是难。

清平乐·鲤鱼焙面

焙面要好，鲤鱼黄河找。
软嫩鲜香正好咬，豫菜组合不少。

九朝古都开封，黄河淹没乡村。
而今水路畅达，盛世更加繁荣。

虞美人·清心楼

府尹文化根基深，北宋难刨根。

清心楼里立包拯，恰如开封府尹迎客卿。

清心治本须努力，直道可谋生。
一览众城凭栏处，惟见北宋繁华城乡中。

浪淘沙慢·开封科举

寒窗苦读十余载，油尽灯熄。
往事回首，发奋勤学，可谓专一。
忆过去，榜前去捉婿。
后花园，也无消息。
揭榜后，遥忆从前，往事荒唐戚戚。

悲极，汝可尽力？
书房夜读，唯与星月相伴，苦楚谁思及。
科举何其难，世人不敌。
头上枷锁，纵千般苦恼，无处解密。

追忆过去，漫长岁月，勤学是否无益？
想现在，千山力可辟。
读书破万卷，千事如亲历。
北宋江山，文人如星立。

渔家傲·奢香夫人

云龙山上花正黄，乌龙坡头雁成行。
拜祭奢香洗马塘。
看田野，彝家儿女正在忙。

山河一统顺大明，修筑道路为彝民。
耕田织布察民情。
歌颂汝，彝汉和平奉为神。

清平乐·诸葛武侯

莽莽西南，七星湖水蓝。
诸葛武侯垒星坛，七星相聚不难。

杨家湾里焚香，摩崖石刻水淹。
七星八景入胜，武侯祠内观光。

御街行·七星关

冬日垂暮七星关，寒风啸，人胆寒。
丝绸之路五尺道，印痕在，秦河山。
诸葛遗址，而今亲历，禡牙祭星坛。

七星古桥摩崖旁，三官庙，观音堂。
红军长征经毕节，红星永照人间。
风光旖旎，各族融和，七星岁月长。

卜算子·周西城

贵州黑神庙，西城名声耀。
护国战争威风显，执掌军政要。

坎坷崎岖路，山顶陡壁峭。
全省上下遵令行，山区公路妙。

八六子·鸡鸣三省

云贵川,鸡鸣三省,鸡鸣响彻山巅。
山峦起伏岩陡峭,雄关漫道山间,山川河流蜿蜒。

乌蒙泥丸磅礴。
绝壁流星眼前,红韵苗街景鲜。
三岔大峡谷,锦绣江山,旭日东升,一片紫烟。
三省地,红军伟大过程,笑看鸡冠高悬。
见红星,闪闪照耀无边。

卜算子·七星关摩崖石刻

七星河岸边,摩崖石刻连。
历经风雨两千载,身歪底部颠。

以前逢战火,刀砍子弹穿。
散落河滩如滚石,今恐被水淹。

望海潮·赤水河

青山绿水,植被丰郁,赤水弯多坡斜。
源于镇雄,流经云贵,蜀南处处彝家。
汛期泛赤水,朱丹红泥沙,疑落红霞。
灌木丛生,百花争艳,遍地爬。

美酒出自河崖。
惟茅台古镇,香飘天涯。
千古奇兵,四渡赤水,
朱毛红军神娃。
糯谷蒸出芽。
挑水酿新酒,伴以老茶。
重阳节里好酒,想也不会差。

十六字令·威信县(三首)

山,峰峦挺拔插云间。
观谷底,云水往山翻。

江，河水奔流转大弯。
会合处，乌蒙好风光。

滩，河边湿地水草荒。
河床浅，还处现水汪。

念奴娇·毕节萧吉人

赤水悠悠，弯流急，诉说往事不休。
黔滇教育，萧吉人，毕节教育名流。
乡土教材，执施其事，育人忘春秋。
弘毅、蜀益，所育学子难求。

祖师旧殿改修，教师宿舍里，《国际歌》留。
抗日救国，晨呼队，除敌不怕命丢。
三楚、豫童，万寿宫作址，贫困生收。
能人为师，实业救国无忧。

贺新郎·毕节古城

古城建于明。
南西北向三出口，坚固大门。
乌蒙腹地添新景，扼滇控蜀屯兵。

明朝征南行营。
卫辖两个千户所，布七星、二龙守御中。
众彝民，难入城。

永宁、大定、威宁街，黔川滇重要枢纽，城外交通。
云峰山耸立云霄，重迭婉延翠屏。
天然障碍高入云。
布政史司统全境，见普惠寺内隐建文(即明建文帝)。
金钟山，武行行。

清平乐·毕节杨家湾

杨家湾村，村民赶千行。
男女老少跑不赢，杨家拜会宗亲。

祭坛高矗入云，族长广播嗡嗡。
今朝祭拜列祖，他日落叶归根。

戚氏·沈万三

雪霁天。
一抹灰墙碧瓦间。
朱栏蒙尘，厨房冷落，不冒烟，可怜。

七星关,冷风呼啸水草边。
三丰祖师感叹,今后相会在云滇。
山高水远,黔路崎岖,可愿深山参禅?

正雄心勃勃,发奋图强,财气冲天。
日进万金连年。

锋芒毕露,可曾想蒙冤?
西南行,古道盘桓,七峰绵延。

忆连连,财神引路,瞬间暴富,怀恋从前。
永别浙江,发配云南,湖州再难回联。

水西风光好,开矿、筑路,耕种田园。
且有祖师指点,入沐府,思过胜从前。

晚年习道在黔,世事如梦,隐士生活闲。
思利禄,无命不长牵。

君记否,曾为食颠?
冬夜里,身无半钱。
可醒矣,万民需衣穿。
对话祖师,心安贵州,葬在福泉。

渔家傲·武当内家拳

武当养生内家拳,养生技击一气连。
借力打力形无边。
灵感至,万里长河用手牵。

柔软、中和、轻缓间,行拳形态运气联。
八字兼修神气添。
修持正,祛病养生龟鹤年。

如梦令·武当山

箭镞林立尖峰,绝壁悬崖水冲,云雾绕山巅,一柱擎天鹭惊。

奇否,奇否,万山来朝岭倾。

醉花阴·登武当山

山路坡斜塞泥沙,腰弓手发麻。

冷风刺肌骨，冰冻山道，奋力往上爬。

太阳一出照山崖，金顶现光华。
游客拥梯道，危岩矗立，手脚并用划。

采莲令·赴襄阳

襄阳行，车轮转不停。
应友招，乡土风情。
空港晶华添新客，美酒醉佳宾。
锅贴面，水晶肴肉，生冷大盘，酒杯交杂回音。

酒店大堂，汝可见美女如云。
包厢内，知己互挽，玉树临风。
酒又至，何不来大瓶？
汝醉也，不醉不亲。
明年晴好，再聚凯瑞天空（酒店名）。

定风波·毕节森林公园

森林公园拱拢坪，滇黔西南避暑城。
千年银杏显葱茏，氧吧，熔岩地貌山溪冲。

多姿多彩民族风，壮观，古韵之美显风情。
雷音佛祖撼心灵，震撼，殿如西天鬼斧工。

满江红·织金

初来织金，今又是，冬至佳节。
见铺面，竹荪当街，心为之热。
红托竹蒜世珍贵，黄金落价荪不跌。
砂陶具，驰名海内外，满街歇。

回龙桥，龙回接。
关帝庙，武神烈。
看关圣仗义，百姓心切。
雨洒金桥双流别，云洞天开鬼魅灭。
八小景，见南笔增辉，缘谁结？

芦笙市场

忽然感觉不对劲，不见人群朝南碰。
以前不是这模样，一下火车雷声震。
全力以赴奔市场，只见人流乱涌动。
管理职工稍晚到，挤进门口黑洞洞。

现今生意不如前，许多市场建周边。
株洲百货高楼起，人人个个摆现钱。
故尔株百生意好，虽是冬日单衣穿。
不信你也株百走，百步之内汗涟涟。

辣　椒

青棕红绿蓝白黄，辣椒遍种在人间。
从西到东山间走，最后落户四水旁。
湘人种椒历史久，辣人生长在湖南。
辣妹放歌声嘹亮，唱响中华走四方。

辣椒味辣除寒湿，口中喊辣心内甘。
传闻湖南不怕辣，不信你也过来尝。
大年将至红通通，商铺都是辣椒行。
人行夜路贼畏惧，这边都是辣椒王。

取　票

远望车站人头越，车挤大道笛声迭。
众人都挤大马路，异口同声回乡切。
镇口集市好繁忙，小店殷情话惜别。
肩挑手提横街过，没有力气路中歇。

大包小包满身挂,以为家乡价未跌。
实则家乡物优美,家乡货物都不缺。
如果扛回劣等货,恐怕家人都不屑。
香烟更是不用带,家乡烟草赛金叶。

赴芦笙

长株潭际一线牵,以前行程大半天。
株易路口人沸腾,推车小贩路中穿。
吾思他们想堵车,逢车叫买喜连连。
一家生活全靠此,胜过外出苦得冤。

先是高速通达畅,又是多条大道添。
而今不走株易道,一零七道少人烟。
城铁一开不得了,城铁广场舞蹈源。
老头老太竞歌舞,而今在彼写春联。

兰陵王·金顶

登金顶,脚扫石梯积雪。
手攀索,冰冷刺骨,人头蜂涌无处歇。
人群石梯结。
四周,峰回峦迭。

续攀登，侧身挤进，一气呵成山顶接。

神灯永不灭。
看金光万道，照耀宫阙。
直射云霄永不跌。
见古神道上，壁饮霜风，
横竖残痕皆望月，述世间圆缺。

惜别，情难却。
尝武当小食，慢嚼细咽。
素食席间谈道学。
思祖师出汗，并非空穴。
“海马吐雾”，发吼声，可凝血。

八六子·太和宫

太和宫，天柱峰南，孤峰峻岭摩云。
殿宇楼堂傍崖建，结构精巧无比，屋面早晚蒙尘。

破旧之处翻新。
补旧修旧无痕，柱木不现铁钉。
六百余年里，朝饮露水，暮吞清风，粗糙抚平。
进武当，最高胜境于斯，真正意义入门。
明成祖，敕建太和宫廷。

鹧鸪天·武当地质

天柱峰高一千六。
四周山峰向外突。
古生代里片页岩。
吸引游人把书读。

花岗岩,正发育。
断层岩线似不足。
多陷盆地现山中,
山势起伏气温缩。

曾南清书法

潇潇洒洒如行云,笔尖尚留半空中。
猛然一阵喝来声,便见落款下笔轻。
南清书法从小起,首先练笔在童音。
也曾放下从它学,书法一直伴其身。

首先正楷习颜体,后经磨炼把柳临。
各种名帖均学到,再经行草路上奔。
苦练行草十数载,伴以摄影现其形。
行草之中图画见,如诗如画见其根。

农老五

湘菜大师农老五，人称农民及时雨。
湘菜源头田野起，土里拔来马上煮。
没有中间诸环节，吃完之后拇指举。
正宗湘菜大家尝，没有存货不轻许。

湘菜来自洞庭湖，最好水里出鲜鱼。
口味螃蟹讲究辣，焖在锅中香气舒。
食客闻之口味出，一口食下淌汗珠。
辣气冲天真湘菜，大杯换来不服输。

黑山羊

冬天进补黑山羊，羊肥肉嫩好熬汤。
佐以辣椒和大蒜，锅一打开满屋香。
香气直飘云天外，太上老君落湘江。
湘江之水烹羊肉，当归放下后放姜。

一口落下肉松散，来瓶老酒敢不敢。
老君正想喝老酒，天条在彼莫造反。
只得悻悻回天去，依依不舍思再返。
又怕天门早关闭，九霄云外睡门板。

鱼汤泡饭

鱼类品种真是多，人民大众口味苛。
鱼汤又分辣、中、微，不怕辣的猛辣呵。
稍辣一点称中辣，汤匙下去泛红波。
最少也要叫微辣，红汤不见开水窝。

鱼头还是鳙鱼种，骨嫩肉多带薄荷。
汤稠不见老姜片，新鲜出自灰汤河。
灰汤自产新鲜鲤，此时正好下火锅。
再来几斤黄骨刺，满身汗滚如下坡。

建宁街

建宁始属黔中郡，春秋战国惟楚命。
后来归属长沙国，三园东吴建宁并。
县衙置在庆云山，醴陵、修县归其令。
湘江以东繁华地，南湖沿港人头动。

隋文帝始废建宁，其后战火一直兴。
高祖复置在唐时，其后归属湘潭音。
江西商人建码头，搬运货物靠水亲。
繁华始起清顺治，小船悠悠歌声轻。

红包念

红包一闪而过，证明心情不错。
如若偶得小许，也是沙发在卧。
我心若念红包，手忙脚乱头叩。
红包人人挂念，必有原因朝贺。

碧峰云墅胜景怡人

（嵌字诗）

碧水青山连接天，峰峦起伏在云间。
云中自有美境在，墅连古迹在山巅。
胜过蓬莱峨眉境，景比五岳往神仙。
怡心之处聚人气，人人踊跃趋向前。

迎春有感

湘水阁里水映天，水天交映荷舌尖。
若问神仙宿何处，人未醉酒不必言。

我心向往神仙事，无奈两脚舞翩跹。
神仙也有做错事，但无美酒无话添。

传闻陈酿二八年，开缸但闻香气掀。
小孩未曾闻酒香，跑出门外吐翻天。
不饮酒者高声起，今天也来两盏添。
二〇一九爱依旧（一九），二〇一九爱永久（一九）。

惊闻友人父故，湘北转湘南吊唁

兴致匆匆湘北行，电话忽听噩耗声。
校友严父逝新宁，不去吊唁定不行。
订购车票须加急，哪管返路近千程。
校友严父尚家教，独自求学湘江滨。

诸多忘事不堪往，昼夜辛勤伴书声。
寒暑易节两载过，最后留校园丁充。
授课心细如父母，学生实习犹感亲。
育人已近三十许，通信事业多后人。

别居所前往湘鄂西

感谢环卫昼夜忙，挥汗如雨搬雪山。
艰难除雪五日许，道路如新雪扫光。

可怜身在雪环境，白雪皑皑封屋场。
同等环境低五度，此处避暑好游玩。

山仔有心追雪去，不恋此处小雪山。
湘鄂西有好胜境，鸡公界山雪飞扬。
大雪储满沅、资、澧，正好开设溜冰场。
邀一心仪随身往，谁愿同行微信忙。

良　宽

秋叶春花野杜鹃，安留他物在人间。
寒夜空斋里，幽烟时已迁。
户外竹数竿，床上书几篇。
月出半窗白，宛鸣四邻禅。
个中何限意，相对也无言。
山仔和之：
禅净双修佛门幽，勿将烦恼记心头。
冬来秋去花仍在，四季不同各自悠。
寒夜明月空中挂，光弄寒斋美人图。
幽烟常绕书房里，书横床上待人瞅。

由湖北进河南答众校友

师兄安得兮美上栽，不以汝念兮酒上歪。

中原文化兮广深博，师见与余兮歪碰歪。
河南习俗兮人皆见，让余三巡兮鬼来筛。
眠前一亮兮天仙见，师兄舍妹兮提壶来。

往见其妹兮非本人，思念过去兮二八春。
而八今过去二十载，不想其妹兮又返春。
吾欲因之兮春常在，皆因师兄兮恩情外。
师兄世外兮桃源人，一念菩提兮世外情。

待来年春发

——莲的来年是否等于来世

见此败荷触景深，人处繁华念来生。
日见伊凌佛缘广，常结善缘是真情。
从细入微知小草，鲜花怒放想寒冬。
俗人不识真面目，惊世骇俗菩萨身。

祝湖南邮校再创辉煌

华龄六十兮，旺哉母校。
吾感吾根兮，归属湘邮。
心情沉醉兮，不知所盼。
六零即聚兮，全校合聚。

不分彼此兮,同心合力。
不以彼班兮,众皆理会。
我班首领兮,不待言传。
首领吾班兮,奋力为公。

今见传票兮,和平亲捐。
眼即小患兮,不忘母校。
安得大佬兮,勇跃超前。
河南校友兮,不甘落后。
委托志忠兮,一表衷肠。
班级菲薄兮,不能言表。
恳请师长兮,北上会缘。
吾缘北上兮,去年已定。

逼服争光兮,我之所责。
我以我思兮,八方尽力。
安得母校兮,创力辉煌。
班之足球兮,曾获冠亚。
大学校队兮,闻风丧胆。
力创群雄兮,为校争光。
吾以吾力兮,言传身教。
恭祝吾校兮,台阶新展。

凤眼莲

又见伊兮水中央,
紫眸凝兮眺远方,

风含笑兮送幽香，
颤颠颠兮翼如蝉。
花枝摇兮蝶儿忙，
谱一曲兮凤求凰。
初见伊兮自难忘，
心之念兮苦彷徨，

驻水一方兮自凉，
何不靠岸兮就滩。
自难忘兮是情殇，
执念来兮心发狂。
又下池兮细端详，
采伊归兮紫陶装。
用心培兮尤恐伤，
终吐花兮赋新章。

听曲《山鬼》有感

山仔和之：

采归来兮心事重，恐伤枝兮手小心。
细扶叶兮手轻拂，土细翻兮除小虫。
眼见伊兮心爱怜，玲珑瘦兮嘴儿甜。
婷婷立兮见风长，物华美兮众皆赏。

人爱萍兮水中央，水中寒兮不敢当。
若采萍兮深水入，自有萍兮傍汝旁。

我爱萍兮污水出,身玉立兮水中皇。
我敬萍兮高朋会,长势旺兮花族媚。

水调歌头·重聚

才饮浏河酒,又观岳麓书。
千里来寻故地,一望湘天殊。
曾经邮校学习,又在同行打拼,今日信道徐。
先生曾教曰:有食要有余! 国际动,中华庆,图大业,
天助中华成功,中华永不跌。
愿助闽湘行会,去和世界同理,共操世界厨。
神州雄起时,闽湘自然舒。

盼君归

哪里潇洒哪里悠,几天不见两春秋。
世上多少烦恼丝,茶吧里面云外丢。
管它天南与海北,今日不管明日忧。
愿君餐罢早回巢,小鸟还在叫啾啾。

悠悠岁月

岁月悠悠，忠义春秋。
长沙一战，关羽名留。
捞刀河畔，美不胜收。
汉寿建县，亭侯何求。

月照关山，嫦娥暗瞅。
通宵夜读，忠义春秋。
三英会首，忠义永留。
医扶正义，大侠永游。

七　律

马跃平安岁岁匀，蛇守圣诞户户宁。
行伍半载正国威，救死扶伤健康行。
张弛有度尔名扬，戴月披星梅花林。
救苦助危不放松，医疗战线有一人。

戴氏月梅脱颖出，救命菩萨现真身。
相夫教子育良才，博学广闻医术精。

桃李芬芳花满园，医疗战线出奇兵。
育人无数奇才出，条条战线有能人。

致友人

八月十五皓月明，人在异地有远朋。
恭愿吾等常联系，每逢十五月送情。
朋友理应常来往，三湘四水欢迎您。
若君有假三五日，愿领挚友潇湘行。

中秋回家没

不喜群发愿私聊，友人祝福任逍遥。
不知现在何处乐，独自一人世界飘。
家乡明月依旧在，家人等你月上霄。
早整行装早上路，免得人挤车发飙。

赞蜀乔公张家界再创大作

观罗公山水画，有感，中秋节至，顺祝蜀乔先生节日快乐，万事如意。

山高林远惊鸟回，莽莽苍苍落叶堆。
英雄聚首张家界，唯见乔老山水推。
挥毫泼墨铸大作，胜上山顶秋风吹。
有心观摩路途远，遥祝罗公再发威。

听闻乔公在山中，画出蜀林绿森森。
众女罗列侍两旁，先生独望空中云。
明月理应空中挂，嫦娥会友搞不赢。
而今已是八月半，应下凡尘会罗翁。

七律·赞琪华月饼

琪华月饼香气飘，直上九重桂花摇。
嫦娥闻香飞舞出，吴刚为此妒火烧。
凡间月饼香飘出，为何冲我蜜桂瑶。
万一玉帝闻香出，留恋凡尘不返宵。

贺杰丰新婚

张张证照是真人，不知是假还是真。
若得悟空法眼在，认来识处总是情。

千来难得同船渡，共眠一枕万年春。
愿君生活甜如蜜，赛过世上有缘人。

七律·赞花

隐姓归来入山来，流水淙淙濯胸怀。
山泉流入心田里，落花到此树下埋。
落花恋树长安久，飘飘荡荡随水徊。
此处水湾多谧静，花、树结合胜天台。

十六字令·山竹台风（四首）

山，狂风起处老树伤。
暴雨至，小溪变成江。

竹，深扎断崖老根突。
旋风起，弯腰把颈缩。

台，乌云缭绕隐山怀。
飓风舞，屋瓦片片栽。

风，太平洋里大海生。
成扇状，中华大地冲。

踏莎行·山竹台风

微风轻弄，小雨阵阵，乌云聚合狂风送。
转眼大风吹椰花，蒙蒙乱扑小车碰。

飞鸟归巢，门锁窗牢，室外风摇房内闷。
一杯愁酒睡醒时，远方家人频频问。

中山行

兴致匆匆往南行，火东一刻不曾停。
而今中山通高铁，长沙、中山一线通。
此去中山无别事，专寻办公木器真。
国内盛传汉威思，办公木器制作人。

专攻有术育奇葩，业内首推陈小华。
陈总荣任董事长，少小作为有理想。
十五南漂奔前程，本是苦命江西人。
祖籍丰城座山村，鸦鹊窝地是他根。

原有房屋土木建，原原本本当地风。
冬暖夏凉且不说，房屋地址半山中。
门前喜鹊叫喳喳，屋后梨树站老鸦。
前面坡下两口井，吃、用、洗漱全靠它。

井水清冽甜可口，寒暑易节水都有。
大门座此斜问南，青龙、白虎在两旁。
背后靠山真壮观，一年四季山货多。
日出月落年交替，此地儿郎讲义气。

兄弟都是此尾生，陈总跟着兄长行。
商场创业来锻炼，一忙多年未会面。
小华结婚又生子，二女一子传家史。
商场打拼卧薪草，忍受折磨苦胆好。

我与陈总兰州逢，多次坚邀中山行。
而今愿望终实现，一出车站小华迎。
精神抖擞陈总容，满脸笑容叙真情。
同来还有青、渝友，中山相聚喜融融。

上车急往城外行，说是要去三溪村。
那里午餐中山味，家家户户忙不赢。
原来都是家菜馆，老村旧屋打造成。
以前此地聚客家，拆掉可惜改造它。

有的业主不经营，转手包给外地人。
外地经营模式好，稍有懒惰喝北风。
勤学苦练本地肴，否则赔本往家行。
所以个个不怠慢，客人进入茶奉上。

今日偶尔到中山，红烧乳鸽托盘站。
飘香之处现螃蟹，小腿伸出餐盘让。
四个小碟放两边，烧鹅放在桌中间。
来到广东不喝汤，就怕天气把胃伤。

一大罐汤端上桌，人手一碗大家喝。
此汤护胃又养神，据说内有虫草根。
把汤喝完肚见饱，桌上之菜不见少。
忙呼小妹来打包，陈总忙说吃不了。

餐毕之后旧村游，此村本是客家留。
拆掉心有不舍意，私下契约招外企。
经营皆为远方客，打点市场不容易。
早起晚歇加紧干，只为赚点生活饭。

客家人民多勤俭，院落之外有门脸。
围墙高约二米许，院内置花耀人眼。
祖宗牌位设正中，一看便知哪里人。
客厅两边是厢房，长者理应居正堂。

匆匆走出小古村，开车就往板芙行。
二十公里省道路，小车拐弯里溪停。
厂房坐落里溪道，汉威思名挂大门。
车鸣门开进大门，保安敬礼笑脸迎。

停车广场真宽阔，人车有序不乱行。
一万七千平方米，所见之处皆有底。
事无巨细亲自过，所有事情不会错。

小车一个大转弯，停车就在村中央。

走进小巷一小店，店名就唤小惜香。
惜香，惜香大家叫，店内一片回应忙。
将客拥入包房坐，凉菜立马摆桌旁。
大家赶忙来入席，转眼香菜偎鸡汤。

穿过操场往里行，锯料车间忙不停。
推车来往送料疾，按图锯料很认真。
来料都是精选过，边角余料少而轻。
减少浪费摆第一，公司要求质量真。

忽听里边叭叭响，封边车间忙不赢。
装订、封边在一起，所以有此小声音。
这些装订有讲究，并不拿来乱订成。
一丝一毫无差距，精工细作不放松。

锣边车间正在忙，这事不能走过场。
底不锣好边不平，横平竖直格式行。
拐弯之处显弧角，凸凹别致要分清。
锣边之后层层码，再往高处也不垮。

锣完边后再光身，件件物料按坯形。
这项工作太重要，逐条逐件打坯成。
打完坯后分类放，好像士兵列队形。
长是长来短是短，如若乱摆会扣分。

贴皮车间无声音，料、皮结合胶压成。
这项工作不马虎，只见全心投入中。

若有杂念不能干，料成起泡定不行。
件件成品埋头作，领导检查不出声。

贴完皮后去批灰，件件木料往里推。
此处稍有粉尘在，维护环保雾水吹。
工人都戴口鼻罩，这个动作很重要。
而今实行人性化，安全第一责任大。

擦色车间真正行，调配色料最认真。
色泽浓淡有讲究，顾客乐见才能赢。
按图索骥配色谱，人人个个欢欣舞。
件件木料底色现，稍有瑕疵不能见。

料件随后喷底漆，这项工作须统一。
心无杂念才工作，底漆厚薄无疏密。
漆未干透不堆码，否则互粘品相傻。
风干之后再堆放，相同料件成堆站。

再往前走打粗磨，稍有不平用劲搓。
平整如镜才放心，件件物料用手摸。
眼睛观料成眯缝，生怕料中有小洞。
此事万万不大意，否则事半前功弃。

打罢粗磨又细磨，柔软纱布细细拖。
此道工序须心细，凸凹之处慢慢摸。
待到光面平如镜，喷上面漆没有印。
面漆干后始包装，整整齐齐进库房。

整齐如一大库房，巍然座落车间旁。

推进之后整理好，清点数目才签单。
进出货物严登记，样样件件很仔细。
料、物分放有讲究，事到临头不能凑。

库外汽车列成行，运进材料堆成山。
成品出库凭单据，双方签字很正常。
汽车拖货层层高，紧扎绳索不能糟。
严格堆码按尺寸，千万不能货物抛。

临时场地来办公，简易场所如工棚。
办公就在厂房边，多多少少景观添。
人员进出如流水，生意兴隆业绩伟。
有幸观此大项目，三生到此也不悔。

办公新址分两层，共计二千七百平。
会议体验大展区，人在里面感觉舒。
两人会面不觉挤，不必倒腾移桌椅。
灯光柔和人觉美，就是老汉也夸伟。

椅子展示文化场，汉唐风格里面扬。
色调浸透汉文化，实实在在背景墙。
椅子大小不统一，相互间隔有疏密。
从大到小来排列，错落有致不着急。

文化长廊客梯旁，顾客盈门不冷场。
花花绿绿世界里，还有茶水大家尝。
顾客参观不觉累，VIP 室有体会。
摆放诸多桌和椅，顾客里面不觉挤。

胶板袭间来展示，人人都夸好模式。
真材实料好胶板，所用之处亮光敞。
配合配间还有漆，洋洋洒洒很给力。
灯光效应就是好，工作到晚还觉早。

工程体验展示区，货梯旁边好运输。
不管多大笨重物，照样搬运劳力舒。
搭配得当才省力，没有劳力当然急。
重近轻远来展示，每样货物有模式。

法庭体验很庄严，高背靠椅在旁边。
被告席后椅整齐，观众可坐椅中间。
长条桌子横台上，法官进来狱警让。
神圣国徽高挂起，法官开腔观众站。

公共展区在中央，桌椅罗列在两旁。
健身器材可锻炼，市民常来天天见。
相互传播都夸好，顾客盈门订单搞。
公共事业很重要，订单下来立见效。

企业文化是核心，汉威思是汉唐风。
展区都是汉风格，这个展区聚来宾。
纷纷都夸这个好，文化核心不可少。
企业文化来打造，这样创业更可靠。

小桥下面有旱河，没见流水但听歌。
场地布景很重要，走上小桥如上坡。
人临景中画中游，人若走错往回溜。
两边还有休闲椅，也可躺下椅上悠。

系列袭间来体验，不愁顾客不见面。
里面灯光多和美，真实办公里面现。
也有喝茶小茶几，摆在里面很得体。
小巧玲珑有茶具，主人必有烹茶术。

公司现有办公区，各种职务牌上输。
总裁审计来核查，副总权把全面抓。
行政中心骨后勤，食堂、宿合理应抓。
兼管人事和维护，这些事情不能误。

生产中心很重要，技术部里要可靠。
这个部门不马虎，所有产品必定俏。
质检部门来把关，有事自然责任担。
总厂自然有责任，首要问题总监扛。

材料中心管物流，物控部门不能悠。
采购材料须仔细，抱紧关口不大意。
财务部门精核算，件件块块认真过。
材料仓库堆放齐，紧锁大门人不离。

品牌拓展有中心，电子商务百忙中。
质量部门把严关，随时随地电话盯。
品牌传播很重要，研发部门急得跳。
新的品牌要研发，老的产品要提效。

营销中心担前锋，一有业务向前冲。
客户必须多联系，所有电话咱得急。
市场部里人挤人，销售部门相互盯。

工程部门多打造，业绩上升才叫妙。

五个中心领导管，无论事请多急缓。
一有电话领导接，有些问题立马决。
二、四、六来开小会，摆出问题大家灭。
周一早上开大会，安全话题永不歇。

中心分管各部门，体现企业有精神。
企业创新多重要，全靠企业带头人。
事事处处多节俭，粒米下来可满升。
企业创忘不容易，全靠职工尽力行。

办公空间环保行，企业责任要说清。
原料是块敲门砖，方案设计花絮添。
制造、运输不马虎，安装人员不觉苦。
绿色环保办公体，遵循自然厚家底。

设计灵感汉威思，人见人爱顾客痴。
张弛有度大空间，自由穿越见蓝天。
文化组合须跨越，个性张扬很贴切。
定制家具很重要，顾客见物心直跳。

高端眼界汉威思，纵横博览天下知。
汉唐风格大气势，木器制造大名次。
管理思维造就好，盛况空前世界找。
经验丰富管理层，背后一定有能人。

公司决策任义仁，身为表率第一人。
企业理念他造就，勤奋苦学江湖行。

家具会长甘肃任，所讲之话大家听。
语言表达数第一，铿锵挫顿给真力。

任总也是江西人，少小离家西北行。
祖籍赣北丰城市，甘肃打拼市场赢。
开始经营木器业，多年不歇市场盯。
寒暑易节险恶过，现今年年见春风。

任，陈等人来创业，制造木器有类别。
真真实实干大事，奋发路上永不歇。
真情祝福汉威思，中国木业世界知。
真情祝福该团队，闯进世界大社会。

忆重阳

岁岁重阳，今又重阳。
重阳九九，重九为阳。
重阴喜庆，赏秋高胆。
登高远眺，菊花酒尝。

遍插茱萸，重阳糕汤。
源自战国，墨客驻场。
文人吟咏，浓郁风扬。
魏晋气氛，重阳日张。

历朝历代，避灾上山。

重阴当日,倾室而忙。
举五之要,帝籍收仓。
大飨帝君,告备上皇。

求寿之俗,沸沸扬扬。
采集药物,饮宴登场。
籍野餐饮,至宋更张。
祭祀大火,越烧越长。

季节星宿,九月退场。
火星隐退,莫名恐慌。
漫漫长冬,内火帮忙。
迎火仪式,越张越扬。

重阳祭灶,江南尤忙。
三月上巳(三月三),九月重阳。
对应春秋,寒食、重阳。
大火出没,依据显然。

谋生技术,进步扩张。
火历隐退,历法登场。
九月祭火,历史衰亡。
阳气衰减,登高求扬。

夏冬交替,重阳秋寒。
重阳辞青:理所当然。
晋代陶翁,秋菊盈园。
唐时定节,隆重非凡。

忆中秋

天子秋夕月，民间永不歇。
文人相仿效，《春秋》早拜月。
稼熟方曰秋，农民庆丰收。
八月在秋季，十五正中秋。

也说源于隋，义军战鼓擂。
八月十五日，月饼军中随。
义军作军饷，军粮自身围。
中秋共赏月，望月思亲陪。

浙江喜观潮，中秋盛事推。
风俗由来久，汉代《七发》催。
详尽当时事，观潮人起堆。
《增补武林事》，明、宋晚观归。

燃灯在湘广，塔上节节堆。
江南制灯船，节日河水随。
水流船行走，情意绵绵煨。
燃灯人助月，月照人更贴。

广东盛张灯，竹条扎灯笼。
鸟兽虫鱼在，为你来把风。

"庆贺中秋"字,个个亮金星。
贫穷与富贵,户户拜月宫。

中秋盛猜谜,字字寓意深。
聚集于社祉,灯上设谜形。
或物或字义,由你去点清。
猜对有礼物,不对勿出声。

月饼边须吃,香甜才入室。
赏月吃月饼,圆圆称心值。
点心食品在,怀念家乡日。
共同望明月,相思千里忽。

赏月常思桂,桂花入饼食。
桂花亦入酒,甜蜜入口实。
欢庆合家甜,桂花酒中闲。
每人喝一盏,喜事来年添。

禅馨诗

凉亭微醉泪空流,又见离愁挂玉钩。
举目繁星多苦恨,扰人清梦意难收。

山仔和之:
夜色空朦月见羞,此处清凉令人愁。
前事愿君不多想,毕竟七月近尾头。

繁星灿烂有好天，诸事多多有丰收。
扰人清梦终远去，醒来尚觉乐悠悠。

又忆亲人

穿过堂屋拐左手，旧屋半塌墙斜走。
散乱砖瓦落满坪，南瓜藤蔓胡乱行。
似是近日大雨至，植物疯长雨未停。
细看大门朝南向，青龙白虎左右傍。

门前一条小溪流，日日夜夜向南流。
直冲进入大灌渠，下有深塘财富留。
左边小山四季青，山上种满迎客松。
瑶家儿女甚好客，当地就数赵家人。

背后高山葱茏上，稍有斜行石不让。
若想攀登难上难，真是有心不排场。
右拐前行有座山，太平天国有宝藏。
兵败天津埋宝物，藏宝图里载得详。

宝物埋在山洞里，恳求赵祖去探底。
赵祖领路来人跟，忽见天空起乌云。
劈历一声炸雷响，转眼之间雨倾盆。
山洪暴发洞不见，方园数里乱石坑。

慌乱之中图不见，来人落得两手空。

世上财物宇宙间，不是福主难沾边。
若要凭空取世财，福运未到不沾边。
来人空有藏宝图，时辰未到不能收。

赵家深谙此中缘，诚心向佛尽善添。
勤奋努力致家富，不义之财靠不住。
果真数年大发迹，家兴业旺有功绩。
四乡说起赵家人，大拇指是个个伸。

旧屋还有大碗柜，造工精细清、民味。
要求赵总藏新屋，细细把玩去体会。
转入灶后有水声，山泉喷水直下冲。
捧起一口喝下去，润在口里甜在心。

赵总挖塘蓄野鱼，条条个大体轻盈。
上塘之水流下塘，不增不减水常流。
土塘之上小山坑，原是雨水冲积余。
此地正好养鸡鸭，公鸡快跑鸭行徐。

正想仔细去观光，厨下高叫去客堂。
酒菜早已端上桌，就等贵客来品尝。
听到贵客心犹恐，瑶家贵客不敢当。
首先拖你坐上席，主家九碗是过场。

实实在在心情爽，九九归一情谊长。
陪客还有大乡长，八仙排位坐我旁。
说是远道来的客，七夕将到不冷场。
主家理应敬九碗，六六大顺咱们扛。
乡长不陪似缺理，咬紧牙关把酒忙。

满桌好菜似不见，鸡鸭鱼兔油中翻。
忙叫厨下备小菜，上来一盆猪脚黄。
皮焦肉嫩香扑鼻，小菜待客不风光。
右手上来老邮电，忙话同仁上前帮。

说是久仰我大名，多次很想捧我场。
无奈瑶山省城远，五子登科咱们忙。
硬着头皮喝下去，四季发财谁不尝。
三阳开泰大家喝，二人对饮闹得慌。

一人喝酒需人陪，零陵地区不讲推。
转眼又是日下山，众住好汉要人帮。
或坐式卧倒下去，主家虽累心里欢。
真诚待人山地瑶，朴实大方见衷肠。

衷心祝我瑶民族，日日向上家富足。
热盼我友赵爱军，撸起袖子好前程。
愿我兰山文明地，山川秀美有人气。
盼我瑶族人民镇，家家户户福气盛。

昏昏沉沉夜晚赶，清晨到达琵琶岗。
琵琶岗村守远地，萧氏群居旧屋荒。
目前政府多报道，保护文物很重要，
政府民间都努力，虽有投资见效少。

公元一七一六年，琵琶岗村萧家迁。
十八世祖萧起发，来自附近小桃园。
人丁兴旺日趋富，声名远播高城连。

街道全是青石路，公厅赫赫匾额鲜。

村在宁远东北方，古村始建康熙间。
花草虽复古韵在，屋群座落小山旁。
小山下面设公厅，萧、刘两家执事忙。
左昭右穆祖先位，先秦遗民潇水旁。

古村现为贫困村，文物价值很惊人。
更有平地高流井，物理、哲学奥妙深。
木雕石刻无数计，深埋地表无人窥。
辛亥志士萧志仁，故居赫然在该村。

地方、政府齐呼吁，保护文物要认同。
我等当然应尽力，刻不容缓尽本能。
汽车继续向前行，柏家老村塔映人。
六面三层须弥座，每面都刻名家文。

韵律优美浮雕在，同类少见花卉清。
左手田中丘一座，绿树荫荫确不同。
阴风习习六月天，村人热死不靠边。
据说丘内藏大蛇，人兽不近神意添。

宁远附近下灌村，江南第一有美名。
古村坐落小河上，村民夜听流水声。
麻将曾是此发明，状元李合有其人。
房屋门上二五八，屋顶高树发发发。

李合唐代叶子戏，宋朝滨变牙牌技。
明代号称马吊牌，麻雀牌从此处来。

更有赌神来此走，朝拜李合晚练手。
场场赢钱手不麻，牌中技巧不言吐。

此地有座状元楼，状元多出零陵州。
零陵状元出宁远，就数此地最风流。
众多高考第子辈，焚香膜拜状元楼。
此楼无梯可上去，登上此楼天子求。

下灌隶属湾井镇，此镇同样有大姓。
农天山庄几里处，左昭右穆有王姓。
王姓开没农夫庄，主妇竟然出兰山。
做得一手好饭菜，瑶家当家不敢当。

菜未上桌酒先行，主妇持杯每个人。
风姿绰约瑶家女，不容你酒不下吞。
敬罢每个佳宾毕，自然客人敬主人。
杯来盏往几轮下，只好宾馆去楼身。

此来永州怪事多，主题未达酒已窝。
还是打道回府去，再过几月再来挪。
切记不要碰酒杯，瑶山不习不乱端。
感谢永州众好汉，下次长沙相聚多。

永州行

汽车沿着乡野行，永州郊外好冷清。

拐过弯角入市区，前面进入零陵城。
零陵别名号芝山，东山就在城之东。
上有武庙、法华寺，雄伟庄严住僧人。

法华又名高山寺，记叙唐朝中期事。
距今一千三百年，盛名之下记主持。
宗元当年落泊时，也曾借宿法华寺。
《西亭夜饮》他记载，《山寺晚钟》才留住。

万寿、报恩宋时名，该寺香火鼎盛中。
明时改为高山寺，因火重建多台步。
建筑面积近五千，天王、伽蓝佛殿添。
药师殿旁三圣见，藏经阁里主持现。

金字牌匾挂正中，金光耀眼镇凡心。
诚心向佛神护佑，心若参佛见真心。
世人皆以利禄在，人世之间行走匆。
我若有心潜修身，也伴青灯照我心。

见佛忙施朝拜礼，三叩六礼忙不停。
随行唐总紧跟上，佛祖面前敬语行。
多是虔诚吉祥语，辅佑远行保安宁。
生意兴隆身体健，佛法广大佑众生。

目前寺院已扩大，已有一万五千平。
庭栽四季绿化树，院挂全红大灯笼。
赤日炎炎似火烧，未想随后暴雨浇。
永州天气多变幻，不及瑶山多季交。

来到兰山两日多，春、暖、夏季天气苛。
虽然未曾逢大雪，堂屋之内冷飕飕。
上有佛教办公会，下设法物流通柜。
一应组织全建设，善男信士可聚会。

商讨文明建寺院，磋商行业寺规会。
也有义工多信士，辛苦劳作不觉累。
劳去心中苦恶念，减轻俗念与神会。
诚心向佛得善果，下世做人善美倍。

出得后门步道行，武庙跃入眼帘中。
十八兵器件件立，七十二行通武功。
江南最大湘武庙，郴、衡、邵、永共同造。
关羽神像立殿中，两边长联很精神。

武庙大殿真雄伟，民俗石雕门前磊。
窗棂处处是木雕，公子王孙把扇摇。
瓶瓶罐罐雕在上，平平安安闯道上。
与天地参挂横梁，颂赞武祖无过场。

东山景区天地阔，柳子庙则溪边活。
人山人海不怕热，都说柳公有特色。
住此豪华庆园处，怎知远离州城圩。
远处州城骡马少，柳公步行起大早。

游客口嚼东安鸡，微觉不酸嫌醋稀。
宗元永州怎见醋，山西陈醋稀中稀。
想要吃些酸咸点，只有自作土法依。
感叹又是七月至，柳公念祖坟草凄。

柳庙直傍小溪河，当然这里故事多。
常与农家多接触，激动灵感叙嗟砣。
我欲因之思柳公，荒草凄凄何处窝。
那有当今情侣念，租顶帐篷树下挪。

当然他们不惧蛇，怎比那时异蛇多。
五步蝰蛇草丛下，竹叶青在笋上拖。
金环蛇没稻田里，银环路也交颈欢。
柳公胆战夜不眠，专写野趣在山坡。

近处有座朝阳岩，摩崖石刻洞内埋。
很多高人曾来此，观摩石刻江边徊。
夏天江风吹拂面，胜过吃桌海参宴。
冬天江风太刺骨，洞内温暖反差现。

听说我要去兰山，陈公坚留潇水湾。
潇水转弯直下去，经过水闸汇湘江。
此处原来没水闸，为防洪患坝添上。
潇水旁边永通服，大楼巍然立江畔。

此楼看似好舒服，就是原来线路局。
办公地点第三层，其他租与其他人。
场地虽阔人也多，保安、卫生要求苛。
窗明几净永通服，争先创优业绩欢。

经理名叫周冬军，选拔过来永州人。
也是我校毕业生，成绩优异有前程。

向他汇报校庆事，如若有空望光临。
周总处理事务毕，一杯清茶谢师恩。

回想当年邮校情，字字句句表衷心。
感谢老师教导好，才可更好为人民。
深谢校友多关爱，顺祝校友永年青。
再祝母校猛发展，培养更多优等生。

所有祝托记于心，汽车缓缓兰山行。
下车偶遇柏先生，勘察线路搞不赢。
他也邀我同行往，看看艰苦线路人。
每对芯线都核对，根根电杆要号清。

不得马虎国防线，根根电杆穿山林。
线下杂草务除去，扰根树枝要砍平。
挂勾落下要整理，落入田中要捡清。
不然扎到农友腿，即使有理说不明。

啰哩吧嗦事繁杂，柏总半点不放松。
项目经理头冒汗，唯唯诺诺记得清。
说好马上就改正，只是事情拖住身。
已是晚上八点整，搞点稀饭大家匀。

清早起来雾茫茫，果真十里不同场。
昨日还是艳阳照，农田庄稼半枯黄。
今晨乌云在山岗，看来今日要浇汤。
不如找点别的事，三分石下去观光。

三县交界三分石，不看此石真不值。

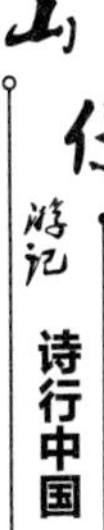

此石远在大山中，远离城镇步难行。
虽说公路今可达，不意路断被水冲。
意若返程回首间，竟遇好友赵爱军。

赵总当地土著民，世世代代仍瑶人。
乃祖辛苦作田汉，入赘瑶家顶门丁。
祖生三子感祖德，三子分姓了不得。
赵父沿袭本家姓，二子一女家有幸。

赵祖世通瑶家医，施针有术神鬼依。
瑶药那是当当响，草药一敷病全散。
所救贫家不收钱，当年大家若水连。
年成好后大家谢，也是点滴记心田。

赵总邀我他家行，寒暄一阵就动身。
七弯八拐大山中，远处隐约流水声。
右拐进入高山地，一幢大屋耀眼睛。
正在修建大门搂，一堆岩石旧屋丢。

穿过屋场进大厅，明亮宽敞客厅新。
厨房就在大厅后，大锅阔灶添新笼。
鸡鸭赶快抓来宰，腊内取下洗灰尘。
活兔拿来杀一只，抽空前后走一程。
赤日炎炎似火烧，堂屋之内冷飕飕。

潇湘玩石有奇人

——记永州石雕收藏家唐如元先生

汽车急速向前行，转过一弯又一冲。
车行乡间天地阔，转眼进入永州城。
城内商铺多拥挤，小车直奔古玩城。
永州古玩数雕刻，邀我就是唐先生。

先生大号名如元，茹园堂内万石名。
上溯可达新石器，从古往今他都存。
包罗万象多石类，此外还有木刻精。
潇湘古石雕艺馆，坐落城中古玩城。

进入缩中厅宽敞，唐总上前亲自迎。
介绍馆内诸藏品，一件一件讲得请。
所有石墩挨队排，精品木刻靠墙钉。
如数家珍上万物，件件故事见辛勤。

讲述永州不凡史，唐总眼中透真情。
湖湘石雕不平凡，大都散落湘西南。
新建民居石丢弃，手工木刻烟熏脏。
唐总见了多可惜，荒坡捡物累得慌。

为筑小屋大院拆，门当、户对嫌嚣张。

扔去一旁众不要，谁要拿去筑围墙。
古老横梁嫌虫朽，拿在家中闷得慌。
不如丢去广野地，任它腐朽任它伤。

如元小心拾回家，去尘灭虫好紧张。
尘埃除去耀眼光，原来内含金丝楠。
门当请车拖回去，众人觉他傻得慌。
花钱费力劳断腰，所有余钱都用光。

石雕艺术源流长，古往今来巧匠忙。
能工巧匠凭双手，巧夺天工美名扬。
历史可溯新石器，古代造型有技艺。
不同功能不同造，所有对象源宗教。

拜天祀地立偶像，涛情画意墙壁上。
飞禽走兽林间戏，树木花草庄园意。
田园山水如仙境，小说戏剧历史镜。
神话传说跃石上，才子佳人礼仪慢。

物华天宝永州城，潇、湘二水汇合冲。
雅称"潇湘"即零陵，泉陵侯国史载中。
二千多年建城史，怀素草书天下名。
敦颐理学世界读，倒仙姑占美女峰。

宗元被贬永州城，布衣素食如小农。
心至寒处记野事，《永州八记》故事穷。
文学史上影响大，怎知柳公饥寒中。
天下皆知异蛇有，永州之野天下名。

诸多名人俱来此，到此一游刻奇文。
《大唐中兴》元结颂，江边石刻颜真卿。
《浯溪诗》行有米芾，黄庭坚有长诗铭。
何绍基和吴大征，此是后来新三铭。

唐老一生极勤俭，因积木石遭钱荒。
见到可心石木件，为求一物钱帮忙。
以前老馆在郊野，放眼四望石城墙。
十二生兽个排个，天井过道在中间。

十二生像两边立，心事平静不着急。
头载官帽腰稍垂，眼睛下重如面壁。
毕竟上有龙椅在，有无天子同样寂。
龙椅左右设罗幔，宛如朝堂议程上。

龙头吐信在朝堂，龙尾隐身云中间。
盘踞老馆不肯走，唯见日头晒中堂。
中堂内设太师椅，木质均为小紫檀。
茶几上面置果盘，妙似水果不能尝。

一龙石刻台阶前，二蛇相戏林木间。
三阳开泰不足奇，四狗相吠闹翻天。
五牛图中见牧童，六猪争槽不尽言。
七鸡刚学呜呜叫，八骏跃蹄云水间。

九猴闹腾森林中，十兔夜窥猫头鹰。
表达瑶民颂白虎，千言万语鼠难歼。
亿元资金来打造，石实木在摆眼前。
曾有商家求购买，只买部分高价钱。

保护文物意志坚，唐总口言不差钱。
坚持不买是本性，不管今后债务牵。
而今园内市场化，保护文物大家添。
物尽所用皆本色，为我中华美景添。

人称老鬼唐如元，蛛丝马迹“鬼眼”牵。
目力如鹰能辨物，是真是假目力间。
侠士风格他具有，高朋满座烟酒添。
文物正统他执行，收藏、保护文物人。

政协委员区内任，收藏协会省内命。
副会长任永州市，政协常委永州令。
维护文物他敢言，投身商海业务添。
尽己可能圈梦想，永州未来往前赶。

端午节

每年农历五月五，传统节日叫端午。
祛病防疫用雄黄，艾叶菖蒲门上舞。
殉国明志有屈原，高洁情怀华夏添。
吃粽子和赛龙舟，为祀屈原河边瞅。

五色丝线栓荷包，避邪驱瘟香囊飘。
襟头点缀装饰物，朱砂、雄黄腰际挑。
丝布色涂千般料，清香四溢美女娇。

小巧可爱受形色，浓浓爱意情侣邀。

初始之意即为“端”，五月午日顺阳多。
故称端阳五月节，天下华人重午欢。
五月端午赛龙舟，祭祀水神古越留。
传统水上娱乐项，国际比赛历史悠。

相传古时楚国人，不舍屈原投江心。
划船追赶屈大夫，追至洞庭不见踪。
五月五日龙舟赛，粽子、食物抛江中。
划船驱散江中鱼，以免鱼吃屈原身。

紫鹊界梯田

梯田盘旋大山中，层层级级看得清。
南方稿作遗存址，灌溉工程遗产申。
自然文化相结合，苗瑶山地渔猎存。
独特方式来耕作，天然山泉植物生。

春放小鱼禾苗下，秋收稻谷鱼满盆。
鱼食稻花通体黄，肥壮粗大好煮汤。
煮前只需取胆出，稻米鱼花香满房。
也可烘干作腊味，禾花干鱼食饭香。

新化西部山区中，八万多亩梯田冲。
雪峰山脉奉家山，紫鹊界里榜上名。

海拔一千二百多，山顶处处有人窝。
先秦遗址今尤在，左昭右穆户户歌。

人类活动溯商周，苗、瑶、侗、汉耕田悠。
两汉不用纳田税，徭役用作抵田租。
唐、宋鼓励种“高田”，开垦荒山诏令添。
大量汉民始迁入，植桑种稻贡品出。

崀山

青年、壮年和晚期，丹霞地貌崀山谜。
典型特征崀山有，丹霞瑰宝万迷。
品位最具代表性，红盆丹霞天然浸。
半生长誉丹霞美，国达崀山跑断腿。
(丹霞地貌学术创始人陈国达教授)

惟妙惟肖崀山貌，栩栩如生跌宕俏。
动感强烈景多姿，形色气质和谐冲。
青山绿水红崖映，八角寨里惊险现。
跨度第一亚洲桥，陡峭入云显天娇。

天下第一有长巷，小孩侧身脸朝上。
将军石旁松入霄，红华赤壁艳丽骚。
绝无仅有骆驼峰，同美地貌只此生。
一景多姿天地间，景观视觉冲击强。

人与自然高度和，天一巷内有人窝。
辣椒峰顶红光现，紫霞峒内天光见。
山、水、林、洞扶夷江，江水清凌鱼游玩。
艰难发育天生桥，高、窄、深、长、险、秀、飘。

山之良者为崀山，舜帝南巡曾驻旁。
崀山清言溪为浪，波浪起伏山腰上。
云雾海洋山头现，海枯石烂万年见。
数万年前本海洋，大水退后山登场。

世界自然遗产地，地质公园国家记。
四千多年人类现，夫夷侯国西汉见。
绥靖康定有新宁，境内资江扶夷称。
始置县城在南宋，新之宁也人气盛。

琥珀收藏一奇葩

大千世界现繁华，无奇不有世界花。
丝绸之路我曾走，蚕丝引路世界跨。
人间极品有琥珀，欧洲装饰墙体花。
琥珀太多制摆件，手链、手镯雕刻它。

雕刻剩余细末品，丢掉可惜回收差。
木言先生集大成，精挑细选研究花。
苦心钻研琥珀经，天然琥珀工艺加。
浑然天成奇迹现，琥珀作品人人夸。

艳丽色彩琥珀有，逐邪镇恶不离手。
琥珀护身常携带，琥珀制画卖得快。
不同颜色不同效，欢快明亮佛祖笑。
八骏图上现腾云，马踏飞雁显神通。

所作画品皆手工，不可复制难乱真。
作品都出自作坊，世界唯一显佛灵。
坊中自有高手在，若要订制可临门。
有机宝石真琥珀，寻求一幅传世得。

浏阳谭嗣同故居

嗣同父亲谭谜询，湖北巡抚有官名。
咸丰九年成进士，大夫官邸御旨封。
此宅原为周氏业，明朝末年始建成。
嗣同父亲后买下，现存庭院民宅存。

故居坐西朝东北，二进院落砖木墩。
东有园囿前临街，硬山顶在二层间。
小青瓦在顶上覆，封火墙体隔邻屋。
斗拱、雀替顶梁架，雕饰图案斗拱画。

莽苍苍斋翩同题，保存完整气势齐。
嗣同住房北套间，诗文、信笺里面添。
维新志士常聚此，戊戌变法故事牵。

"气势万雄"人皆杰,人亦有言鬼神歇。

富丽堂皇装饰巧,千二平方布局好。
共商爱国"大夫第",探求救国献高计。
深爱物理、天文学,科学兴国才活跃。
新算学馆他创立,推行新学民声起。

浏阳道吾山

远眺岳麓和洞庭,吾山雪霁五老峰。
山泉涓涓多细流,怪石深壑路断冲。
登山小径道路曲,苍劲挺拔引路松。
湖光水色大水库,沟谷纵横现飞瀑。

峻特奇耸峰岭起,林木茂密怪石底。
中外驶名佛教庭,宗风大畅有传人。
老龙潭上现天湖,山水相连天地殊。
水深数丈不见底,水面宽阔鸟飞起。

咏　梅

老树新花朵朵开,寒风频送暗香来,
红梅岂是寻常物,绽放偏劳雨雪催。

老龙潭

高树寒梅数枝开，清香扑面云上来。
惟有清风淡月知，山重水隔送君怀。
冰雪林中本梅生，夏馥何来芳梅踪。
红梅自古伴玉人，不与桃李混泥尘。

若水平生喜寒梅，自是天公冰雪催。
三月东风转斗杓，晓来一树见花蕾。
五颜六色助花娇，更有绿叶衬花妖。
忽然一阵清香发，散满乾坤万里遥。

浏阳大围山

立竣挺拔大围山，植被丰富群山环。
顶峰海拔已千六，满山野果四季尝。
气候宜人风景美，以秀著称山得水。
奇峰异石在山中，流泉飞瀑把水冲。

鸟语花香春天里，夏日游山邀知己。
秋来满山日出景，冬季雪中窝地笋。

夏天避暑似乘风，朝赏日出夕观缤。
冬日严寒空气清，负离子高好美客。

水因林美山川秀，崇山峻岭动物诱。
流水欢唱山泉甜，天天聚此胜过年。
满山杜鹃花开日，花开满坡香气出。
极目远眺群山莽，层峦迭嶂云上赶。

秋高气爽七星峰，满日彩霞直冲空。
五彩缤纷远空映，胜观群神赴天庭。
红枫尽染深秋里，高山雄姿收眼底。
心吖神怡人增智，入冬最好观玉树。

浏阳蒸菜

湖南传统名吃多，浏阳蒸菜钵内窝。
脂少热低易消化，阴阳共济清淡和。
源于明朝始发展，独特气候浏阳苛。
地理环境蕴食材，微量元素蛋白多。

营养物质维生素，含氮物质鲜味凑。
独有技法巧加工，健康味美热气升。
农忙时节搞不赢，浏阳客家习惯蒸。
大锅烧水米倒入，饭甑上面放菜盆。

一日三餐饭做好，饭熟菜熟同时行。
即省时间又省力，做出美味大家评。
浏阳客家广东入，保持方言山区出。
繁衍生息大围山，客家文化独特扬。

零丁洋

零丁洋里叹零丁，独居一隅好凄零。
山河破碎天祥怎，汗青空留现丹心。
人生自古谁无死，千古正气诗章存。
干戈尽落深海里，空留炮台警后人。

改草大潮呼啸出，昔日渔村焕新春。
鳞次栉比高楼起，理念直逼小渔村。
蓝天大海相接处，花团锦簇耀眼睛。
海市蜃楼今何在，渔籍遥指零丁滨。

祝梅花雨茶楼

开业大吉！财源滚滚！
若水今奉上茶诗一首，
聊表心意：
阶前香沁梅花雨，润湿衣襟渗透心。

快意人生须尽兴，棋牌品茗此间寻。

——若水 2018.5.16

山仔和之：

莲花初放现娇容，点点水珠浴沐生。

愿君莲花池中坐，永远幸福花丛中。

若水复之：

夏日赏青莲，欢颜载满船。

纵情终不悔，醉语寄云烟。

山仔又和之：

凌儿凌儿请看清，有个宠物在掌中。

世若无情有恋物，自有莲花在心萌。

记六一国际儿童节

悼念战争死难童，残害儿童罪不容。

保障儿童生存权，六月一日节日生。

各国建立儿童节，保健、教育利平民。

只有育好下一代，人类自有接班人。

人类希望属儿童，对待少儿要认真。

力量、勇气赋予彼，努力教导不放松。

勤劳、苦练多学习，教好后代利苍生。

宝剑锋从磨砺出，培育自能出真金。

七　律

山仔仍被海风侵，恍若世外桃源丁。
归程须求人敲定，作品未完不放松。
十里闻见茶飘香，人人个个逐香奔。
世间茶坊如牛毛，不及梅花雨露烹。

待到夏月见凉日，如若有幸必会茗。
邀上三五善品客，前往雨茶叙远行。
吾本品茗世间客，山野寺庙会茶神。
若水烹茗业内捧，不尝汝茶心不宁。

花明楼棕制品

棕制品乡杨林桥，享誉三湘技艺销。
黄油雨伞棕叶做，手工艺品全国娇。
斗签、蓑衣和棕刷，自供有余往外销。
棕绷床垫弹性好，透气、可靠、防湿潮。

棕制品为棕皮做，纤维状体满叶鞘。
棕榈树上剥棕皮，纤维则称丝或毛。

棕树约高三尺许，叶大而圆无枝条。
从生梢头皮相裹，一皮一节树上绕。

剥去老皮新皮现，一节一节再长高。
文字记载始东晋，出土文物炭河见。
可见宁乡用得早，家庭用途不可少。
传统手艺家传承，大小作坊数不清。

时代发展席梦思，钢丝床垫代棕丝。
时尚花伞换斗笠，大小作坊才关闭。
棕榈防潮很实用，割舍不了乡亲订。
本地还用棕绷床，生意红火不寻常。

天仙子·宁乡麻山锣鼓

边吹边打声渐远，首尾慢速呼应浅。
捎鼓起吹高八度，丝竹伴，吹打奏，麻山锣鼓真起眼。

五吹六响为基础，七八个人可起手。
结构形式单牌体，路皮子，开台起，占地大约一两亩。

沁园春·宁乡七层楼菜

明末清初，沩水北去，双江分流。
见双江两岸，水运发达；
商铺林立，海鲜酒楼。
船来船往，运载悠悠，宁乡难把海鲜求。
看万兴，船舱灌海水，海鲜活游。

鱼虾海水活溜，使万兴酒旗飘过头。
忆陈万兴，售价奇高；
七层楼菜，海鲜味留。
七种食材，替代海鲜，亭亭玉立君子逑。
乡俗变，看双江镇，可见鱼泅。

宁乡民间土地歌

春节期间欢乐多，旧时常唱土地歌。
挨家挨户赞土地，民间艺人赞美欢。
喜欢奉承赞美词，掏出钱包娱此时。
迎合众人心里需，“见人赞人”演唱舒。

不论显贵和平民，公众场合想奉承。
此时、情、景和场地，见事赞事不容易。
撞谁赞谁更是难，掏钱打发好下场。
被赞对象乐于心，旧时常赞土地神。

狮子龙灯地花鼓，宁乡乡俗新春舞。
变相乞讨实为穷，变着法子娱他人。
过年赚点辛苦钱，补贴家用好度年。
道教神话土地神，本方土地大家供。

变作法子赞土地，土地守护不容易。
流沙河唱土地歌，以此为业技术多。
竹杆上面串铁片，穿戴身上响声多。
清脆打击手中碗，叮叮作响唱词欢。

格外动听打击声，配合唱腔小鼓音。
城镇店铺挨着站，逢人见事随意唱。
所得大都为零钱，积少成多不得闲。
农村人家给大米，卖掉换钱不容易。

其他县乡来宁乡，远离家乡亲人旁。
兔子不吃窝边草，遇见熟人好难堪。
此类艺人无师传，社会积累不敢当。
实为山歌之一种，博学多艺话好懂。

九曲蕲江

九曲蕲江大屯营，钓者天堂蕲江好。
梦里水乡泛舟好，十五公里迂回行。
古代屯粮大屯营，元末明初逐群雄。
汉帝决战鄱阳湖，屯粮布兵蕲江滨。

战火硝烟早散去，此地空留关隘营。
离此不远韶山冲，行车不花半点钟。
少奇故里还要近，坐车只要三分钟。
移步九曲景致多，微旅游里大众欢。

钓者天堂蕲江滨

下流进入团头湖，大众垸河望城忙。
综合治理水环境，重大工程治河滩。
抬高沩水新契机，互联互通水循环。
湖塘清游涵闸改，防洪、排涝、灌溉、玩。

堤岸整治有格局，防渗处理水泥墙。
河、湖、渠、沟、塘水面，垸内防护若金汤。

生态湿地打造多，水网体系联接欢。
长沙最大提垸坝，烂泥湖圈大众化。

五大片区工程划，新、老沩水湖连汊。
老沩水和团头湖，水系连通水网储。
乔口片区湖河连，好比绵上把花添。
连通工捏靖港片，游人百看也不厌。

新康河湖连通广，如同大江面湖淌。
大众垸系属洞庭，靖港、乔口、高塘滨。
保护人口十三万，防洪大堤治理赢。
新沩水向老河补，大众垸内调节能。

湖塘清淤

发源宁乡之沩山，宁乡安化就界荒。
自西向东入黄材，东至望城入湘江。
全长一百四十四，古名又叫玉潭江。
滋域面积甚广阔，平方公里近三千。

也称北源安化发，乌、楚、玉谭支流忙。
悠久远古文明史，炭河里在沩水旁。
四羊方尊青铜器，出土文物河边滩。
革命先辈何叔衡，故居也在沩水旁。

记五四青年节

一九一九反帝封，新民主义开始中。
爱国运动数五四，学生运动首当冲。
北京青年发动起，市民、工商参与中。
请愿、罢工、游行举，巴黎和约引爆冲。

和平会议巴黎开，作为胜国中国来。
二十一条要废除，中国代表提出来。
列强各国不同意，北洋待签太不该。
工商学教走上街，坚决反对请愿开。

五月四日走上街，游行事宜总安排。
坚决打倒卖国贼，轰轰烈烈人起堆。
最终市民得胜利，五四运动史册记。
一九三九陕甘宁，五四青年节日名。

这个节日来不易，尔等青年千万记。
旧的社会过匆匆，解放之前人吃人。
只有推翻三座山，人民当家作主人。
现今社会日子好，愿汝青春早学好。

五一国际劳动节

五一国际劳动节，世界人民都停业。
劳动人民大节日，合法权益很特别。
集会、游行争取来，芝加哥城先河开。
尔后欧洲、加拿大，八小时制争取来。

一八八九二国际，劳动节日从此开。
中国政府定五一，一九四九开始来。
一九八九国务院，五年表彰承先例。
全国劳模、先进者，三千多人各种技。

五一前夕二一年，邓中夏在北京边。
长辛店里办补习，共产小组学习添。
《五一纪念歌》曲唱，强权制度扫一边。
美哉自由拼热血，各尽所能自由天。

有些国家不放假，闹事捣乱坏事添。
德国柏林常冲突，当局担心有牵连。
不庆祝来不放假，意大利里放一边。
劳工表示也尊重，没有五一一样眠。

汤婆子

放置被窝温度升，铜、锡扁壶热水充。
汤媪、脚婆名由久，婆子戏指陪伴人。

沩山毛尖

雨前采摘沩山茶，茶佛一味就数它。
丝绸之路永飘香，历史贡茶耀中华。
主席品尝沩山茶，称赞好茶新鲜芽。
寺内数株老茶树，内含矿物味更佳。

益　阳

益水所经北日阳，益阳赋里看名堂。
古时资江名益水，江北街市自古忙。
邓石、舞岭、新桥河，五千年前遗址多。
跨越资水中下游，说水、澧水尾闾收。

洞庭湖傍西南岸，由南向北梯形溜。
南部雪峰山余脉，洞庭湖就北部洲。
南部海拔千六多，北仅海拔十米苛。
冬暖夏凉四季明，平均十七年气温。

全国粮、棉、油基地，作物遍布湖洲际。
滨湖平原洲积成，土壤肥沃万物生。
“鱼米之乡”有美誉，苎麻产量全国富。
芦苇、糖料、黄、红麻，湖南第一年年拿。

有色金属有名气，矿床、矿点地下聚。
已探矿床四十多，一百多处地中窝。
锑、钨、钒、石煤储量，湖南第一直往上。
工业开采锰、锑、金，品位高来量亦丰。

大通湖

南县东南一百二，洞庭一隅沅江侧。
四大湖泊属洞庭，内陆养殖搞不赢。
东、南、西和大通湖，莲、棉、稻谷和虾鱼。
湖河沉积土质生，地势低洼平坦冲。

长江中游处南岸，湖湾阻塞淤沙中。
东西洞庭可通达，北经藕河长江通。
水面辽阔内湖美，“三湘第一”河鱼垒。
年均气温十七度，注滋河调湖肥瘦。

五条灌渠闸节制，二条灌渠草尾泄。
垸内灌渠可通航，黄茅洲闸很繁忙。
草尾河通东洞庭，出入河闸已建成。
人工控制湖泊水，碳酸盐钙湖水美。

原属安乡光绪年，民国二年南县添。
南县、华容和沅江，大通归属分四方。
大通特区五二年，直属省府政企添。
公社成立五八年，千山红里舞翩跹。

东江湖

资兴市内东江湖，湿地公园国家扶。
五A景区风景美，百六平方公里殊。
湖面浩瀚水纯净，半个洞庭水量余。
国家一级标准水，号称天水高山储。

调放水量须请示，没处来水往高储。
雾漫东江画中见，龙景峡谷鸟声徐。
兜率灵岩神猴现，东江漂流永不厌。
文化旅游街边景，仿古画舫掌舵紧。

水上跳伞无风险，摩托水上很抢眼。
湖光山色为主线，人文旅游风景现。
峰青峦秀湖溪幽，万顷碧波东江留。

无限秀色奇丽江，心旷神怡留恋山。

小东江里大雾漫，忽见小船悠悠荡。
红衣靓女船上坐，转眼大雾就罩上。
隐约听到歌唱声，但见小船云头上。
云遮露罩红衣现，以为神仙天上见。

汝城香火龙

春节过完元宵灯，每个地方都不同。
元宵前后舞得紧，要数汝城香火龙。
稻草、棕叶、葵杆扎，传统工艺制式精。
分为七、九、十一拱，工艺流程复杂兴。

舞龙活动众参与，祀龙止雨元宵灯。
宋时汝城连年水，民不聊生盼雨停。
草龙做成乡民烧，消除水实延至今。
每年新春佳节至，各村举行舞龙灯。

最高可为四米多，二点五米最矮行。
庆贺丰收龙舞动，祈求风调五谷丰。
赵公鞭粗四厘米，按图分节龙头成。
龙颈、龙身和龙尾，龙足、爪、脊分步行。

龙须、眼、耳、牙、鼻、额，环环紧扣整体中。
各部扎成形整体，龙香分插两边行。

两厘米隔插一支，六十厘米长每支。
四万支香遍龙身，龙鳞闪闪星光中。

炮响夜空数十声，四邻八乡来观灯。
组织名曰“龙灯会”，松明火把耀夜空。
双龙、双狮、双鱼等，吉祥物在火上樊。
红光闪闪几十盏，珠光宝气龙灯行。

人头攒动肩擦肩，大小老弱无人牵。
摩肩接踵兄呼弟，欢声鼎沸声震天。
火光到处红光闪，一片瑞霭祥和烟。
热烈壮观场景面，沸沸扬扬达天边。

一声令下炮铳响，鼓乐喧天鞭炮添。
八人一组抬龙头，其余每扛两人颠。
三千多重火龙起，宗祠大门舞上前。
旋转三周三拜毕，游走乡村主道边。

天幕黝黑水田走，万点火光照水间，
雄壮、轻盈步履动，香烟缭绕云中间。
整条火龙云中飘，就像腾云驾雾边。
人群或随火龙走，也有在旁静观天。

完整程序有准备，设案、焚香祭祖前。
作揖、施礼需虔诚，绝无嘈杂嬉闹声。
仪式过后方舞龙，沿街各家要“接龙”。
回到祖祠扯香后，烧龙已是次日明。

萄红葡萄

车辆缓行城中心，过完绿灯又红灯。
刚出城市行驶急，一路直扑湘江滨。
湘江两岸美如画，宛如西施出水中。
过路行人多拍照，不愿错过此春风。

转眼来到望城区，雷锋故里不用书。
勤俭节约好美德，乐助他人世界姝。
至今雷锋节约金，半个世纪助穷民。
雷锋至今世界学，三月五日是高峰。

此处名曰高塘岭，意日深塘岭上容。
高处流水好胜景，我曾儿时过往停。
心有所得常记忆，温饱难忘苦中行。
一路春风向前行，两岸民居攀比邻。

那时到达高塘岭，小路盘错荆棘中。
寻找亲戚不得见，遍寻荒山茅屋临。
前指后点始到达，已是月上半弦中。
山中见戚自嗟呀，表哥力诉家中贫。

尔等有力自不怕，尔等自当量力行。
汝是贫雇农后代，改天换地革命拼。

我们应当更努力，绘画蓝图故乡亲。
共同创造美社会，社会主义献青春。

亲友交换心得罢，我自奋发苦行僧。
社会主义大道上，我也当过排头兵。
尔后辗转来学校，教书育人不放根。
几次黄总邀请我，千龙湖畔去寻亲。

黄总大号曰黄武，董事长管葡萄红。
中瑞湘格农产品，生态农业开发中。
位于望城格塘镇，千龙湖畔环境胜。
湖光水色可达天，丘岗延绵望无边。

四周环境优雅美，南国风光春意浓。
靖港古镇遥相接，千年文化来传承。
公司成立一一年，绿色果蔬基地存。
最高标准葡萄种，没有公害游客临。

果蔬苗木观光园，科研、开发、示范添。
加工、销售一条龙，综合农业休闲门。
电子商务农产品，物流中心包装紧。
检测实验不放松，仓储、保管很认真。

固定资产千多万，二百员工忙不停。
立足科学发展观，开放、改革并创新。
一流质量和服务，一流品牌为核心。
积极引进新技术，优质、高效建设中。

总经理是刘小玲，本地美女本地生。

全国三八红旗手，全国劳模靠打拼。
从小钻研种养技，引进良种国外行。
终得良种回国种，种出葡萄确不同。

优先乡亲传帮带，造福乡梓她本能。
创办果园合作社，集中土地富乡亲。
无论收成丰与歉，没有亏过合作人。
似皆夸她有能耐，办此大事不轻松。

人大代表她还是，长沙市里提案能。
为富乡民多参政，政府、人民很放心。
营销业务由她管，一到旺季跑不停。
搜农坊网她经营，还要帮忙同行农。

四百多亩种植园，大棚种植新技能。
点灌工艺以色列，优先引进湘格行。
国际国内精品选，最优品牌萄红棚。
红地球（美国）和红宝石，醉金香连夏黑棚。

甬优一号、美人指，摩尔多瓦硬不同。
各季品牌都突出，不同品牌季不同。
延长产果丰收季，一年四季采摘行。
淡季其他果蔬供，现正调整月月红。

除了葡萄和果蔬，葡萄美酒窑中留。
还有其他配套品，正在研发美中求。
衷心祝愿萄红美，中瑞湘格永千秋。
黄武小玲美好愿，造福人类不停留。

汝城热水温泉

汽车一路向南颠，湘、粤、赣处交界边。
汝城县内热水镇，冬天好比是夏天。
古时此地称汤河，临近河边有热泉。
天然热泉湘最大，誉为华南第一泉。

十七平方公里大，微量元素里面添。
五千五百吨水量，每天开采送店前。
氡、钠、钙、硼等元素，中国少有医疗间。
景区还有飞瀑下，一线银河来九天。

到处青山绿水中，明代封泉遗址清。
你若想到河边走，所见之处热气蒸。
蛋放河中立煮熟，也可装袋煮花生。
杀猪宰羊河边行，热汤浇滚不烧薪。

九十八度高水温，食物烫熟不费神。
仙人桥旁蛋趣泉，红军池边乐无边。
蜗牛塔和雷公山，冰川遗址很堂皇。
高山草地汜水山，温泉漂流现很忙。

桂东革命纪念缩

桂东县城城西门，唐家大屋赫然陈。
当年红军闹革命，唐家大屋来练兵。
关帝庙前搞宣传，革命斗争不放松。
庙旁有眼老古井，洗涤衣服女红军。

唐家大屋砖木建，古典之中带清风。
红军到此征此屋，指挥部里好办公。
主席运畴革命事，夜半办公到天明。
县里宣传和邮政，讲述历史泪湿身。

桂东革命纪念馆，主导革命毛泽东。
镌字金匾沫若题，王震尔后再易临。
门内宽敞展览厅，坐南朝北主馆门。
平房组合梯行展，曲尺形状平面撑。

群体建筑硬山式，占地面积三千平。
三个展厅有规模，主席革命桂东临。
后厅桂东革命人，游击战中献青春。
馆藏资料六百卷，千多万字说得清。

院坪高矗主席像，八点三二往直上。
身背斗笠风尘仆，巍然挺立深思望。

神态逼真造型真，栩栩如生如真人。
塑像前方为广场，桂树、红梅栽两旁。

我和将军立像前，祝我中华万万年。
革命先烈永不朽，后继有人福永延。
长征诗词再寿写，陈列馆里挂前边。
宣传部长亲接毕，共同合影县委前。

宜章地方俚语

宜章语言纷繁杂，官、土并存两系搭。
西南官话湘南片，永州各县嘉、临发。
宜章土话湘南系，对内尽把自己吓。
宜章语言分多种，对内对外不好省。

宜章官话玉溪镇，微小卷异语调送。
赤石、梅田、一六言，不同官话互相间。
笆篱堡和白沙圩，明代茶陵，攸县住。
他们到宜来戍边，类似官话“军话”添。

“官话”还行关溪圩，也有官军镇上驻。
水浸窝人近两千，客家话讲外人前。
有的完全听不懂，找来翻译语言颠。
七翻八译非真意，此种语言太缠绵。

四万五千客家人，当地特点客语灵。

玉溪、梅田和麻田，瑶语歌唱在田边。
叙尽瑶族远古事，谈情说爱竹杆牵。
迎春山上、浆水乡，方言孤岛不敢当。

湘粤古道

二千多年湘粤道，秦始皇时开始凿。
古道路宽三米许，始郴至宜关古道。
全长九十华里缩，盐铁、官帽古道足。
驿道、峤道古称谓，路面青石显前卫。

过往骡马常年踩，深深蹄印汇精彩。
宛如石匠精雕凿，骡迹路上看不足。
两旁青山宛如画，山里民居画中画。
当年红军经此过，艰难岁月添佳话。

临武通天玉

皇帝女儿病不愈，通天庙里找白玉。
七月七日每年拜，神灵赐她康体处。
现今祈福通天庙，灵验平安、求子术。
据说此庙可通天，祈福得法力无边。

南岭东段北麓峰，通天玉产通天冲。
此系石英岩软玉，最后鉴定国际中。
此玉质地细腻柔，天然透光各色留。
白、蓝、淡红等色彩，不同山洼不同丘。

山料采于大山中，满坡满地到处寻。
锄、扒、锹、锥起上，偶有所得心欢欣。
水料下冲小河中，山洪暴发随水行。
所冲下坡大、中、小，洪水一退落滩中。

吸收宇宙、阳光力，万物精气收聚疾。
集聚风、雨、光热量，亿万年来无顾盼。
河流滚动孕育成，而今到达人手中。
现已畅销全宇宙，没有此玉人投诉。

临武傩戏

祈愿美好与未来，神狮子舞油湾抬。
油湾地处大冲乡，崇拜图腾搭戏台。
傩祭舞蹈生傩戏，头载柳木假面具。
装神弄鬼来舞蹈，表现神鬼身前事。

表演内容在民间，信仰、音乐、舞蹈颠。
工艺美术是范畴，具有特色临武留。
村落、个人来请愿，娱神、娱人体裁现。
口授心传代代承，福家许愿供牌灵。

装彩神像很庄重，开光点眼更神圣。
路桥祭上人堆拥，援兵、会兵不得空。
安兵歇马是过场，九神过关大家帮。
走界关前人人急，勾愿参神需大力。

安龙神和打狮子，抢稻草中造船许。
行船过程好艰难，众多小鬼在两旁。
幸得有神来相救，烧船送邪斩鬼忙。
倒水、倒旗、卜卦毕，踏昱、兜神、忙闭坛。

记郴州

北瞻衡岳秀美山，南峙五岭是险关。
兵家必争咽喉地，南岭、罗霄交错长。
郴州又名叫“福城”，苏仙岭上好观光。
长江、珠江分流处，人文毓秀历史长。

素称湖南南大门，此地多山茂密林。
别号“林城”不为过，四分之三绿荫丛。
炎帝苍梧越聚此，义帝雄心筑都城。
温泉之城珠三角，三大水系都不弱。

赣江、湘江和北江，境内河流很繁忙。
待到春季大水发，浩浩荡荡河满床。
野生动物二百种，云豹、蟒蛇常赶场。

还有很多植物类，银杉、红豆林中汇。

有色金属聚郴州，七十多种分七类。
价值超过万亿元，钨、钼、石墨在前沿。
燕尾双晶特色矿，香花石在石内藏。
立方体透明萤石，菱美矿石敢超上。

炎帝耕种嘉谷地，“九仙二佛”成仙伴。
跨鹤升天“桔井泉”，治疗瘟疫药界传。
文人墨客汇于此，杜甫、韩愈叉鱼许。
米蒂留下三绝碑，十八福地苏仙飞。

楚粤孔道是郴州，湘南起义英雄悠。
主席、朱德曾来此，发动起义写春秋。
邓力群和黄克诚，高级将领在红军。
还有肖克、邓中夏，革命史上留英名。

昆曲艺术蜚中外，百戏之祖盛名在。
三大古老戏曲剧（古希腊悲剧、印度梵剧和郴州昆曲），
非物遗产口头赛。
世界艺术高声誉，六大昆剧湘昆剧。
充分吸收地方戏，出访国际比技艺。

莽山、石林和东江，九龙江上丹霞山。
江山一体皆绿色，不须人为来着墨。
城东小河唤郴江，为谁流入下潇湘？
而今有幸绕郴山，郴州旅舍秀三江。

记翦伯赞

马克思主义奠基，中国史学在前期。
教育杰出翦伯赞，研究马列他能上。
“五四”、北伐他参加，中央文、教就数他。
北京大学副校长，治学严谨不浮夸。

新史学里五名家（郭沫若、范文澜、翦伯赞、吕振羽、侯外庐），
著作宏富业界夸。
《历史哲学教程》课，《中国史纲》都靠他。
《戊戌变法》他来着，《中外历史年表》夸。
研究历史为革命，学术权威翦公拿。

记桃源县

世外仙境桃源县，仙源乐土各族现。
回、维、满、侗、瑶、土、壮，休养生息和睦见。
位于湖南西北部，春秋战国楚民往。
桃源楚属洞庭郡，采菱遗址青林镇。

秦属黔中汉武陵，三国两晋沅南名。

《桃花源记》陶渊明，道观雄伟胜地行。
宋时张咏考察后，桃源县名到如今。
冷热分明亚热带，平均气温十六外。

物华天宝风景美，桃源仙隐沅江水。
漳江夜月碧如蓝，菉萝晴画水两旁。
马援石室今犹在，两岸青山沿水傍。
穿石缭青水心寨，人入胜境天在外。

渔村夕照水阁画，桃花节日三月下。
铺天盖地桃花林，走到里面不见人。
桃花源是好名片，外资项目桃源行。
天翼云可通天地，弯头角脑信号灵。

地灵人杰英雄出，社会贤达数不清。
张颙、陆游、欧阳修，工于诗赋作文留。
文澍博学又多才，《桃源赋》里寄情怀。
文学大成罗人琮，后人称颂文史名。

宪政之父宋教仁，收回间岛有真情。
立法院长有覃振，中宣部长蒋公命。
奋斗革命红四军，秘书长是陈协平。
经济博士董维健，中宣部长上海见。

北京大学翦伯赞，中国史学专家上。
副秘书长张唯一，政务院里办事密。
孟少农和李光庆，汽车、农业都上劲。
创作园地桃源行，还有丁玲、沈从文。

桃源人民喝擂茶，茶、姜、茱萸、绿豆拿。
食盐研未来熬汤，水土不服“五味方”。
傩戏称为“活化石”，国际傩戏研讨值。
渔鼓、丝弦是曲艺，历史悠久群众戏。

记武威酿皮子

洁白如玉半透明，筷子粗细色晶莹。
精心配以醋和蒜，地方风味大众称。

记甘肃

甘州（今张掖）和肃州（今酒泉），甘肃行政留。
甘肃简称陇，陇山（六盘山）西面悠。
唐设陇右道，管理辖全州。
也可简称甘，西夏军司留。

黄土高原地，八千余年留。
“河岳根源在”，伏羲始祖留。
女娲、黄帝诞，都说在甘肃。
周朝起庆阳，秦人天水求。

天下李氏根，发源陇西州。

黄河、长江在，内陆河更悠。
九个水系里，洮、湟、渭、泾流。
庄浪、祖厉、夏，黄河干流游。

嘉陵长江水，穿城重庆都。
白龙和西汉，水富龙王求。
石羊、疏勒、黑，苏干内陆悠。
支流三十六，坡大流沙足。

沙漠和戈壁，高寒石山立。
低洼盐碱地，石山裸岩疾。
永久积雪冻，冰川冰凌积。
人均二公顷，国内第五立。

大熊猫、羚羊，金丝猴满山。
野马、野骆驼，野驴戈壁滩。
沼泽白唇鹿，想看不很足。
连香、透骨草，水青、杜仲找。

河西走廊南，祁连山地长。
一千多公里，终年积雪忙。
海拔三千五，冰川逶迤长。
固体水库里，色彩斑斓墙。

河西走廊北，六百公里长。
北山山地称，腾格里相衔。
巴丹吉林漠，风急沙特强。
大漠风光好，塞外孤烟荒。

青藏高原边，甘南藏汉连。
海拔三千二，草滩难见烟。
水草丰美时，六月正好天。
牛肥马又壮，畜牧业正旺。

重峦陇南山，山高谷深滩。
植被丰厚美，清流无歇间。
秦岭西延地，峰锐迭嶂山。
溪流湍急处，江南好风光。

诗画胜境陇上行

——记甘著名书画家巩和平大师

秉承家学巩和平，自称野风、山野人。
魁王阁里总监理，五岁作画钟馗能。
所画钟馗有创意，融入佛道显神功。
正人见了心欢喜，妖魔鬼怪莫近身。

各种钟馗皆创作，大家请去护宅宁。
为画钟馗涉山水，终南山上作嘉宾。
陕西周至常露面，众皆以为神化生。
道教发源楼观台，吴道子画钟馗魂。

野风常临吴道子，神威图上霸真功。
钟馗故里野风行，夜宿梦见赵公明。

公明指点钟馗道，钟馗故里见得真。
于是野风勤苦练，画出钟馗见神灵。

野风祖上清翰林，关西师表巩建丰。
伏羌（今甘谷）县有纪念馆，历数功绩建丰公。
馆名题字为溥杰，《朱圉山人集》馆中。
青龙山上放眼望，渭河田园风光畅。

南山脚下巩家滩，一眼泉里泉水甘。
常吃此水皮肤白，每年进贡泉水忙。
建丰一听有此事，略施妙计不再唯。
所以现称甘谷县，原来有井甜水尝。

和平笔耕四十载，黑飞色舞好畅快。
国家一级美术师，陇上馗王人皆赞。
花鸟虫鱼他都画，所画喜鹊树梢唱。
厚德传媒他主导，诗画皆佳专家赞。

记清明节

仲春暮春交接时，踏青节日唤清明。
传统节日中国有，重要节日祭先人。
清明大约始于周，受汉影响各族留。
禁火、扫墓和踏青，四月五日法定休。

清明头天（四月四日）寒食节，介子推死柳树头。

介公割肉事晋君，流亡途中君命留。
丹心奉君望清明，老柳复活清明游。
春来鸟啼花草发，谁忆寒食介公休。

记甘肃狄耐克智能新风

兰州熊总忙不赢，客户忙着选新风。
和安经营狄耐克(DNAKE)，十几年来搞经营。
鹭岛厦门狄耐克，环境智能最上乘。
总部经营环保业，环境健康力当行。

研发、生产一条龙，研发团队技术撑。
开发系列精品牌，满足客户不问群。
不同空间和建筑，改善空气环境中。
需求产品不应求，有效防治甲醛、苯。

有害物质全去除，智能新风送风徐。
系统系列为主线，创造卓越生活现。
国家、市场双认可，行业标准国家管。
三十四项优秀迹，核心设备推奇迹。

稳定胜过一切行，创新路上永不停。
智能门锁和家居，一切配套熊总输。
楼宇对讲智能品，全屋智慧方案书。
智能安防和照明，智能家电省电能。

传感控制和窗帘，可以白昼不见天。
场景控制一键行，不同场景不同灯。
智能影音有面板，用户点击音乐放。
客厅、餐厅可视通，双方对讲好轻松。

物联网锁式样多，不怕用户要求苛。
技术参数客户订，规格要求客户用。
终端控制显奇能，用户过得好轻松。
一触即亮是夜景，夜晚出彩人清醒。

记爱国侨领蚁美厚先生

爱国侨领蚁美厚，澄海南畔家贪瘦。
嘉庚邀他天安门，最少侨领唯他数。
美厚原名唤美扬，跟着义父学救亡。
热情接待徐宗汉，黄兴夫人交谈畅。

义父光炎泰华总，爱国侨领人人请。
加强抗战开西南，亲临云、川实战请。
威逼利诱遭杀害，美厚捐资抗战在。
“泰华建救”宇宙内，归国征途家在外。

记北宋名人卢侗

释《易》、经术自一家，潮州长史授予他。
特奏进士五乡荐，惠州主薄人人夸。
国子监里为直讲，反对新法自请差。
出任柳州、循州使，太子中舍致仕家。

《周易训释》已失传，《全宋诗、文》各一篇。
星星点点看卢侗，富有见识敢直言。
不因果报勤修德，不为功名读书贤。
事亲至孝传美德，乡人所重不得闲。

记唐伯元

澄海苏湾都仙人，明代大儒理学能。
南京户部主事职，师从吕怀学木行。
吏部考功清吏司，程朱理学实践中。
岭南士大夫代表，治行天下第一人。

二十一岁考中举，中得进士二四春。
万年、泰和任知县，礼部制司四五龄。

阳光大高可镇鬼，唐家水井出沸水。
漆黑夜空出白光，伯元产下彩霞帮。

记周光镐

潮阳县里桃溪人，嘉靖举人字国雍。
隆庆五年中进士，浙江宁波推官行。
象山、奉化、慈溪县，知广付顺庆四川恋。
四川按察兵备道，陕西整饬按案调。

都察院里右都御，宁夏巡抚有建树。
军事才能显卓越，战守得宜蒙古怵。
直捣贼巢三十战，擒获叛酋乱事去。
多处方志立其传，《兵政集训》官所至。

《左传节文》《百朋汇》，《韩子》《武经》《正俗会》。
《周氏宗乘》《出峡草》，《周农山堂集》中对。
光镐计诗十五卷，十三门类各项选。
六十万字全书用，洋洋大观收录尽。

传说其母产光镐，山洪暴发田舍浇。
练江水涨来得急，其父救灾累断腰。
待得光镐睁眼望，红日拨云龙首飘。
飞落龟山龙不见，北斗黑痣光镐现。

记宋代名人许申

祖籍福建海阳人，唐宋八贤有许申。
原为潮州纨绔子，名列榜首殿试成。
韶州、吉州和柳州，赣、桂、湘里清名留。
陈法弊端违皇意，官终刑部郎中弃。

记宋代名人张夔

生于澄海龙眼城，茂名知县廉政行。
弄清案由还清白，革职近吏罪豪绅。
因功擢升廉州判，第一清吏诸县名。
后任知州新兴县，开办学校水利兴。

记林大春

户部主事林大春，不会说话到四龄。
身体羸弱天分高，出口成章长大行。
三次北上仕途难，文名颇着不张扬。

为官廉洁行刚正，晚年乡贤事务忙。

世宗誉之为干城，第一名臣岭南称。
威望早已达异邦，英勇大帝海外名。
立庙祭祀百余处，选择墓地山、川、树。
梅州大浦虎星山，谥号襄敏客观光。

记翁万达

寒门名将翁万达，潮州揭阳鮀浦侠。
知府、总督和巡抚，一再加封帝鼓舞。
统边抗蒙五、六载，千里长城筑得快。
三百余座烽堠台，边境安定商贸来。

《东涯集》和《稽愆诗》，《总督奏议》目录书。
还有《三镇兵守议》，《翁万达集》里面细。
岭南先贤最卓著，特色诗文有叙述。
文以安邦武戡乱，“太子少保”可去祸。

记陈百科

大钦、万达、陈北科，潮汕三杰明朝官。
北科原名叫陈洸，世称国舅华美郎。

同朝还有兄陈江，南京户部“南科”当。
紫阁名臣世宗褒，北科疾仇恋故乡。

阳明心学最有名，首批潮汕随阳明。
核心内容北科练，潮汕先贤有经验。
潮汕民居中轴线，石雕、木刻皇帝面。
北科其姐当皇妃，四点金内遗产现。

记萧端蒙

同野，曰启萧端蒙，明朝潮阳县廓人。
一十九岁乡中举，贵、赣巡按授翰林。
萧家出身书香第，父子翰林朝廷中。
着有《同野集》五卷，二十万字还挂零。

潮汕先贤疾恶仇，一代明官故土留。
奉旨清理驻京军，“定员额”法空饷丢。
民族杂居不发达，巡按贵州贤良发。
上书弹劾江西王，诸司优慑实情察。

九曲桥

九曲桥有三座亭，四面通风大居中。

两面各有一小亭，联成一体桥上蹲。
黄琉璃瓦盖屋顶，游人漫步桥上行。
步换影移变方向，波光倒影湖山春。

汕头八景——月苑莺声

谭延闿系茶陵人，中山公园他题名。
毕生跟随孙中山，国民政府主广行。
绿树成荫三桥接，水面宽阔消市尘。
雄伟壮观大牌楼，古色古香城中心。

汕头八景——瀛南翠色

神奇宋井南澳中，沙滩林带景观春。
台湾相思树林下，常见植物靠沙生。
南澳岛西黄花山，主要植物马尾松。
青澳旅游最东端，天然浴场海水波。

汕头八景——莲峰浩气

摩岩石刻丹青留，历代名人过往悠。
滨海风光莲花峰，出水芙蓉海上瞅。
一面靠山三面海，果真气象龙虎丘。
皇帝赵炳至莲花，天祥极目影无他。

汕头八景——桑浦清晖

南昌起义军旗红，七日红里总理行。
革命政权永不朽，一山两面龙泉林。
正面朝向大海滨，碑名题字杨尚昆。
人民英雄浩气在，山顶可瞰大学城。

汕头八景——龙滩逸韵

海天一色龙滩行，高尔夫场话健身。
国家四 A 旅游区，十八洞里见真情。

龙虎滩长九公里，气候濒临南太平。
依山而建度假村，浓郁色彩富事巡。

汕头八景——海湾虹影

港东出入妈屿岛，跨海大桥上面绕。
桥面跨越礐石海，气势恢宏地球小。
三部组成礐石桥，南面航道悬索挑。
北桥钢筋混凝土，中部妈屿高旱桥。

桥孔主道四百五，五万吨级桥下遥。
深汕两地一级路，深、珠、汕、厦纽带飘。
近三千米桥正长，两侧行人可观光。
气势磅礴新技术，改善汕头经济忙。

汕头八景——礐石山光

达濠礐石海南岸，汕头老区隔海望。
三江汇合出海处，古为全岛现桥傍。
十二平方公里许，气候温和无酷暑。
十五公里海岸线，海洋气候雨多现。

丘峦起伏嶙峋石，岩洞密布老鼠实。

海、石、山、洞具奇观，自然风貌旅游值。
海分两色三江流，古木参天山峦游。
美人石上盼郎归，蛤蟆石有海狗推。

丁宫鞋下龙珠石，仙人拳指鸵鸟飞。
马铃石旁卧醒狮，试剑石砍莲花堆。
巨石断剑鲤鱼石，妙笔生花石莲威。
苍鹰浴日牡丹花，巨蟒朝阳浮云夸。

美好传说千千万，大小山峦四十上。
地貌多姿花岗岩，海岸线曲意缠绵。
如若邀人一起去，桃源洞内学仙术。
单个帅哥白兔洞，刚入胜境美女问。

记汕头大学

教育培养好医生，汕头大学计划供。
汕大还是二一一，省、部、私人三基金。
综合大学国家建，嘉诚基金作贡献。
学校占地二千亩，教职、医护五千有。

已培人才八万多，上万正在学校窝。
一九七九始筹办，一九八四奠基畅。
医专八三并汕大，重点大学八六夏。
一九八七董事会，一九九三授硕位。

综合大学排十四，五十三名列榜位。
二万多平图书馆，无线网络覆盖暖。
二百万件文献书，潮汕文献有专区。
文、理、工、医、法、传媒，各类学科往前推。

临床医学最重要，教学专家高、精、少。
临床技能实验中，培养模式卓越丁。
特色专业十一个，附属医院有五座。
三千五百多病床，附一首先获百强。

记郑信

吞武里大帝郑昭，（“昭”在此即“王”）广东澄海泰华侨。
十三入泰宫廷卫，升为侯王技艺高。
一七三六缅入侵，郑信率部卫暹城。
缅军攻陷暹都后，披耶王朝即告倾。

东南沿海为基地，组织抗缅郑信计。
光复大城借侨为，被拥吞武里大帝。
泰国第三大王朝，郑信爱民仁德飘。
泰国政府郑王节，曼谷王朝胜今朝。

郑信攻尖竹汶府

破釜沉舟郑信智，吃饭之后砸锅具。
攻打尖城身在前，光复国土是大势。

记陈慈黉故居

陈氏慈黉名步銮，少操父业澄海郎。
陈黉利行曼谷创，进出贸易难上难。
陈生利行族人聚，新、泰、港、汕于一环。
修桥筑路建新村，创办成德大学堂。

宣统二年建故居，占地平方七千殊。
计有厅房五百多，最有规模潮汕居。
善居室里郎中第，寿康室里三庐递。
潮汕民居下山虎，驷马拖车有技艺。

四点金上显堂皇，建筑风格不一般。
古典宫廷建筑好，融进西方艺术早。
两侧火巷双背剑，大院里面套小院。
住宅、天桥加楼梯，通廊、屋顶路迷离。

里应外合迂回折，如入八卦进它舍。
“潮汕最美小故宫”，“岭南侨乡第一宅”。
建筑历经跨三代，两个世纪始开迈。
一人晨起开门窗，关闭完成迎夜光。

材料汇集中外精，磁砖历经百年新。
花纹色彩亮如故，门窗造型堂皇富。
木雕、石刻多花鸟，吉祥、吉庆、富贵好。
书法石刻出名家，一字千金“活字”拿。

四座宅院各所属，立梅、勋、桐分居足。
纪念黉父“郎中第”，“三卢书斋”长辈议。
没有图纸和名家，光凭主人口头差。
为求工艺特精巧，工匠斗艺技术夸。

作业时候用布挡，防止干扰和模仿。
主人喝彩是上卷，阴刻、通雕、几何现。
浮雕、泥塑、通廊柱，字母点缀有技术。
门斗、墙面呈异彩，地面缤纷不敢踩。

门前专挖小运河，各国材料韩江拖。
村前到达出海口，工程浩大神见丑。
家祠、豪墅泰国有，故园筑家相思吐。
归巢恋旧/秦牧表，还是家乡甜井好。

焕荣开山在香江，慈黉继立赴远洋。
及时淘汰红头船，新创机械碾米行。
三代掌门陈立梅，拓展事业集工商。

船务、航运、房地产，富甲南洋家族祥。

前人种树后乘凉，打破定论六代强。
为防后代乘凉梦，延师课读带回乡。
慈黉子孙干泰隆，往返学校公汽行。
低层做起家族业，量才录用不停歇。

记汕头海关钟楼

海关钟楼外马路，一九一九英国做。
开埠以来早建筑，海关前身底气足。
楼高两层混凝土，长方结构钢筋走。
一千五百多平方，内部结构超亮堂。

走廊环绕四周围，美观大方豪气推。
镶嵌正门楼顶钟，声音洪亮似涛声。
大理石面罗马字，容貌复原是大事。
汕头开埠百年历，今日汕头见奇迹。

记汕头

东部韩江三角洲，韩、榕、练江入海流。
亚热海洋气候温，八十多岛在海中。

经济特区开放港，一八六零埠开展。
岭东门户华南冲，海滨邹鲁、美食称。

澄海塔山、礐石景，科隆树园、莲花顶。
东山温泉、南澳岛，中信海滨度假跑。
自然之门回归线，海湾虹影彩霞现。
龙滩逸韵、桑浦晖，慈黉故居人起堆。

南北两片汕头湾，滨海冲积古河滩。
宋时砂尾成村落，南片濠江在潮阳。
元代光华大渔村，嘉庆潮阳澄海中。
沙脊向海东延伸，百姓捕鱼沙汕称。

雍正早间称汕头，百载商埠咸丰留。
英法联军进大沽，照会清廷条约输。
美国公使列卫廉，多多益善他不嫌。
天津条约增潮州，“台南通商口岸”悠。

潮剧、潮乐、潮菜精，潮学核心文化深。
百越民俗汉结合，功夫茶里见真心。
潮剧源于宋南戏，流行粤东、闽南技。
古朴典雅潮音乐，长期渗透民俗合。

汕头方言潮州话，通行汕头潮、揭跨。
闽南方言一支系，与今汉语有差异。
潮语又称潮汕话，同汇丰富变化大。
保留较多古语音，联络海外潮人亲。

莫负春风

发现今年好高兴，定有好事告我听。
现今风光正好时，若有喜事大家庆。
老师号码没有变，另外也可微信见。
当抓紧时须抓紧，莫负韶华梦中醒。

临夏行

小车弯曲山路行，兰州城外显轻松。
不像城内高峰时，半个小时两里程。
现时到达高速道，谈话都觉倍轻松。
此处临夏一百二，回族自治甘肃人。

车行高速爬上坡，银光耀眼白雪多。
山体皆白莹光闪，三月阳光照雪窝。
那像兰州灰蒙蒙，此地好象世外人。
原来昨夜降暴雪，没有惠及兰州城。

沿途遍布清真寺，形式不一无人住。
此乃祈祷吉祥所，办公地点有人管。

每逢祈祷人聚集,阿訇论经人屏气。
尔后顶礼匍伏地,口中颂经神经聚。

寺庙遍及每个村,有寺庙处有阿訇。
寺庙也可个人建,或大或小钱体现。
个人建寺经常诵,穆哈默德多照应。
神灵到处都在现,善恶有报自然验。

也有个别穷困者,神灵现在没有见。
路边拾荒人勤恳,打扫卫生往前涌。
做事干净又利落,老人专干青年活。
据说行善精神爽,城市干静人活泼。

题金城关

金城金城真是关,东来西往都是难。
黄河漫漫关前过,车堵行人挤路旁。
电摩左冲又右突,希望抢前走边场。
边道已被物堵塞,再往前走恐人伤。

兰州南北路狭窄,由西向东黄河旁。
人说兰州十八滩,最难要数金城关。
南北直径一公里,城市瓶颈最是繁。
何不重新立规划,线缆入地车单行。

金城山

高高矗立金城山，俯视兰州好风光。
金碧辉煌古典居，一跃以为上天堂。
装饰豪华人不说，楼宇紧贴大山旁。
建筑高难施工险，从所未见不敢当。

黄河昼夜向东流，浩浩荡荡无所求。
洗涤两岸灰和尘，兰州处处耀眼球。
身处高峰气象新，蓝天白云亮眼睛。
古老城市新如故，清真寺内古兰经。

忙哉，刘总

志刚定西才签单，回程临夏检查忙。
刚要落座手机响，兰州有事要开张。
一人只有两条腿，真是人累心没慌。
刚才布置工作毕，运营商里要事商。

今年势头很看好，业务全凭大家跑。
精心布局安排巧，下面跟着一起搞。

这边跑完甲方事，乙方组建起步早。
那边刚建项目部，这里任务下达了。

甘南突降大雪

厚重衣物运四程，实然大雪又倾盆。
纷纷扬扬止不住，山坡原野鸟无踪。
满树桃花穿银服，老树新芽现晶莹。
房屋庙堂皆呈白，开门银光耀眼睛。

三月飞雪并不多，小麦种下需水窝。
天降瑞雪农家喜，就是鹅飞不好摸。
干旱山地需水湿，雪滴土上现银砣。
有心把它聚一起，太阳一出滚下坡。

西凉女国

思来想去心错乱，这个小区真不错。
天天美女来演出，没有支出真划算。
不像有些老板行，找个小妹来傍身。
业务未办钱财尽，公司领导说不清。

西凉此地出美女，街上少见男儿身。

我想住到八月去，听说凉瓜甜透心。
去寻住房忙打听，要租最少一年零。
看尽西凉好景色，春夏秋冬才迷人。
心想一年太长久，人老心乱策不清。

应邀赴襄阳会

熊总坚邀久住行，忽听手机响不停。
邀我襄阳去作客，邀我市场看古董。
邀我品酒市场课，邀我茶市看行情。
邀我南阳观日出，邀我邮局见同仁。

熊总此处您放心，下次定会甘肃行。
感谢南阳好兄弟，我们多叙别后情。
祝汝身体棒棒哒，祝汝年少事业兴。
祝汝今年职位升，美妙之处见真情。

杯来盏往搞不清，红白交错碗不停。
只听老板高声叫，快快快快快开瓶。
我自平生喝酒起，未见如此大豪情。
江西老表真兄弟，一见面就酒不停。

白酒是俺甘肃造，红酒自然选高程。
我是外语毕业生，隐隐若若看不清。
即使看清又乍地，旁边已开两箱零。
江西老表喜上红，纪旗永驻井岗冲。

致友人

列车轰隆未停留，浩浩荡荡奔兰州。
兰州城内繁华景，友人接车市内遛。
现已安排宾馆住，下来准备对应丽。
衷心感谢热情待，不胜言表心中留。

愿汝勤来湘作客，愿汝兄弟情长留。
湘无好酒待宾客，家有陋室可长留。
湘有春光美景致，闲暇时光可去收。
湘有陋食可品尝，故乡美味是乡愁。

大妈多亏您照顾，身康体健心情富。
兄弟姊妹团结好，每逢周末都小聚。
我等应向你们学，锻炼身体体不弱。
更向您学好品行，事事处处学做人。

因酒贪杯多误事，如有言失对不住。
愿汝宰相高姿态，家里讲话不见外。
家中喜事多通报，特别小孩喜事要。
我等有空会常来，不必张罗小安排。

桃　花

春装整整兮，春意正浓。
我望桃花兮，楚楚动人。
花开花发兮，终有日月。
花期正好兮，何不展容。

含苞欲放兮，何人善解。
谁伴云屏兮，可有归情？
红白相间兮，人间世道。
世道兴旺兮，吾心欢欣。

水洒不着春妆整整，
风吹得倒玉立亭亭。
浅醉微醒，谁伴云屏？
今夜新凉，卧看双星。

品　茗

——若水诗

此台非彼台，天梯天上来。

神仙闻茶香，急得直徘徊。
都想尝一口，可惜下不来。
借来天梯用，品茗喜开怀。

可惜路遥远，不能亲自来。
望君留一盏，聚友泡一台。
茶门向君开，笑看我“坐”台。
笑问何处“坐”台，私聊天天来

山仔和之：
一壶到口细品尝，个中滋味在心间。
如若问茶无别处，浏阳河畔若水坊。
听说此地产美女，趋之若鹜似赶场。
可惜吾行在北地，不然也会去捧场。

天气虽好要人缘，适应喝茶好事牵。
我听若水精气爽，有人蹭茶喜涟涟。
如若醉死茶惹祸，我看那个躲得过。
今天你们心情好，但愿茶里喝个饱。

欢乐小小区

最近好像忙不赢，一片叽叽喳喳声。
打开窗户朝外看，怎么来了许多邻。
心有排斥不敢说，毕竟山高密林中。
也许它们来度假，也许它们找故人。

我有心思探究竟，合租说是放下心。
不关你事你别管，哪见你是这操心。
每人都有心内事，不要再去为难人。
没见喜鹊今天叫，许是正在找恋人。

说是祭祀又不像，忆遥故人要花样。
此种祭祀我未见，恰如飞龙天上现。
又如群女迷藏中，一男众女奔不赢。
此中动作百样出，我看还是舞龙灯。

轻松舞动似要杂，又像舟在水上压。
民间记忆舞龙灯，此艺嬉戏浏阳兴。
这种技艺多如许，但未见杆美人举。
舞动大龙多费力，未见美女把奶吸。

遥忆故人

松烟入墨歌常驻，昔日倾杯对饮猜。
汲水飞龙何处去？浏河九曲请君裁。

小喜鹊

春风劲吹树发芽，地暖物苏通地花。
忽见一只小喜鹊，蹦蹦跳跳叫喳喳。

喜鹊喜鹊你叫啥，是否喜欢这丛花。
还是出门走得急，眼花迷乱难回家？

我愿喜鹊不要急，认清道路好回家。
也许妈妈正找你，待在原处等你妈。
也可就近处警处，鸽子警察找你家。
最好不要瞎乱逛，色狼正好财色拿。

戈壁小路

西行之处戈壁滩，风沙漫漫雾飞扬。
小路一直向前伸，弯弯曲曲好荒凉。
偶有小鼠身前过，双眼灰暗显惊慌。
何处高人来此地，是否开发戈壁滩。

风沙稍起胡杨倒，风中摇拽体压弯。
车行逆风路难走，好比破车拉重土。
还是前行躲风好，总比车埋人难找。
急速拐入山包后，此时但愿菩萨保。

谁说此地饮清风，冰雪消融树现青。
阳光照跃好温暖，叽叽喳喳闻鸟音。
相约祁连山坡上，啥来泥枝搭窝棚。
几天不见窝垒成，新旧邻居道贺亲。

大家共同建家园，和谐社会史无前。

共筑小区人和美，幸福庄园大家垒。
一人有难大家帮，这样才是好家坊。
今生有幸住此区，这些邻居不敢当。

黑水河

此地名叫黑水河，滩多水小叉道多。
河滩堆满鹅卵石，个个青绿沙中窝。
偶有淘宝人经过，沙中捣鼓瞎乱摸。
若有所获心欣喜，毕竟祁连滚下坡。

当年唐僧黑水河，鼍龙竟把唐僧拖。
幸得齐天孙大圣，西海问罪龙王呵。
白龙马即小鼍龙，西海龙王亲外甥。
后随唐僧取经去，变成龙马有精神。

看果果画画

（四岁半）

横平竖直稍弯弓，果果画画很认真。
汽车成行路上过，交通警察站岗墩。
头上警徽放光芒，交通畅通心欢欣。
所画枪支皆射弹，子弹出膛有弧行。

跑车上路最爱画，急速奔驰冒烟星。
坦克常在路上跑，红旗高挂有五星。
所画西瓜大小切，依稀可见籽囊中。
毕竟小孩四岁半，快乐竟写大人生。

记润建甘肃公司

极目窗外黄河滨，滔滔河水向东行。
河水流淌永不歇，就像甘肃润建人。
团结合作须努力，紧张工作不放松。
严肃对待每一事，活泼张扬有爱心。

略有心事润建人，大力发展有恒心。
精心融合大客户，广开门路企业行。
现在工作有计划，运营商内受欢迎。
广开门路各地市，任务上面不放松。

帅哥独行玉门关，忧喜参半好彷徨。
石窑美女已成精，专寻独行过往郎。
千里西行寻敦煌，秦汉明月唐边关，
而今古城春风至，反弹琵琶展新姿。

祁连山上五尺冰，尘头起处正施工，
天寒不怕手冻裂，艰苦作业润建人。
接到任务即开拔，宁早勿晚工地行。

施工之中相配合，上阵还是兄弟兵。

天色将晚暮色中，检查遗漏不放松。
精心扎好每一处，谨防牛羊碰脚跟。
安全第一人人记，责任到人个个清。
开车回家心不急，眼观四路八方盯。

晚餐之中小总结，是好是差大家评。
你一言来我一语，优良差劣榜上明。
学先赶优都努力，做事严格才是行。
集体上进先帮后，一定个个是好兵。

晚饭吃罢小会开，先把明天事务排。
分工明确到个人，免得事急忙不赢。
开会之后早点睡，不要在外把酒醉。
打牌小聚更不行，抓住班组都扣分。

事情安排有分寸，所有同事句句听。
纷纷离席各自忙，还有文员要加班。
今日之事今日毕，决不敷衍走过场。
上级指示先传达，不讲条件任务发。

甲方事情抢重做，一切都是甲方算。
确有难度早报告，集体研究大家判。
分析小会常安排，有事没事大家来。
领导关心众下级，人人做事都积极。

不远千里敦煌行，最好人多大队同。
不要单行独自走，听说岩画已成精。

专寻单独过往客，化作飞天美女寻。
如若有心想飞天，夜半敲门起身迎。

网友上善若水饮酒诗

千里西行寻敦煌，秦汉明月唐边关，
而今古城春风至，反弹琵琶展新姿。
女子青杉高髻挽，横眉醉卧哪贪欢？
一壶浊酒杯中绕，单恋别离梦也寒。

山仔复之：
是喜是愁酒来尝，一不小心痛断肠。
大事何必多饮酒，琴棋书画也有当。
吾是先生非女生，酒令一起忙坏郎。
饮时不管二十一，醒后断牙肚内藏。

记熊希龄

别号明志阁主人，双清居士秉三称。
实业、慈善教育家，“湖南神叟”熊希龄。
十五秀才天生慧，二十五岁点翰林。
百日维新被革职，奉天盐运使后行。
护袁有功委重任，财政总长北洋能。

国务总理国会举，民国宪法他实行。
资本主义法治国，民主共和国家存。
账灾委员二八年，红十字含总长名。

赞黄永玉

黄杏槟和牛夫子，又名黄牛大家举。
甘为人民老黄牛，《猫头鹰》里见春秋。
出身常德鼎城区，初中未完字码输。
祖籍凤凰土家族，外出谋生十二足。

瓷坊童工在闽徽，版画风格国际推。
开元寺里遇弘一，短暂交往得启迪。
翻山越岭勤实践，司徒庙中松柏见。
“清奇古怪”四棵树，人间沧桑纸上住。

佛罗伦萨在盛夏，身背画箱烈日下。
四处写生顶烈日，此时已是七十大。
版画、油画和国画，漫画、雕塑高造化。
才情不俗大诗人，《诗刊》集里把年跨。

艺术神童有传奇，灵性十足书法依。
深厚渊博德学识，卓尔不群才情实。
刻木铸铜舞文墨，荷花是他座上客。
所画荷花多又大，以白显黑“荷痴”画。

记兰州

苍凉广博大西北，黄河滩上最值得。
镇远桥横黄河上，河水奔腾无顾盼。
牛肉飘香小巷里，昔日“金城”黄河起。
生生不息我民族，历史悠远文化足。

马踏飞燕蜚声存，国际国内甘肃行。
融合菜系在兰州，大街小巷多酒楼。
青、白、红、绿、黄拉面，色香味美实惠现。
兰州百合赛仙桃，桃状甜菜天下挑。

记三八妇女节

一九零九三月八，美国妇女示威发。
要求工作八小时，增加工资、选举法。
世界各地都响应，妇女解放争取达。
一九七五联合国，妇女节日订“三・八”。

中国妇女二二年，纪念“三・八”史无前。
一九四九政府订，休假半天妇女闲。

此日当对女祝福，漂亮、大方多钱物。
可送老母厚重礼，孝敬母亲钱多出。

天仙子·凤凰南华山

倚城起势南华山，青山环抱沱水湾。
青山绕，沱江汪，山岭连绵峰峦苍。

南极仙翁洒神水，林深木茂沟壑美。
松涛不断翠千重，拾级上，入仙境，山寺晨钟步兰径。

一丛花·奇梁洞

圆我凤凰幽梦，当属奇梁洞。
碳酸盐岩妙生奇，秀全洞，画廊振奋。
视野开阔，幽香阵阵，似摩擦耳鬓。

流泉飞瀑天上落，轰鸣洞中听。
千姿百态怪石笋，又还是，石钟乳幸。
天下奇景，瑰丽无比，洞洞水相庆。

醉垂鞭·南方长城

疆边长城,固统治,防苗民。
建筑体系美,堵截攻战行。
或土或石杂,南北向,哨卡存。
田地制宜景,碉堡建筑群。

醉垂鞭·西门峡

群山环抱中,危岩夹,水质清。
星罗棋布里,激流险滩临。

自古匪患存,河为界,苗汉分。
长城遗址老,防匪烽火亭。

醉垂鞭·屯粮山

高原台地东,巨峰起,水下冲。
山势雄奇伟,一年四季春。

峰峦千百态，石刀削，柱入云。
朝山祭祖处，景招天下朋。

拉毫营盘

南望阿拉、黄会营，北眺苗疆廖家坪。
拉毫营盘置山顶，东可俯瞰凤凰厅。
坉上、营盘自然寨，店上、卡上范围中。
都里、全胜相毗邻，没有民俗土地争。

拉毫营盘坚且固，坉上石房远近名。
史上被称“石头寨”，青页岩片坉上存。
房屋全用石头砌，道路、坪坝石头成。
房子屋顶石板盖，原始古林岁月辛。

千秋岁·黄丝桥古城

石头古城，极目四野平。
名震遐迩黄丝桥，绿水迂回转，斜阳夕照明。
极目望，遥见重镇阿拉营。

炊烟缕缕升，田园诗韵情。

登城楼，小步行，石面精钻细，砌浆灌缝平。
去品读，唐朝渭阳古县城。

千秋岁·山江苗俗

乌啼声声，此处春风浓。
凤凰城外山江村，雨过风稍起，转眼便天晴。
垂塘柳，微风过去絮纷纷。

似鬼斧神工，自然景观融。
水塘边，树丛中，“苗族活化石”，古老苗寨存。
去回味，巫傩文化遗址坪。

苗家四月八

每逢农历四月八，家家户户把鸡杀。
祭祀先烈承遗志，唱歌跳舞刀梯扎。
预定地点人聚集，对山歌时人不急。
表演刀枪和箭术，眼观八路不旁务。

龙塘河边跳花沟，四月八日忙种收。
官府派差来选美，拆散恋人民夫揪。
苗家青年早准备，杀死官兵刀应对。
当然遭到大镇厂七，盛典祭祀门还月八。

晏山亭·六月六

雄鸡甲叫，太阳高照，凤凰山下鸣鞭炮。
六月六日，祭奠先烈，齐把花鼓舞来跳。
山寨楼前，对山歌，引谁欢笑。
唢呐，叽哩呜噜间，几多奇妙。

苗族英雄天灵，经三年苦练，誓把仇报。
箭谢暴君失败牺牲，世事难于人料。
湘黔苗民，节日里，幸福相告。
为啥？祈来年，谁把话撂。

记正月十七

正月十七“人气日”，这天也要吃饺子。
天气晴朗艳阳照，中年一定要运到。
如果初七天气晴，小孩一定长得行。
二十七日旺老者，身健体好人不嫌。

“送蛐蜓蝎子”节存，这天晚上好欢欣。
院子里面烧篝火，人们一直火上盯。

让其燃烧成灰烬，拿出铁锹铲沟中。
谓之毒虫都送走，今年全家享安宁。

晏山亭·苗族边边场

草色青青，晨雾蒙蒙，苗族青年三五群。
恋爱自由，赶场相逢，大家相聚草坪。

小山坡下，相对视，搂搂亲亲。
喜极，有说有笑间，以歌表情。

散场归家途中，与心仪者行，浪漫欢欣。
山盟海誓，充满诗音，苗语博大精深。
赶边边场，求含蓄，避开同宗。
何解？同姓里，不能通婚。

御街行·爬刀梯

刀梯矗立入云霄，天下苗家刀。
刀面锋利块块薄，丝帕落下双飘。
惊险绝伦，独步天下，艺术奇葩挑。

神秘苗族祭祀刀，刀上闪花腰。

闲若无事刀上爬，头发顶树梢。
大鹏展翅，令人惊叹，众赞技艺高。

记正月十六

正月十六夜里欢，笆斗、火把要人扛。
充满乐趣和欢乐，麻花炸得屋飘香。
纱布袋子装石灰，多扔地上白印堆。
白卵多来年成好，一年到头都吃饱。

正月十六送牛桩，想个男孩把忙帮。
八个男人不同姓，受约人家吃晚餐。
酒醉饭饱天擦黑，八个男人偷牛桩。
砖头、碗筷和鞋子，红纸包好主人搬。

祝　寿

塞上江南一老人，年达九旬忙不赢。
周末搓麻旦达夜，身康体健似壮龄。
我等儿孙需努力，锻炼身体保体能。
歪歪唧唧在心里，世事那里有路平。

今逢太平好盛世，愿她移步江南行。

虽无美酒来招待,粗茶淡饭略表心。

江南也有塞山景,长、潭也有子侄情。
祈愿她老身体健,一切安好赛年青。

赞内蒙古著名书法家郭景春

精精瘦瘦一老人,怎能看出八五春。
精通书法多样性,清秀挺拔字里行。
犹其善写正楷书,字体稍长粗细匀。
横平竖直如斧砍,点勾撇捺似刀临。

有筋有肉有血骨,有神有韵生命存。
连贯穿插相结合应,起承转合映带行。
主意谋篇统筹局,组成精神团聚中。
上下相望宾主映,四隅相招有机能。

对比统一贯穿美,结构之中显技能。
章法结构整篇延,单个维护整体行。
大小长短开合好,伸缩奇正疏密拼。
用墨浓淡恰到好,枯润变化众不同。

艺术布局在书法,章法用来夺主宾。
扑入眼帘一幅字,就像田园牧歌中。
视觉第一效果好,关键成败是主闩丘。
郭老正楷名天下,藏家个个抢不赢。

沁园春·长沙沦陷

多条大道，百米水路，千里水漂，望五一路两岸，烟雨蒙蒙；候家塘立交桥下，洪水滔滔。还有下河街，坡子街，欲与芙蓉广场比水高。白天里，看美女撩裙，分外妖娆。

伍家岭积水快齐腰。爱车如此水泡，引无数大款尽折腰。惜奔驰宝马，半路抛锚，一代天骄，公汽大巴，竟在雨中变水饺。论自在，数岳麓山下老王，床前带崽垂钓。

玉门关

帅哥独行玉门关，忧喜参半好彷徨。
石窑美女已成精，专寻独行过往郎。

御街行·苗族鼓舞

苗族歌舞艺术鼓，心人说纷纭语。
历史悠久原生态，源于战争夺取。

击鼓进军，鼓舞士气，擂鼓战争举。

而今战鼓苗家技，几度相思雨。
早晚花鼓擂起来，男女绿荫相许。
香扉空掩，吊角楼下，情郎等靓女。

凤凰苗族赶秋节

立秋之时赶秋节，穿上盛装人歇业。
结伴成群街上行，摊担小吃路边营。
欢聚传统秋坡上，大小伙伴远处望。
吹笙、歌舞和秋千，反反复复没有边。

推出两位“秋老人”，预祝幸福今年丰。
男女青年搞活动，也在当日喜事庆。
大型民歌节日场，常见帅哥来帮忙。
最好此时找对象，找个媳妇有模样。

记正月十五

元宵节日今日称，小正上元、元夕灯。
春节之后重要节，汉字文化圈内存。
古人称夜晚为宵，月圆之夜十五挑。

此节源于大秦朝，汉朝时候正高潮。

非物遗产二批选，传统习俗元宵点。
出门赏月猜灯谜，燃灯放焰应避险。
龙灯、狮子、踩高跷，拉兔子灯真好笑。
划旱船来扭秧歌，太平鼓里欢乐多。

乡间野火赶去兽，祈祷丰收有门路。
芦柴、树枝做火把，高举火把田间斗。
晒谷场里跳歌舞，成群结队火高举。
隋唐时候更盛行，从昏达旦数万人。

派发利是宋王宫，男女混淆出宫廷。
君王百姓赏元宵，恐怖色彩里面存。
刑狱机构用灯饰，图像演绎狱中行。
元宵节日持五天，东风吹落烟雨星。

记凤凰城

人口四十三万零，泸、麻交界沱江滨。
西与贵州铜仁接，北和花垣、吉首邻。
最美小城艾黎称，文化名城气不同。
著名人物多卓越，希龄、渠珍、沈从文。

历史悠久凤凰寨，武山苗始夏、商代。
秦昭王属黔中郡，汉始武陵到西晋。

隋统一时属沅陵，改辰阳为辰溪名。
唐初古城黄丝桥，民风彪悍田富饶。

渭阳县在唐代称，宋时麻阳管该城。
元朝司州安抚司，明承元制竿子营。
乾隆元年凤凰厅，民国二年凤凰名。
凤凰河谷丘陵地，低山、高丘路不平。

凤凰水系属长江，会合辰水、武水间。
七百公里县内流，百六十条小河忙。
本水下入洞庭湖，险滩、峡谷山内欢。
县门人最大为沱江，西向东经腊尔山。

记正月十四

顺天圣母诞人间，陈姓靖姑临水边。
拯救产妇唐朝年，民间立祠祀神仙。
此女仙法甚广大，风高浪险皆不怕。
许真人处得真传，护胎救产百姓甜。

人宗爷为伏羲称，刚好今天他诞辰。
整猪整羊准备好，院内古柏贴纸人。
子时一到读祭文，回顾祖先功德荫。
读完祭文行朝拜，社火、唱戏佑苍生。

新昌要喝亮眼汤，此汤一喝年过光。

乌梓撒在角落里，老鼠吃了眼睛伤。
猫的眼睛更放亮，专把老鼠来吃光。
今天还安试花灯，十五那天人不慌。

记正月十三

正月十三始上灯，人人个个忙不停。
城隍庙里看庙会，行家做出彩灯名。
有些包灯乡下走，包点村庄昼夜明。
乡下出嫁女清娘，傍晚农家煨百虫。

放烧火和爆白花，有请“坑三姑”来家。
“灰堆婆婆”答问题，专把疑难问题拿。
解放以后灯为主，文化宫里披彩纱。
公园、社区休闲地，大家娱乐共建它。

正月十三祭海神，各大寺院举办勤。
南方沿海称“妈祖”，海神护佑渔家人。
今天还可杨公祭，杨家将里有豪气。
七郎八虎闯幽州，满门忠烈鬼神泣。

沁园春·古丈红石林

干城北行,西水河滨,暖气融融。
见石林门人外,寒武纪林;以河为界,永顺毗邻。
扬子古海,岩石形成,地质奇观世难寻。
色彩艳,“蜗牛搬家”,一片紫红。

两尊石柱面临,似从容就义女苗民。
观地下溶洞,绝望天坑;乳燕待哺,叫个不停。
诸葛藏书,七彩迷宫,蜀犬吠日夫子吟。
看那边似八卦奇阵,布满疑云。

小背篓

七成土地山、丘、冲,百姓出门篓背身。
人称湘西背篓上,货物、小孩放其中。
每逢赶集好日子,不同背篓人不同。
背篓可分儿、柴、高,使用起来劲道飘。

儿时背篓宋祖英,苗族“阿亚”小而精。
河妹出嫁送背篓,妈妈精制慈母心。

上山砍柴用柴背，扯菜、砍柴往上堆。
高过头顶高背篓，可装树苗岭上背。

记正月十二

今天准备元宵节，选购灯笼活不歇。
搭建盖棚有讲究，十三开始灯不跌。
石家庄南烤柏火，自家门前黄昏缓。
点燃柏枝清香飘，老幼围坐身体暖。

当天晚上喝米粥，玉米、小米调和足。
汤汤水水看不清，老鼠一见慌了神。
这天还要炒花生，要把老鼠耳吵聋。
花生很像老鼠眼，让鼠变瞎吃花生。

清早起来藏剪刀，小心包裹红绸条。
剪刀没有“咔嚓”声，老鼠嗑物没声音。
各家各户收旧鞋，集中焚烧可去“邪”。
老鼠常在鞋做窝，此时正好一锅端。

记土家族

少数民族列第七，世代湘、鄂、川、渝立。
族人自称“毕兹卡”，南北语言有分歧。

南在泸溪几个村，自称“孟兹”九百人。
“毕基卡”和“密基卡”，鄂西、渝东、黔北称。

藏缅语族土语枝，也可归入缅彝支。
绝大多数通汉语，少数聚落语不书。
没有民族文和字，通信拉丁、汉文输。
崇拜祖先信多神，武陵山区好住居。

生查子·土家杜巴节

土家谈情爱，婚姻习俗早。
每逢正日里，毛古斯舞搞。

梯玛打溜子，咚咚喹叫好。
也可三、五月，快把对象找。

记正月十一

正月十一请子婚，天公留下自己吃。
娘家不边再破费，翁婿共饮不用急。
“炮龙”独办在宾阳，四十米长舞动难。
“炮龙”舞处鞭炮放，故称“炮龙”在中央。

天香·土家牛头宴

湘西深冬，腊味熏蒸，牵夹土牛开荤。
酸肉蒿粑，青菜黄瓜，全部搬客厅。
宾客众多，喜乐道，牛头开拼。
体验远古行猎，饱餐一顿欢欣。

征服五夷忙晕。杀百牛，鼓舞兵亲。
土司抗倭回程，士气大增。愿后再无兵凶。
想今日，方知昨日辛。
和人往春半人，桃李芬芬。

记毛古斯舞

此舞叫作“毛古斯”，浑身长毛打猎痴。
渔猪婚姻为内容，散舞话剧土语输。
湘鄂川黔共流行，原始祭神大家娱。
一百一十男和女，赤脚草衣坊义上居。

帽子遮面稻草拿，五根草辫似麻花。
古林音符众舞动，台下立即叫喳喳。

土家青年学技艺，衣裳褴褛四居地。
心生一计披稻草，怎料流传几世纪。

记土人居穴遗址

容纳千人石头岩，水涨又落千百年。
洞口位于瀑布下，早期土人住里边。
当年王姓避秦乱，涉水沅江达湘黔。
来此石洞暂歇息，忽听鸟语响耳尖。

回头突见长发怪，赤脚露体兽发添。
此乃土家先民祖，勤劳善良朋友间。
两者互融久居下，繁衍生息石调眠。
为使生存更方便，合力开凿栈道连。

记正月初十

大年初十地生日，有天有地才有吃。
人、畜、房屋都依地，米、麦百谷地里出。
菜蔬果品老人祭他，做事须求脚踏实。
墙角、屋隅、水瓮里，焚香、敬纸、灯点起。

磨、碾石头不能动，祭没祭石成首问。
原始人类石亲密，因为墙基用石砌。

老鼠躲在富窿里，“老鼠嫁女”小孩戏。
病魔缠身体虚弱，开窗、燃香身活泼。

天门谣·给树喂年饭

给树上早点，从大小，男女各半捡。
抬食扬，鞭炮撕开脸。
请十全十美头尾饭，十杉刀起处喂饭浅。
问答间，焚香纸，笑意满眼。

记正月初九

玉皇大帝寿诞辰，正月初几天公生。
统领三界十万神，至高无上天上行。
清香花熠香碗里，天井、巷口敬神灵。
避灾、祈福好愿望，天公赐福一定能。

民间俗称“玉皇会”，天公炉下祭坛推。
方桌没在板凳上，“顶桌”在上图案围。
后面另外设下桌，供奉五牲、甜料堆。
边炉桌上茶三杯，五果六帝往后推。

全家大小当斋沐，禁止家人晒衣物。
祭品公鸡不用母，全猪、全羊还愿许。

虔诚家庭嫌不足，夜赶天公庙里宿。
灯火通明初八晚，焚香念经虔诚滴。

灯碗形式高脚杯，“灯花纸”捻豆油背。
主妇分放各房室，院内台阶门洞推。
宛若一次烛光会，“散灯花”时慎独催。
“流年旺命星宿”看，若要不知己莫为。

来年饭

今吃昨粮多惬意，钞票今年多过亿。
初一必吃隔夜饭，吃了心里才敞亮。
大米小米混合煮，有黄有白金银许。
“二米子饭”北方称，一年到头吃不停。

“金银饭”里金满盆，糕点瓜果里面存。
口彩吃枣“春来早”，事事如意柿饼好。
幸福人家吃杏仁，长生果里人不老。
“一年更比一年高”，青少赶快吃年糕。

沁园春·土司行宫

金风送令，玉露迎风，土司行宫。
看古镇上下，春光乍现；尾近三九，腊味烟熏。

飞瀑凌空，水雾蒸升，白气茫茫十里音。
观日出，看朝晖初露，百鸟欢欣。

富甲一方少兵，喜宫前流水川黔通。
昔土司王朝，历八百春；文修武治，少验兵凶。
清朝土司，改土归流，击杀倭寇沿海拼。
今日里，听吊脚楼上，情歌唱晕。

记正月初八

过年过到正月八，诸星下凡谷子发。
这天天气若晴朗，千消谷丰收仓见满。
天空星斗出得全，顺星节里话最甜。
长辈教孙认星星，星神马儿香铺中。

上列星宿解天文，“顺星节”祭夜举行。
一百零八灯花盏，有钱人家忙到晚。
一般人家四十九，只要家中有钱数。
日、月、水、火、土、木、金，罗侯、计都九盏灯。

饮屠苏酒

年年岁岁饮屠苏，不知不觉七十丢。
古人饮酒多感概，怀念过去多挽留。

屠苏本是药酒名，大黄、桔梗、川椒行。
桂心、茱萸和防风，降绛囊悬于古井中。

元日寅时始取出，以酒煎沸四五程。
此酒先让幼者喝，少年见长示庆贺。
不正亡气此酒祛，心正才好学技术。
元日全家饮屠苏，年年岁岁都有留。

记芙蓉镇大瀑布

别天洞天穿镇间，三面环曝布悬。
飞虹相映直流下，银河浩瀚天上连。
声势浩大春水涨，方圆十里回声绵。
天然美景缔造镇，千年王府神话添。

记正月初七

正月初七人诞辰，人胜、人日、人庆名。
汉朝开始人日节，魏晋南北渐成风。
古代就有人胜俗，剪彩为花发上亲。
唐代人日祈祥瑞，祈愿游子早归门。

人日意即人民安，从早到晚见阳光。

这日要吃七宝羹，驱除邪气身健康。
吃完之后拉魂面，召回亲人回家念。
年节时候串西东，早备春耕早得现。

祭 祖

祖宗牌位摆正厅，长幼顺序依次行。
上香跪拜陈供品，鱼肉高碗鼎钟鸣。
南方富商喜北漂，祭祖隆重火锅烧。
中间摆上八大碗，杯箸设位灵前烧。

除夕、元旦和元宵，火锅扇开随菜肴。
随时换菜旗族人，蒙古黄油炒米糕。
香油蘸以白糖炸，撤供时候香气飘。
满族旗人核桃酥，素蜡檀香苹果溜。

异常静肃除夕夜，素煮饽饽供上殿。
上元夜里供元宵，早晚叩头纸钱烧。
献供新茶须讲究，杯盘盏碗细细挑。
除夕夜悬影上忙，上元月夜撤供欢。

亲朋叩谒祖先堂，追念祖德意不忘。
大年三十南召山，父亲带儿上坟忙。
带上鞭炮去上坟，下面一代必认清。
野外瞻拜祖宗墓，教出儿来定不错。

记王村石板街

古镇风情石板街，板门店铺长无边。
土家族人居古镇，青色石板五里间。
从上到下去河边，阿哥阿妹小手牵。
土家吊楼多玄妙，弯曲蜿蜒在云颠。

渡船出入码头忙，行旅匆匆忙过年。
飞水寨下急通过，忽觉瀑布半空悬。
二千多年史流连，水陆要塞湘、川、黔。
黄金口岸人头拥，吊脚楼下不见天。

记正月初六

鸡、狗、猪、羊、牛、马、人，来到世间一起行。
女娲创造众生灵，先捏六畜后造人。
正月初六是马日，厕所粪便下田中。
农民此日应下田，准备春耕把田松。

家中破衣丢巷中，门上挂笺同时扔。
最爱欢迎十二龄，六六大顺确不同。

福神刘海北京人，“步步钓金”戏中存。
本命男孩刘海扮，谁先碰到是财神。

接　神

接祁仪式新旧分，子时一到就举行。
新年零时开始接，即定时间到秒分。
诸神祭灶后升空，不理人间俗事情。
新年一到又来临，人间接神忙不停。

接神仪式天地桌，家中长者主持阔。
何方佛神接何方，预先查好“宪书”略。
按好方位叩首毕，肃立、香尽准备足。
神像、香根、元宝锭，钱粮盆内焚烧尽。

党项族

发源青海黄河边，西羌析支河陇迁。
形成八部作姓氏，拓跋强盛秦汉间。
西夏君王李元昊，自称鲜卑后裔添。
唐古特、兀、括别名，党项八部牛马牵。

与汉杂居善养马，羁縻州曾噪一时。

有功酋长赐州使，党项马匹天下知。
剿灭黄巢立战功，拓跋思恭赐夏公。
唐僖宗又赐国姓，夏、银、绥、静、宥统兵。

历经五代藩镇争，夏州中心后周存。
宋时李彝殷归附，藩镇削权矛盾升。
元昊首先弃李姓，年号显道自建宫官兵。
兵制立军名，国号大夏把帝称。

独有佛教艺术品，石窑寺见西夏文。
释迦佛塔彩观音，惊现荒漠黑水城。
蕃院、汉院西夏设，通藩汉字百姓通。
还设藩学和大学，联辽抗宋把地争。

记“赶穷”习俗

正月初五赶“五穷”，起一大早鞭炮鸣。
鞭炮以内往外放，边放边往外面行。
妖魔鬼怪都轰出，“五穷”晦气远离人。
彻底来个大扫除，一切脏物往外冲。

拿来一个大鞭炮，丢在垃圾堆上轰。
轰隆一声震天响，穷气穷鬼影无踪。
忙完之后吃“搅团”，大吃猛吃“填穷坑”。
这天亲戚不出门，沾了穷气不脱身。

记正月初五

“破五节”是今日称，一切讲话需小心。
承担希望与憧憬，诸多禁忌要记清。
这天必须吃饺子，生米炊饭定不行。
妇女今天不出门，新嫁女子今归宁。

今天不宜做大事，主要送穷迎财神。
今是富神降生日，宋朝就有贼蔡京。
五路财神皆为“显”，惩恶扬善庙内存。
“财帛星君”“福”“禄”“寿”，福禄寿喜财神亲。

兴庆府

西夏王城兴庆府，后周灵州今银川。
公元一〇二〇年，营造城阙宗社田。
元昊继位广建宫，升州为府皇位添。
延祚元年始受册，文武官员立殿前。

十八余里城长方，共有六门街道宽。
宗教场所承天寺，高台、佛祖和戒坛。

水草丰美地富饶，北控河朔优势强。
昊王渠长二百里，粮食牧场可供己。

记正月初四

诸神降临在今天，三牲、水果众神前。
经商之人今歇业，众神不满会亏欠。
全家一超吃折罗，前剩饭菜一起和。
打扫年货干干净，大杂烩里有金窝。

“三羊开泰”吉祥人，恭迎灶王转四程。
早送晚迎有讲究，酒菜、水果、三牲秀。
老板若想“炒鱿鱼”，今日不请他敬神。
鸣锣击鼓焚香毕，妇女今日禁用针。

压岁钱

吃完年饭电视前，阖家老小坐炉边。
小儿翘首多等待，盼望长事压岁钱。
勉励儿孙学习好，高中头魁喜报连。
小儿齐聚多欢笑，爷爷奶奶呼声甜。

有的等到熟睡后，红包放在枕下边，
小孩早起见红包，甜叫爸妈喜气添。

列队跪拜长辈前，齐抢红包在床沿。
乐不可支老人家，事事顺利过新年。

记正月初三

正月初三小年朝，谷子生辰禁米捞。
因传天书降人间，不吃米饭在当天。
初三晚上鼠娶亲，早早睡觉早熄灯。
屋角洒些米粒饼，老鼠食用墙角亲。

初三夜烧门神纸，门神纸笺柏枝焚。
以示年节已过完，又要开始新营生。
女娲造猪在当日，初三蓄猪膘肥实。
香港初三不拜节，口怒之神“赤狗日”。

吃年夜饭

丰盛年菜摆上桌，阖家团圆享欢乐。
心头充实感觉真，难以言表是真心。
佳肴盛馔人人享，欢乐之情心头淌。
火锅沸腾火撩人，还是团聚特别亲。

又上一盆鱼火锅，“吉庆有余”年年多。

萝卜俗称为“菜头”，祝愿来年好彩头。
爆煎炸炒龙虾鱼，家运兴旺“火烹油”。
再来一道甜美食，香甜日子过得值。

饺子、馄饨、长面条，北方年饭饺子俏。
白面饺子像元宝，“更岁交子”新旧交。
盆盆新年大发财，元宝滚进用担挑。
几枚硬币包进去，谁先吃着把钱捞。

饺子始创张仲景，数九寒大腊月冷。
“祛寒娇耳汤”济贫，面皮包药冬天领。
面皮冻似“娇耳朵”，吃后觉得暖心窝。
大街小巷炮竹声，交织除夕欢乐音。

西夏文字

西夏文字斜笔多，撇捺丰富正长拖。
构字方法与汉似，不同部位字不窝。
五至二十划以内，字体均句会意多。
拼音反切合成法，已成体系形不苛。

该字又称唐古特，河西文字番文刻。
记录党项族语言，编写字典表意白。
字典被称为“国书”，从上到下言“帝国”。
西夏亡于蒙古后，经卷手书被湮没。
宾语放在谓语前，名词前后形容连。

笔划繁多没竖钩，结构复杂不连边。
简单汉字西夏文，相当难度不好临。
盛行大约三世纪，明朝中期还未弃。

记正月初二

正月初二回娘家，全国各地都兴它。
女儿回家必备饼，分送四邻好情景。
如若家中有侄儿，姑妈红包要赶紧。
袋中掏出压岁钱，日子过得两家甜。

放爆竹

烟花爆竹堆满墟，燃放爆竹正子时。
新年钟声刚响起，爆竹声中旧岁除。
爆竹声声响天宇，三元之始暖风除。
“旺火”堆起火冲天，寓意当今好人间。

庭前灿烂火花闪，屋内灯光照外边。
活蹦乱跳小朋友，真想玩到大白天。
中华民族过新年，喜庆心情露眼前。
燃放爆竹要殿后，诚心敬扣炮后燃。

甘德尔山显真诚

丹德尔本贺兰脉，山中矿藏了不得。
石英岩中锌铜矿，硫、锗丰富山中放。
山榆酸枣野生物，高蓬植物山间复。
黄羊、青羊和金蝎，野生动物山岭歇。

蜿蜒起伏似哈达，甘德尔山显真诚。
成吉思汗面西北，日光俯瞰乌海城。
雕像门人为博物馆，珍贵文物里面存。
山高海拔一千八，八年耗资一亿零。

山体雄伟又壮观，资源整合自然坡。
大漠黄河高山景，北国风光湿地多。
海勃湾南至黄河，“一心两轴”现规模。
深峡古堡藏龙山，龟寿、睡佛、摩崖藏。

三叠潭和一线天，青壮上去要人牵。
藏龙谷里有龙腾，情侣对面不见人。
神龟、卧虎天池临，寒风阵阵吓死人。
千奇百怪象鼻石，栩栩如生大地存。

记春节

正月初一“春节”称，除夕过“三始”临。
意即年、月、日开始，上朝、正朝、三朔名。
门业千多年春带过，虞舜兴起不添乱。
舜即帝位祭天地，元月开始从此起。

古称“元旦”汉武帝，辛亥革命用阳历。
一月一日为“元旦”，阴历正月初一立。
非物遗产春节称，阴历“过年”中国名。
团结、兴旺春节起，寄托希望从心底。

古人初一不出门，仆佣持名代往行。
上书“接福”两大字，投入访家门袋中。
家中长者屋里拜，叩头施礼贺新春。
问候生活可安否，同辈亲友讲礼仁。

春节早晨开门炮，开门大吉鞭炮闹。
炮竹声后红满地，满堂红里有喜报。
上年欠情初一拜，律师，医生感谢爱。
现代社会发展快，礼仪电报电话拜。

正月初一扫帚辰，不能动用半分钟。
扫走财这天不怪，破财称作“扫把星”。

非要扫地往家扫，泼水也往家里冲。
垃圾大桶准备足，备一大缸废水存。

守　岁

除夕守岁成习惯，“熬年”始于年夜饭。
年夜饭需慢慢吃，掌灯时分开始上。
有的人家到深夜，这顿晚饭还没散。
《荆楚岁时记》年饭，过去岁月表遗憾。

青春年华如水逝，怀念过去嗟呀叹。
惜别过去旧时光，重新活出新时尚。
惜别留恋情溢表，发奋图强赶超上。
“熬”年守岁从今起，新年寄予好希望。

文以兴市乌海人
——赞当代中国书法艺术馆

黄河之滨书法城，鄂尔多斯向西行。
石嘴山市向北走，河套平原靠北临。
西连草原阿拉善，宁蒙陕西区域中。
艺术馆于滨河区，面积七点六万平。

国内最大书法殿，馆名题写为沈鹏。
各种厅室五十多，功能齐全各区中。
作品同展达六千，国际标准在此存。
交易平台与展会，学术评价全面行。

沙漠绿洲葡萄城，黄河明珠赏石灵。
乌金之海物华宝，人杰地灵文化临。
中国书法艺术节，墨舞中华示国人。
名家作品上千幅，纪实摄影乌海明。

占地土亩一百六，主体建筑正方形。
大理石柱二十四，雕花作品柱上临。
直立苍穹雄浑力，太阳神构玻璃穹。
穹顶勾勒天际线，天园地方日月明。

“天人合一”显方园，“刚霖并济”形美连。
正门大开向南天，巨幅长画山水间。
行政中心面东门，天大可见太阳升。
书法公园对西门，纸笔广场好健身。

红色中华传统雕，东外广场显英豪。
富裕美丽文明人，乌海人民尽力行。
和谐幸福求发展，意寓乌海祈太平。
文以化人和育人，文以兴市乌海人。

置天地桌

临时供桌堂屋间，屋内无地放院中。
除夕专设天地桌，年终岁尽请佛神。
挂钱、香烛和王供，大供之外全部用。
受供对象临时性，接神享后即焚尽。

木刻版本神像册，一幅黄毛边纸卵。
水彩印的全神码，福禄寿星来相庆。
天地三界诸佛神，十八洞天全响应。
传说此夜神下凡，民间接神习惯忙。

记农历腊月三十

腊月三十称除夕，最后一天腊月里。
春节相连迎初一，万事开头从新起。
祭完祖后贴门神，燃放鞭炮迎新春。
年岁饭里压岁钱，“月穷岁尽”旧迎新。

除夕原意为“去、易”，“交替”里面有玄机。
除夕迎新精气爽，守岁天明不足奇。

据说守岁到天明，一年好运喜气临。
旧岁至此而消除，来年新岁有盈余。

周、秦时期年将近，年有喜事人欢欣。
皇宫请来大戏班，“大傩”仪式官民庆。
击鼓驱逐疫疠鬼，消灾祈福万民幸。
大年夜里喜事多，祈盼来年五福运。

沁园春·乌海

乌海新城，西部新兴，黄河之滨。
望大河上游，沙漠茫茫；戈壁纵横，荆棘丛生。
胡杨棵棵，狡兔匆匆，乌云到处雪纷纷。
雪稍停，见山川银白天色青青。

三山一水环城，数黄河明珠民风淳。
看枢纽工程，蓄水市中；矿业资源，黑色冶金。
独特经济，得天道行，全面发展捷报频。
阳光中，见乌海全城，新意萌萌。

踩　祟

驱除邪祟在新春，“碎与祟”发同声音。
接神后踩芝麻秸，上面行走噼啪声。

街门内铺到屋门，铺满秸杆面街临。
踩在上面声声响，声声会合花炮鸣。

记农历腊月二十九

二十八或二十九，小年除夕中国有。
中国农历分大小，小月只有二十九。
家里置酒迎宾客，来往拜访“别岁”酒。
焚香户外通天香，三天三夜敬上苍。

二十九日最忙碌，衣食祭品准备足。
“上坟请祖”最重要，告慰祖先尽孝道。
二十九日蒸馒头，寿桃、动物造型留。
土家族称“调年会”，提前过年人不累。

贴年画

古老风俗民间技，年画里面看手艺。
祈福功能里面全，传统民俗画里连。
装点居所用年画，大众信仰里面传。
年画起源于门神，随着木版印刷兴。

财神渐渐请到家，福禄寿里有娃娃。

五谷丰登六畜旺，迎春接福锦添花。
天官赐福好愿望，满足人们幻觉差。
全国年画三产地，杨柳青里见到它。

山东潍坊风筝画，苏州万户竟桃花。
月历年画两结合，上海郑氏曼陀家。
挂历、挂千吉祥语，长尺有咫常见它。
八仙过海佛前挂，百姓桃符挂门丫。

记农历腊月二十八

农历腊月二十八，家家户户洗邋遢。
洗完东来又洗西，家什物件擦一擦。
还要张贴新年画，钟馗大神把鬼吓。
桃木悬于较高处，五木之精把邪压。

贴完年画贴窗花，民间辟邪也靠它。
也可叫作贴花花，北方也把面来发。
蒸完年糕蒸包子，捏些动物里面搭。
大红灯笼高挂起，红色欢庆来年喜。

赞岩画艺术家陈福新

去年认识陈福新，大漠远去黄河滨。
天色蒙蒙迎风急，转眼就是暴雪倾。
暮色临近桌子山，火急敲门响叮珰。
开门见客一汉子，书气十足教书郎。

福新今年五十几，面前小伙四十零。
忙问福新老何在，该人回答是本人。
乌海美协艺术家，当代岩画创始人。
完美结合东西方，岩画山水艺术精。

探寻岩画艺术语，地域个性表真情。
入选全球水墨画，香港史上显水平。
丝路之光耀世界，当然还是陈福新。
水墨本是我国粹，跨越千年又添精。

画中常以水墨主，也有红色现其中。
画中常有岩画现，体现乌海岩画存。
红色寓意气象新，衬托墨色显庄重。
红色还可旺声运，江山远景豪气临。

山间也有动物行，小羊跳跃找母亲。
恰与岩画相对应，不知小羊是否真。

瀑布喧嚣沟壑里，长青荆棘有机融。
群山巍峨意靠山，山中岩画吉庆盈。

贴门神

门神人像贴于门，最初木刻人为形。
神荼郁垒兄弟亲，守住门户恶鬼惊。
大小厉鬼不敢入，又怕秦琼尉迟恭。
此乃大唐双猛将，威猛雄壮难近身。

还画关羽和张飞，左右各一大门神。
后来又画文武像，多贴大门、车库门。
街门神高二尺急，右黑狞恶左白易。
屋门门楣较为小，麒麟送子娃娃好。

记农历腊月二十七

农历腊月二十七，一起邀去赶大集。
洗澡洗衣洗晦气，大家一起洗疚疾。
二十六日不洗澡，洗去“福禄”人不好。
只有等到二十七，迎接来年新运气。

立马赶去买年货，挑挑选选要适宜。
还要书写吉祥联，高高兴兴张贴起。

赶去杂房看一看，杀完鸭来又宰鸡。
兴高采烈忙一天，过年心里有底气。

内蒙古黄河湿地

地球之肾的美名，赋予湿地当然行。
提高环境生产力，万物依赖湿地存。
各种沼生和湿生，提高食物原料中。
蓄水抗旱解污染，维持生态保平衡。

黄河湿地近水体，浸水湿润滩泽地。
河滩芦苇迎风飘，一飘飞扬数公里。
温带候鸟迁徙忙，繁衍生息如市场。
草原牧场农田畔，防沙生态好屏障。

乌云密布暴雪临，沉重移行湿地空。
小鸟惊飞无边躲，行人路上跑不停。
风害欲来气温降，大河上下结成冰。
小河冻结及鱼虾，树木凝冰殃落花。

雪过风清太阳出，阳光照处现落花。
芦苇轻轻抬起头，土鼠悄悄把地挖。
情侣相约湿地走，痴情忘记回到家。
河流静静融暖冰，鱼虾回暖找妈妈。

记河套平原

大河流域两千里，三岔川流永不停。
西有奢延水涌入，黄河宁夏西北行。
湟、洮、洛、渭和桑干，土地肥沃可耕桑。
滹沱、漳水环绕旁，忧她众星仰月光。

民谣曾述黄河滥，唯富一套远名扬。
狼山、贺兰、大青山，宁夏横城至陕甘。
小麦葵花内蒙种，做出面粉筋力强。
巴彦淖尔临河口，故称后套“几”字滩。

现今叫法较广泛，东西前后称套忙。
平原地处中温带，东南暖湿不太强。
西北干冷季风大，寒冷干燥沙赶场。
自然植被多荒漠，沙漠频频把草伤。

黄河弯上故事多，蜿蜒经此农牧欢。
饲养战马云中走，前蹄刚起后蹄挪。
河套自古多民族，鄂尔多斯河套足。
国家标准“河套”名，只有巴彦淖尔行。

贴春联

春联源头是桃符，桃木刻人把邪驱。
后来画像桃木上，尔后刻木名字输。
另一源头为“春贴”，立春之日“宜春”书。
渐后发展成春联，真正普及在明间。

大明王朝过新年，下令每家贴春联。
春联写在桃木上，以示庆贺大明渊。
红色桃木春联喜，避邪意愿吉祥里。
春联都是红色底，张贴庙宇土黄起。

服孝未满白、绿、黄，头年白纸痛断肠。
二年方用绿纸书，丧失亲人好悲伤。
三年始起用黄纸，心情较好神帮忙。
清廷春联用白纸，蓝边于外红内镶。

记农历腊月二十六

腊月过到二十六，家家户户炖大肉。
过年愿望终实现，小孩都盼吃年肉。
洗净禽畜屋内脏，杀个肥猪过年忙。

家中没猪集市割，纷纷赶集办年货。

集市周边各乡村，天还未亮早起身。
带上亲人和小孩，全家老小集市奔。
买完头巾和衣服，还买牙膏和脸盆。
鸡、鸭、鱼、蛋和鞭炮，所有礼品通通要。

三千年的守望
——记阿拉善的变迁

远古人类发祥地，额尔纳旗人类存。
东西石器连接点，北方游牧贺兰行。
曼德拉山古崖画，龙首山上游牧临。
魏晋南北名西海，氐族吕光凉州人。

隋唐曾设都护府，草原丝绸北道舞。
宋朝西夏设监军，元朝军政黑水城。
明军西路兵五万，黑城废弃瓦剌存。
额琳沁牧在清初，西疆迁入该地留。

康熙三十六年中，和硕特旗始飘风。
上尔扈特阿玉奇，归路被阻请内依。
该部本在伏尔加，西藏礼佛难回家。
清廷赐牧色尔腾，直属王朝不设盟。

人民政府四九年，阿拉善旗翻了天。

今昔黄河流经地，湖水荡漾绿草茵。
沙漠戈壁起伏滩，各种宝贝土内藏。
阿拉善驼白绒羊，久负盛名宇内扬。

记农历腊月二十五

农历腊月二十五，回家推磨做豆腐。
二十四日扫完尘，二十五日糊窗户。
现在多地不贴窗，倒贴福字祈旺府。
清早起来接玉皇，移动图片祈多福。

言语表达需谨慎，玉皇降福来年送。
江南一带“烧田蚕”，绑得火炬在田间。
火焰来卜新年旺，火旺预兆旺全年。
达锋尔族千灯燃，越点越多吉利连。

看到不走人立直

——参观当代中国书画艺术馆乌海市建市40周年美术展有感

中国山水画意多，咫尺天涯主线挪。
中轴演绎山水画，意境格调气韵苛。
山水画能抒情感，厚重沉淀山水波。
以山为德水为性，浓重色彩构思摸。

工笔巧密而精细，细笔对称写意体。
写意随手传心意，工笔细致各色底。
光色艳发穷毫厘，力求形式讲统一。
中锋勾勒细线条，采用狼毫细尖笔。

十五世纪蛋彩画，通渐发展生活化。
素描原是粗草稿，线条构画物象画。
最终效果为色彩，自然交流形象化。
再现自然需发挥，强烈表达会说活。

浪漫现实和写实，正常视觉需表达。
照像写实生活化，汗毛细到有人怕。
印象野兽立体派，各有表达云天外。
未来抽象超现实，看到不走人立直。

记腊月二十四

以为神明上天庭，人间只有值日神。
故此来个大扫除，沙尘打去不犯神。
北方年终称“扫房”，南方过年叫“扫尘”。
农历腊月二十四，清洗器具忙不停。

拆洗被褥和窗帘，洒扫六间庭院前。
掉扫尘垢蜘蛛网，疏浚明渠暗沟连。

"扫尘"也称"扫陈日","晦气"通通扫外边。
士庶不论家大小,讲究卫生迎新年。

力撼泰山笔握牢

苍劲挺拔艺术高,大开大放气势豪。
笔笔到位点点足,云卷云舒似鹤飘。
疾如狂风和暴雨,结体奔放如浪涛。
章法飘逸神功显,力撼泰山笔握牢。

行草讲究一气成,苦修不辍硕果丰。
极高艺术价不菲,精准创作劲不松。
力拔乾坤创大作,长期浸淫战天恶。
创作不怕流大汗,气壮山河勤泼墨。

楷书演变自隶书,横平竖直楞角起。
既需恒心又韧性,有始有终见点滴。
方正美观又大方,赏心悦目美到底。
瘦金运笔飘忽快,露锋运转提顿迈。

柳公书法体道劲,一丝不苟瘦相庆。
此书不同瘦金体,作品独到"柳体"命。
稳而不俗险不怪,润而不肥显仪态。
富于变化神清秀,短横粗壮长格外。

仿宋体裁本宋体,清秀挺拔粗细比。

最可夸来是欧体，严谨工整向右起。
中宫紧密笔伸长，气势奔放有疏密。
八面玲珑气韵动，无欹斜倾中宫挤。

颜体用法浑厚强，善用中锋笔法忙。
饶有筋骨锋芒露，书体严密结构强。
风格秀媚多姿变，高人百看也不厌。
我在大厅中往返，直到天晚有人喊。

记农历腊月二十三

农历腊月二十三，家家户户小年忙。
民间尊崇一大神，酒食祭灶不得闲。
灶、门、行、户、中雷神，拜物教里有遗痕。
“司命菩萨”即灶王，龛设灶房北、东墙。

有的画像有两人，女即灶王奶奶称。
像上印有当年历，上书“人间监察神”。
上年除夕就来此，二十三日灶王升。
送神仪式称“送灶”，“高抬贵手”灶王行。

上天多言吉祥事，下界户户保安宁。
黄昏入夜始送神，口中念陪不得停。
全家首先摆上桌，供上饴糖和糖果。
饴糖先喂灶王爷，让他吃了嘴巴甜。

再将纸马喂草料，让他上马不用鞭。
乞丐数名来打扮，送神歌舞大家唱。
神龛请出灶王神，连同纸马草料焚。
火光照耀直升天，围灶叩头敬苍天。

沁园春·映山红苑

岳麓北行，谷山西峰，黄金暖冬。
看森林叠翠，正在融冰；
太师椅内，户户迎春。
笔架峰上，人影缓行，帅哥美女数星星。
君诧否，映山红苑，大境天成。

风光宋始传承，见两大天然聚宝盆。
喜风水权威，格局难寻；亲临悦禧，山沐春风。
气势磅礴，心旷怡神，依山就势财运冲。
四季里，吸天然氧吧，快乐之中。

大胆突破向前冲

——参观当代中国书法艺术馆蒙文书法展有感

蒙古语言文字形，距今八百余年零。
历史长河漫悠悠，竖式拼音象形留。

字母互骑组成词，字形修长线条勾。
千姿百态收放合，形态自如整体修。

艺术构思巧布局，浑然天成美女羞。
洗练含蓄成美感，言有尽而意未收。
蒙古书法世代传，非物文化遗产留。
最初回鹘蒙文楷，尔后行草篆隶修。

挺胸、腾跃、摇摆书，象形艺术风格悠。
农耕游牧文明走，交融过程书法勾。
蒙文书法汉影响，表现形式同范畴。
书法造型及手法，随着时代来交流。

步入中国艺术道，六十年代见丰收。
蒙语授课小到中，蒙文书法纳课程。
书法美术摄影展，处处书写是蒙文。
重视艺术需发挥，大胆突破向前冲。

记溪州铜柱

溪州铜柱五千斤，形式八面里面空。
入土六心高丈二，铜顶覆盖内钱充。
铭誓状写铜柱上，记录和约永休兵。
公元九百四十年，楚国，溪州土地争。

溪州大战终爆发，土司兵败议和平。

战争经过记柱上，议和条款在其中。
柳体阳文精纯润，千载风雨晰如新。
研究土家主文献，土族视为神物铭。

光绪年间始建亭，保护铜柱风雨中。
国家定为重文物，立于溪州故城滨。
凤滩水库西水冲，淹没铜柱分秒中。
为使铜柱免遭难，熠熠生辉馆内存。

皆因全能好技艺

——阿拉善参观延福寺阿旺丹德尔殿有感

七岁出家习经文，延福寺内读佛经。
西藏名刹哲蚌寺，二十四载始成名。
洞悉五明医为主，阐明佛教辨内明。
优异成绩技惊人，超全学识压群雄。

最高学衔拉隆巴（博士），拉萨经院授予他。
延福寿内掌堂师，担任北寺拉隆巴。
阿拉善旗列第一，佛教作品几十集。
玉爷亲封卓尔济（法王），皆固全能好技艺。

精通蒙文和藏文，宗教哲理最有名。
德高望重著述丰，《人伦必修》冠其中。
《洋解蒙文法通讲》，蒙文语法精贯通。

《浩月辉映大词典》,发表已是七九翁。

阿旺丹德尔全集,二十万字还挂零。
国际友人多评价,宗教哲理蒙藏通。
文学理论大诗人,详述国际学术中。
主张以世治理国,人道治理民众心。

沁园春·谷山森林公园

望城深冬,谷山主峰,茂密丛林。
见谷山上下,峰峦起伏;将军坳内,车声辚辚。
灵谷龙潭,深邃莫测,制砚纹石发墨璘。
君思否,青龙嘴坡,可见龙鳞?

自然景观恢宏,见一字洞内波光粼。
昔灵宫殿内大秀诗文;白虎排上,虎视众邻。
仙人坡下,将军坳中,居安思危刀兴临。
君尝否,云母山素食,胜过甘霖。

参观内蒙古首届摄影纪实展有感

快门按下一瞬间,纪录人类始沧桑。
纪实摄影艺术真,紧抓时间不放松。

精心抓住每一抄，拍下经典社会存。
抵制狭隘和偏激，歪曲事实不登临。

旗帜鲜明歌颂党，礼赞英雄拍瞬间。
希望工程加紧拍，进步发扬色彩谈。
抗日英雄真不朽，前仆后继永赞扬。
中共红军初创期，拍到群英在延安。

深入生活跟党走，也拍牧民牧场旁。
蒙古包前有创意，姑娘偷会小情郎。
绿树荫荫草丛里，忽隐忽现小姑娘。
前头带队一教师，原来他们捉迷藏。

艺术产生三要素，人类环境时代强。
摄影作品凭良心，文以载道有市场。
立象尽意经典传，重大历史摄影忙。
历史切片摄影记，社会表达摄影行。

清平乐·观乌海市少儿书画展

鲜花复雨，树上鸟儿语。
路上小儿撑阳伞，耽心淋湿包袱。

少儿初学书画，大人接送归家。
经常临摹习作，长大专画妈妈。

永遇乐·内蒙古土尔扈特人

冷月清清,霜风阵阵,天启微明。
备受排挤,民族偏见,又被大征兵。
土尔扈特,克烈部人,夜半潜行,开启回归旅程。
夜茫茫,围追堵截,回归障雾重重。

山高路远,黄沙蒙蒙,伏尔加河横陈。
十七万人,损失过半,悲壮往东行。
回到伊犁,拜会乾隆,和硕恭格存。
忆东归,英雄壮举,永世留名。

记岳麓书院

位于东麓岳麓山,创建宋祖开宝间。
山长周式品学优,岳麓万卜院赐牌坊。
占地二万五千平,主轴线上有前门。
大门二门讲堂边,赫曦台和书楼连。

园林建筑百泉轩,赫然就在殿右边。
左边建有文庙立,大门两侧斋舍添。

“惟楚有材” 楹联对，“于斯为盛” 是下联。
楚地人才多聚此，淘澍，宗棠和程潜。

夫之、国藩、李元度，还有天华和魏源。
皮锡瑞和杨昌济，尔后蔡锷、曾国荃。
生活学习有学规，《书院教条》朱熹推。
欧阳正焕清乾隆，“整、齐、严、肃” 立壁碑。

十三翼之战

克鲁伦河上游滨，各部敌人来势汹。
锋芒毕露拼死战，安答这次铁了心。
大汗一看势不妙，为保实力忙撤兵。
敌人虽胜暴行残，烹杀俘虏失人心。

大汗分兵十三翼，对抗十三部落兵。
敌人人心早涣散，将心归于铁木真。
敌人锋芒应避让，打不赢时好退兵。
大汗用兵真是神，奠定蒙古显奇功。

七　律

谁说此地饮清风，冰雪消融树现青。
阳光照跃好温暖，叽叽喳喳闻鸟音。
相约祁连山坡上，啥来泥枝搭窝棚。
几天不见窝垒成，新旧邻居道贺亲。

大家共同建家园，和谐社会史无前。
共筑小区人和美，幸福庄园大家垒。
一人有难大家帮，这样才是好家坊。
今生有幸住此区，这些邻居不敢当。

观内蒙古各地成吉思汗像有感

孛儿只斤·铁木真，拥有海洋四方尊。
出生漠北干难河，成吉思汗大号尊。
生平征讨尘战急，直达亚欧黑海滨。
死后改国为大光，法天启运谥号称。

蒙古皆称圣武帝，深沉大略用兵神。
谥号尊称为太祖，统一蒙古各部人。

陵寝位于肯特山，起晕谷内有神灵。
少年坎坷多蒙难，长生天是护佑神。

沁园春·烈士公园

暖风悠悠，年嘉湖畔，雾锁金秋。
看公园内外，地势开阔，花香鸟语，路塞人休。
青山桥前，景色迷人，捉对情侣牵手羞。
君知否，浮香花苑内，歌声咻咻。

水面碧波荡漾，忆往昔同仁把湖修。
看绿柳垂拂，风光旖旎；游人如织，坐卧山丘。
儿时学友，海阔天空，幻想夏天把冰溜。
谈吐处，见美人驾到，谁把魂丢。

蒙根花光伏农业园

风干物燥热气腾，沙漠天上菜难生。
农牧吃菜费大力，没有蔬菜怎么行。
多吃蔬菜身体健，维生素补各机能。
每到严冬苦寒日，蔬菜难寻市场门。

大漠深处蒙根花，光伏农业利大家。
搭起棚架建光伏，棚内种植菜和花。
各种颜色多灿烂，风吹日冻不怕它。
蘑菇鲜来青菜甜，绿色内蒙开奇葩。

草原上那一只苍狼

草原上那只苍狼，为什么凝望远方。
望月狂嚎的神态，显得那么的凄凉。
为什么孤单影只，为什么独自忧伤。
是否思念大草原，是否思念大牧场。

人类开发大自然，自己饲养牛和羊。
岂容汝等常偷窃，敌我分明没商量。
汝心忧来我亦怨，最好坐下慢慢谈。
给汝雕个地球站，日夜守护大牧场。

记广东外语外贸大学

广外坐落花城中，高端翻译国际供。
对外经济推行广，国际战略排头兵。
学院设立六四年，部属三外排名前。
调、并、迁、改七零年，中山、暨南、外贸添。

三院外系齐并入，黄婆洞里新址迁。
北郊旧址瘦狗岭，石油学校始还原。
外贸学院八零年，校址位于大朗边。
并入外贸九五年，各类专会榜上添。

九四年起划归省，本部、大朗财务连。
七院系资源合，公开、国际后来添。
各类硕博授予权，颁布全在十年前。
在编教授近六成，九成以上学硕连。

合作交流臻广泛，三十八国、地区签。
国际机构和欧盟，合作研究正实行。
日本秘鲁俄罗斯，孔子学院在实施。
三百万册馆藏书，索引数据随时输。

大漠小镇的冬天

黄河远来天上连，弯弯曲曲河套边。
河袭平原真辽阔，亭亭白杨立岸边。
河滩过去大漠上，座座小屋互相连。
屋前种满杨和柳，大风起处飘眼前。

捱到冬时腊月八，冬雪融融白鹅添。
飘飘洒洒落下来，漫无天际白绵绵。
莽莽苍苍不见日，家家户户闭门眠。
风停雪止天尽白。山恋起伏天没边。

桑植民歌

姐啊妹啊歌声扬，我送郎呀红军当。
桑植人民表情感，口头流传意念强。
流传过程加工深，生活实质宣泄真。
口头传唱传得远，智慧结晶有特点。

民散最初现民谣，使用乐器随意挑。
乐器大多本地造，歌声悠悠乐逍遥。
狩猎搬运工作中，随哼随唱创歌声。
祭祀娱神活动忙，神情庄严不乱弹。

最喜求偶活动场，轻歌曼舞意气扬。
男亲女爱随意唱，越唱越欢场上场。
赏心悦目艺瑰宝，卓越成就在民间。
精神面貌能反映，创造才智实在强。

冬日草原上那一抹阳光

太阳少来喜冲冲，照到草原一抹红。
阳光照处冬回暖，晶莹下滴正化冰。

野兔出来觅食物，蒿鼠过去急忙奔。
河中小鱼踊跃跳，这边忙坏贼老鹰。

我若思情黄河水，定在河中游一程。
我若钟情岸边柳，定在柳下发诗文。
我若思情江边景，来来往往脚不停。
但我更喜太阳光，冬日阳光胜美人。

阳光照处暖融融，复苏大地万物春。
阳光照处城市跃，车龙马水奔光明。
照光照处乡村美，村妇老汉忙不赢。
阳光照处姑娘美，个个梳妆觅佳音。

阳光一出美人多，谁还在家白筑窝。
赶快抽身繁华处，畅述衷肠把情挪。
手里拿把马头琴，蹦跳还要会翻身。
此个小伙真不赖，赶快领回娘家门。

冬日阳光是我恋，天天如此我不厌。
冬日草原真正美，我愿流连累双腿。
蒙古包前我常留，希望阿妹常回头。
牛羊牧场我常转，希望看到阿妹脸。

冬日阳光是我心，照到人身会思春。
冬日阳光是我肝，见到恋人心发慌。
冬日阳光是我肺，街头晨练不觉累。
冬日阳光是我胃，日晒阳光晚好睡。

沁园春·岳麓山

岳麓山峰,莽莽葱葱,瑞雪忽临。
望云麓峰顶,梅花迎风,鸟雀无声,树木冰莹。
层峦叠障,老树返青,雪后流霞变彩银。
可曾见,云烟竟秀峰,迷刹路人。

当年少年同春,谈理想就业夜难眠。
望天穹月庭,遥闻仙笛,广袖嫦娥,眉眼传情。
路途遥远,鸿雁南行,谁能帮我寄信频。
飞雪里,忆旧时学友,心知肚明。

洪家关红军桥

小溪流淌冷雨飘,山风轻吹柳枝摇。
桥旁拼满送行人,有人轻唱民间谣。
祈盼红军早伏魔,百战百胜早还巢。
祝您将士身体好,一举捣毁蒋王朝。

泥泞路上好难走,但见妻儿牵夫手。
乡间小路好难行,又见老妈追后生。

手里拿着包和蛋，左右反复再叮咛。
老爹挂拐门前站，泪花悄然前胸淌。

路边小塘树丛中，有个阿妹哭出声。
手里牵着阿哥手，一步一颠不放松。
我愿跟随阿哥去，革命到底奔前程。
红军队伍要开拔，父老乡亲泪盈盈。

长河日出现天边

——参观乌海市煤炭博物馆有感

煤矿屹立黄河边，煤层已逾万亿年。
马可波罗载游记，地下黑石可自燃。
契丹黑石满山坡，热量大时火冲天。
游记已录七有年，传遍世界宇宙间。

开滦挖煤创先河，距今已超三百年。
乌海挖煤同治间，河西梁家煤窑添。
民国开始掘河东，到处开挖土扬天。
当年都好小作坊，略为生计毛利牵。

五十年代桌子山，建立煤矿始登场。
五三年进勘探队，尔后再勘贺兰山。
呼噜斯太沙巴台，煤炭基地开起来。
全民动员齐上阵，一切都是钢铁硬。

元帅升帐五八年，五十万吨任务添。
万人上山采煤炭，后勤保障始提前。
胶车调动上千辆，锄头铁锹扛肩膀。
大漠孤烟冲云霄，长河日出现天边。

拜谒桑植烈士陵园

洪家关前一小山，绿树荫荫好气场。
革命烈士里面躺，见证历史与辉煌。
纪念碑矗立面前，步道两边房屋连。
前面还有拜祀堂，万古流芳树殿前。

无名英雄纪念墓，高高树起在山尖。
俯望桑植新发展，祈佑苍生舞人间。
红旗卷起农奴戟，两万红军斗魔癫。
回来只剩四五百，其余洒血战场间。

还有更多革命者，跟随贺龙走天边。
长征不怕路途远，天寒地冻走川黔。
围追堵截都闯过，胜利会师山水间。
跟随领袖毛主席，最终百姓换人间。

戈壁牧人

沙路蓬松日当中，口干舌燥艰难行。
驼铃响处秋风起，驼队集合赴远程。
沙漠荆棘戈壁道，领头大哥带队行。
河滩小路山丘处，了如指掌在心中。

老弱体病稍后边，顺便还把骆驼牵。
青壮劳力打前锋，随时都把老狼盯。
负重骆驼心有底，笨重货物山堆起。
集体出门讲团结，山高路远双肩扺。

记腊八节

农历腊八这一天，祭祀神灵和祖先。
祈求丰收吉祥日，佛祖成道在民间。
岁终之月称为“腊”，意指猎物广野杀。
祭祀祖神当用肉，逐疫迎春佛礼达。

佛祖得道腊八合，“洁宝节”日定腊八。
腊八要吃腊八粥，七宝五味调和足。

大小糯米和高粱，一起蒸煮大家尝。
紫米薏米豆类汤，更是营养保胃肠。

拜星月慢·冬恋

夜色蒙蒙，月牙初升，黄河静静流淌。
乌兰敖包，马头琴音婉。
初相遇，情切，明眸闪动恋意，相约情歌唱晚。
眼角传情，怨相见时短。

敖包中，旧人山隔断，心相惜，谁人把你挽。
暗思旧时恋人，棒打鸳鸯散。
严寒中独居此敖包，重锁门，望壁心生懒。
怎奈何，万缕情丝，心扉向谁敞。

草原上那名通信女兵

狂风暴雨雪夹尘，夜幕重重鸟无音。
通信杆路需抢修，急煞边防巡逻人。
大支队伍已派出，兵营没有通信兵。
忽有一人站出列，愿意冒雪查路程。

首长一见是女兵，学习通信半年零。

毕竟都在机房做,没有机会派出门。
事到临头当然急,只好派人随她行。
赶到事故疑发点,此时已是近黄昏。

女兵悄然爬上杆,检修线路不消停。
左手按压通信线,双脚紧扣电杆冰。
以身当作支撑体,右手话筒发声音。
边防线路得保障,苦哉人民子弟兵。

汝等员工须努力,建设边疆好精神。
当努力时勤奋发,争做蒙汉好标兵。
将此带回南方去,传播优良不放松。
如若碰到冰冻季,经常巡检防冰凌。

洪家关内歌声扬

——参观贺龙纪念馆有感

忠于革命忠于党,赴汤蹈火热迫消。
高风亮节军中帅,一直受到人爱戴。
两把菜刀闹革命,南昌起义军旗创。
抗日解放两战争,都是重要领导人。

纪念馆是教育地,爱国主义传统播。
历史照片近四百,文献物品两百多。

前任领袖曾题名，英名还是敬贺龙。
洪家关内歌声起，红色歌谣有市场。

忆贺仕道烈士

贺龙生父贺仕道，为人老实又厚道。
乐善好施三代人，哪管自己家境贫。
江湖又称贺拳师，从早到晚都习功。
修桥筑路财散尽，方便贫苦过路人。

家中干尽粗农活，精细活儿不轻松。
据说能把飞针使，钉瞎苍蝇蚂蚁虫。
常以大道教子女，敢向官府作斗争。
先辈良仕为榜样，从事革命好精神。

观乌海市文物精华展有感

民族农耕上万年，此处原在海下眠。
聚落遗址二万年，海勃湾区留眼前。
羌族始来夏商周，春秋战国匈奴游。
秦击匈奴没北地，尔后便是鲜卑留。

十六国时属西凉，北魏拓跋后登场。

隋朝乌海甘州地，尔后肃州唐灵州。
时为宥州突厥接，晚唐遂为吐蕃游。
直到公元十三纪，乌海列入宋版图。

元明清期归宁夏，和硕亲王辖乌达。
民国改归绥远省，复归鄂托克旗辖。
巴彦淖尔解放初，六十年代内蒙留。
北疆乌海工业城，多样产业正新兴。

忆贺龙生母王五妹

贺龙生母王金姑，一年四季灶上扶。
生儿育女多辛苦，田间农活不含糊。
教导子女行大义，子女个个不服输。
走上正途定行远，您是中国最强姑。

石州慢·蒙古包相会

寒水冰凌，冬意匆匆。
小溪蒿草冻裂，树头冰花凝结。
北国深冬，试问那里可歇？
沙洲尽头草蓬松，尽入眼底里，蒙古包开业。

睇切，清街冷铺，招牌风跌，冻消肌雪。

暗邀旧时醉友,共饮花月。
心相深处,多少愁肠凝结,留待畅述风和八二。
何时再相逢,明年把对结。

吊唁贺满姑烈士

贺龙幺妹贺满姑,揭竿而起林中呼。
双手能使盒子炮,谈虎色变敌人呜。
常往津澧与汉川,自组武装在乡间。
参加起义洪家关,自此跟党火与汤。

游击战术精又妙,敌酋谈彼心惊跳。
此女飞檐又走壁,半夜三更屋前叫。

夜袭永顺忽大庸,敌人听此常断魂。
任你城防加紧筑,反共头子赴鬼门。

忆少年·巴彦乡木仁踏雪

无穷冰雪,无尽霜连,冻裂地天。
北国雪相连,难得美人牵。
秋凉冬冷春又是,雪又启,直达天尖。
刺骨寒风里,情活眉宇间。

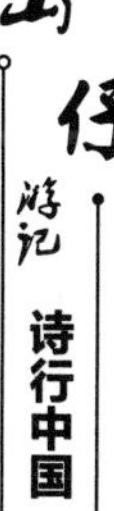

水龙吟·阿拉善文物市场

义深冬何苦冰凌，急风夹雨带雪行。
胡杨乱卷，狡兔匆匆，白雾蒙蒙。
天边泛白，略见微晕，赶早起程。
观文物市场，人头拥处，愁的是，无处蹲。

悔事十之八九，刚相中，又被前行。
流连旧物，悔不紧盯，人恋物频。
今朝得见，喜形于色，收入囊中。
最喜情犹在，物在眼前，敢不思春。

悠悠澧水河

悠悠澧水天上来，弯弯曲曲林中埋。
忽隐忽现深山走，大山深处水徘徊。
澧冰深绿又绽蓝，所经之处无雾霾。
种植果树用此水，果树疑是天上栽。

果实硕大又可口，市场经常抢断手。
种植谷蔬香又甜，农民留作自尝鲜。

水经之处山传音，浩浩荡荡出澧津。
何不凿通到石首，直入长江近海临。

昨日网友偶谈及唐无名氏诗

春水春池满，春时春草生。
春入饮春酒，春鸟弄春声。
君生我未生，我生君已老。
君恨我生迟，我恨君生早。
八归万里外，意在一杯中。
只虑前程远，开帆待好风。
自入长信宫，每晚对孤灯。
闺门镇不开，梦从何处入。
一别行千里，来时未有期。
月中三十日，无夜不相思。

山仔答云：

先生一直等未生，未生何不早临盆。
待到未生临盆日，先生被迫喜盈门。
莫恨先生未等汝，汝应早日降凡尘。
莫嫌先生向老行，是人都会老来临。
汝若不嫌君生早，我愿等汝直到老。
大雁成双向天歌，形单影只不守寓。
每晚守夜到天明，凄凉悲苦独自行。
勉强跟上大队伍，也是殿尾魂不跟。

蝶恋花·和硕王府

树枯叶落霜满天，寒风起处，房角乌鸦悬。
旧愁在处添新愁，和硕王府不如前。

莺飞蝶舞知何处，高楼林立，直逼王府前。
保护文物须努力，装饰旧府马路连。

清平乐·三下锅

火苗腾腾，锅内杂菜陈。
红蓝黄绿青橙紫，荤素清淡并陈。

边关战事匆匆，忙坏送郎亲人。
急将家中所备，一起下锅烹蒸。

张家界老鸭汤

整整一年吃米糠，玉米小麦配菜帮。

饲养小鸭不容易，不然怎会美名扬。
制作更是多讲究，首要之处是煲汤。
文火熬过一通晚，热气腾腾似浓浆。

端上桌来汤呈白，锅中唯见鸭头扬。
佐配葱花和拌料，酒杯端上始喝汤。
汤味浓香且透鲜，又装一碗忙喝汤。
喝到锅底鸭骨现，五粮好酒还未尝。

定远营

——参观阿拉善左旗定远营有感

雄壮巍峨大城门，闻名中外定远城。
内蒙深处为集镇，屯兵戍边来安营。
顾名思义为定远，祈盼边疆保安宁。
车来马往经此过，串连南北与西东。

城内商铺好繁忙，过去日场赶晚场。
场场都是顾客满，直到天明才收摊。
这边刚收锅和鼎，那边早市现繁忙。
你扯棚来我搭架，天明之前干一场。

待到星天刚启白，车来人往为会商。
价格当然袖里弄，你推我往暗商量。
茶砖都是行销货，丝绸之路放光芒。

我是寻茶城乡客，杯盏交错更显忙。

茶叶经商乃重器，交往频频大市场。
北国农牧肉食多，喝茶烹茶都在行。
倘若你到彼家去，当前大事煲茶尝。
大家品茶并论茶，茶马之道誉名扬。

石门炖钵

石门炖钵远名扬，越炖越久味越香。
炖到汤味浓烈处，热气腾腾满屋香。
炖钵原为本地菜，因陋就简少排场。
而今反为大用途，没有炖钵显寒酸。

山中一切皆可炖，没有炖钵味不香。
竹笋蘑菇加野味，都是上好调料配。
土内一切自然行，豆角黄瓜加洋葱。
咸鱼腊肉放中间，腌菜配料放两边。

一切都是各自忙，两个钵子就开张。
三杯下肚心豪爽，四季发财理应当。
说起赵家好兄弟，五福临门有排场。
钱家有个六两妹，脾气好来人乖张。

何不帮她找女婿，嫁到长沙石门欢。
前门孙家七大爷，今年刚过八十三。

九九归一说到底，实实在在捧人场。
人情朴实无华处，石门炖钵最擅长。

骆　驼

羌笛悠悠沙洲行，没有骆驼鬼门临。
骆铃阵阵沙路远，沙漠万里永不停。
沙漠云舟似祥云，南来北往显神通。
丝绸之路全靠你，人驼友谊现永恒。

毛色靓丽又整齐，性格温顺万人骑。
骆驼都有年度赛，谁夺第一个个迷。
姑娘小伙聊话题，谈情说爱把家移。
骆驼载人一把手，就看你家在哪里。

骆驼也曾上沙场，冲锋陷阵不简单。
横冲直撞后劲大，几多战事都有提。
而今专载人和物，耕劳适作显神奇。
老驼能识千里途，单独返家成传奇。

骆驼全身都是宝，人人个个少不了。
驼毛可做衣和被，保暖驱寒最是好。
骆驼肉食最是行，强身健体补精神。
驼皮用作挡风雨，搭建敖包可栖身。

石门吾乐宫

吾乐宫来吾自乐，胜过神仙天上喝。
石门居士人向往，商职人员等周末。
请人喝酒伤身体，不如邀人下体力。
爬山若达两万步，胜过桑拿和健体。

宫内自有茶和水，夹山林茶喝一杯。
神清气爽除热汗，脱衣也没旁人伴。
休要惊动奉天爷，神天面前不好言。
喝茶自贡辛苦费，天天如此不觉累。

石门土菜

绿叶青青好葱茏，苗粗梗壮正培身。
田边土种无化肥，也无农药菜上堆。
农家私种自己吃，没有多少去商推。
菜鲜汤美味道甜，胜过天天过大年。

新年未必青菜多，大鱼大肉往家拖。
鱼肉多来伤肠胃，神劳腿疲腰脚累。

茶不思来饭不想，眼现黑晕床上躺。
若食农家土种菜，身体倍健精神爽。

七律·黄河人家

黄沙漫漫遍堤岸，树影婆娑金灿灿。
东边日出照垂柳，西边日落炊烟上。
屋傍河水一农家，秋风冬雪不怕它。
一年四季河水里，吃住玩乐捕鱼虾。

黄河育出乖乖女，愿寻天下男儿许。
若要娶女不简单，摇橹划船须在行。
待到访亲会友时，行船遇风水绕滩。
下河捕鱼须努力，鱼当菜来虾当粮。

石门山

翻过几山忽下坡，山林茂密树影婀。
冬日阳光照耀暖，树上小鸟草地挪。
不知何处小山羊，蹦蹦跳跳赶菜场。
掀开栏门径直入，惊醒热恋小情郎。

映入眼帘一座房，整齐庄严像庙堂。

装修古林土蓝色，柴火堆砌在屋旁。
村中老者自山出，农家装束拄在旁。
此地名曰柴火灶，专做炖钵有气场。

再往前行上到山，七弯八拐累断肠。
行到山顶好景色，石门全景映眼间。
气势磅礴石门城，冬日更显气氛忙。
南来北往名利客，个个来言经商经。

石门电厂

石门电厂显神通，两条巨龙向上冲。
以前确是大奇迹，为何今日不颂功。
功显民怨为何急，苦刹城市策划人。
若要迁厂费用大，原地发电难排尘。

两全其美当然好，求遍海内专家们。
电厂不迁求节约，环保提到议事中。
环保主要在减尘，消烟减尘应立行。
出动大家来献策，全景石门无烟尘。

七律·石门夜景

华灯初上放荧光，石门星星满天欢。
照耀天和大世界，亮遍大街和拐弯。
电信天网力量大，犯罪基本没市场。
街头巷尾角落处，唯有欢歌笑语扬。

你歌天来我唱地，城市平安好繁忙。
“互联网+”进社区，孤寡老人喜洋洋。
直接视频儿女处，互相通话在现场。
再也不用跑邮局，打个电报累断肠。

浣溪沙·此生再难觅知音

前年中秋敖包中，情歌马奶热气腾，琴声婉转人发晕。

似曾相识人已去，远留琴音耳际鸣，此生再难觅知音。

江中小船

石门江中一小船，悠悠荡荡独自边。
何不入伙随大流，共同致富似神仙。
集体行船力量大，浪高滩险有人牵。
真情向有人如玉，好事多磨喜事连。

石门梯云塔

石门城外梯云塔，人神共敬能除刹。
若有好事奏天庭，平步青云路不踏。
十年寒窗求学子，晨渡梯云求发达。
出门经商城市过，夜半祈祷必定发。

七律·石门土柚

颂橘广场大排场，石门土柚丢一旁。
土柚实为土特产，也曾天下美名扬。

自从改良石门橘，土柚到处人不尝。
何不再改土柚种，推广种植再经商。

巴彦浩特的天——送给昔日恋人

向南飞去的大雁，你可看到这蓝天？
冬去春来到这边，草绿水蓝直到天。
青青草地一片绿，一望无垠达水边。
吾若思情青草地，阿妹求我过此年。

思念吾爹年岁老，挂拐思儿不当年。
吾父若为青壮年，我愿随汝举羊鞭。
念我老母年老迈，呼儿回老早过年。
吾母若为少壮女，我定为汝守马圈。

我若不是为人父，我在敖包等过年。
你情我愿心相守，管它春夏与秋天。
我若不是为人子，我在草原过冬天。
不管天寒与地冻，愿与阿妹把手牵。

冬往春来是好天，大雁终往北方迁。
我情在北终返南，不知阿妹可冬眠。
冬眠不如向南去，我俩仍可把手牵。
带上汝之尊父母，顺手也把姨妹牵。

七律·桌子山岩画

黄河滩上一座山，形似桌子影似山。
上面镶满人和物，人工凿出美名扬。
岩画已逾七千年，记录人类始和迁。
太阳神为崇拜物，照耀人类起和眠。

人类饲养牛和羊，刻在石上留千秋。
先人耕种稻和粟，跃然石上古代留。
古人勤劳多智慧，祖先教导善耕作。
我等须承祖先志，保护岩画多临摹。

八六子·黄河渔村

沿河行，寒风凛冽，树草深冻水中。
见两岸沿河农家炊烟袅袅升起，渐露晨华。

河中敲冰猎渔，人影晃动腾挪，来往稀落参差。
忆昨夜酒醉，杯盏交往，欢声笑语，那堪好友频繁相激，
不胜酒力归家。
正凝神，鱼跃人跳喧哗。

内蒙小镇

——逛内蒙古乌海乌达区小镇有感

街边小铺紧相连，遮天招牌挂路边。
人来人往皆忙碌，冬日难见艳阳天。
初来乌达新感觉，走进小店尝新鲜。
忙呼小二快上菜，四个小碟摆眼前。

所上之菜似不识，苦菜沙葱未沾边。
又上三斤羊脊骨，刀叉相见把酒添。
内蒙儿女多豪杰，男女个个都沾边。
刚喝一杯大碗上，三碗下肚醉翻天。

此茶名曰醒酒汤，又苦又涩好难当。
才饮一杯下肚里，翻江倒海似断肠。
又捱半个时辰许，舒服回暖胃正常。
真乃神丹兼妙药，收起一些入背囊。

说是带回湘中去，万一喝醉好熬汤。
友人一听哈哈笑，离此不再是药方。
谈罢已是近黄昏，一盘羊汤端进门。
此汤正好就白酒，一碗胜酒两三斤。

闻听此言心窃喜，今晚来它三五斤。
大碗推来小盏进，迷迷糊糊感觉晕。
店家忙呼小二进，此君似乎酒不行。
赶紧扶到内房去，喝酒消疲自己人。

参观内蒙古阿拉善左旗大漠奇石文化博物馆有感

十全十美是条桌，九九归一天撮合。
八仙背椅绕桌边，七星伴月摆中间。
六六大顺大寿桃，五子登科趋向前。
四方运来大奇石，三江入海从地出。

二人坐卧石屋中，一世英名说不清。
十方精英尽玩石，百姓终身乐石门。
千方百计播石音，万世留芳传美名。
只要诚心做下去，亿元现钞入囊中。

条像腊肉圆如钵，立似天狗狂吠恶。
粒如黄豆细比沙，光凭肉眼不见它。
世事如棋局局新，唯独未听鸟儿音。
走入山中仔细看，城头站满石头兵。

曲玉管·阿拉善草原暮雪

冬雪纷飞，溪边日晚，寒冰冷雪日冻久。
一望草原千里，茫茫一片，飞鸟走。

冷风萧萧，暴雪盈盈，冰封草原人没有。
大雁南飞，带走万缕情丝，相思久。

暗想当年，有多少草原相会；
正值青春年少，互献衷情谈吐。

思往日，来草原采风，春风后蒙脸怕丑。
往事难寻，物是人非，喝杯苦酒。

七律·宗别立雪景

——车行内蒙古阿拉善左旗宋别立路段有感

群峰突兀雪苍苍，冰冻山峦白茫茫。
车行公路轮打滑，寒风吹醉酒醉郎。
半山之中风断柳，悬岩之上见白狼。
此地本为狼族居，行旅过去人不还。

而今开辟高速路，万车行迟缓捞忙。
上坡加油把方向，下岭急刹不怠慢。
刚行窄处悬崖边，抬头还是不见天。
紧踩油门往上冲，岭上隐略放光明。

石军农和之：
风餐露宿内蒙行，教授酒醉心里明。
千里戈壁今犹在，不见当年食人狼。
山仔答曰：
过去常见食人狼，而今公路通边疆。
狼族如今成记忆，立个雕像在路旁。
当然狼群已复现，开车行路少观光。
如若下车不小心，狼后抓你当新郎。
石军农又和之：
自古英雄戍边疆，而今天高任鸟翔。
教授吟诗又作赋，魅力远超楚留香。
狼后若知教授至，定会抓你当新郎。
山仔又答曰：
教授人老力难当，且在前面把兵当。
狼后早知汝心智，没有安排把汝拦。
一但放余归南去，一定助狼早安排。
寻个心安理得君，一觉睡到大天光。

青玉案·记内蒙古乌达煤矿

几经宁夏来乌海，都记起煤海里。
墨雾扬天遮日月，尘头起处，黑风缭绕，何处见桃李。

遮天蔽日昼如夜，又好似，晴天妖风起。
不虚此行见日月，排烟减尘，节能环保，政府有魄力。

满庭芳·穿越乌兰布和沙漠

山抹晚霞，天际泛黄，野蒿抱团迎风。
冷雪稍停，荆棘忙展身。
多少英雄豪杰，来植树，折戟纷纷。
斜阳里，胡杨数棵，野兔绕其身。

而今，当此际，强身健体，骑走匆匆。
沙漠中穿越，谁得首尊。
世事常无定论，谁夺冠，笑看群英。
翻车处，伤痕累累，落日笑黄昏。

我心目中的乌兰牧骑
——观内蒙古支牧宣传队有感

身体婀娜步履轻，心灵手巧脑瓜灵。
上下蹦跳有力量，辫儿一甩现真情。
双眸一闪如盈水，开口一唱似琴音。
天若有情可相会，就看可否付真情。

浣溪沙·致我心中的内蒙美女

没有香花送美人，老哥还有调庭春。
新年返朴是吾情。
谈吐言笑皆我意，一杯一盏表我情，醉中才有你我亲。

石军农和之：
教授心门似洞庭，内蒙焕发第二春。
返朴归真大智慧，谈笑风生真性情。
书中虽有颜如玉，不及醉中美女亲。
他日抱得美人归，接风洗尘慰吾兄。

山仔答之：
心中有人才是人，画中不比实际情，
谢君一语多关照，新年一定焕新春。

尉迟杯·乌兰布和沙漠

黄河路，日渐晚，寒冬生冷烟。
夕阳悄悄西下，游人何处休闲。
匆忙车龙，问前奔，黑暗立眼前。
过叉路，熙熙攘攘，道路宽窄无边。

因念旧友牧骑，相依偎，沙林小道相牵。
红颜旧装俱相识，心相照，共舞翩跹。
而今日，车陷沙道，夜如年，车内自个眠。
有何人，念余孤独，为我见异思迁。

醉卧沙洲·深入内蒙古乌兰布和沙漠有感

昨夜酒醉卧沙洲，不知哪个把情丢。
夜醒不见丽人影，微觉耳畔香气流。
倘若有情似此等，为何见尾不见头。
我若将情置于此，枉作浪子世上留。

世事难料岂人意，我不留情何人留。
遍寻左右不得见，前后恍惚冷啾啾。
窗帘飘动影若现，月下嫦娥把话丢。
果有真情如君意，明年中秋会沙洲。

寒风中那株沙蒿

寒风凛凛，夜雾苍苍。
小小沙蒿，越深越强。
鼠兔刨根，视为美餐。
沙蒿茎杆，饱受风霜。

经年累月，刀砍斧伤。
皮松叶落，更觉沧桑。
沙蒿种子，随风飘扬。
越飞越远，越播越强。

心中常念般若经

友人邀穿越内蒙古乌兰布和沙漠，
车陷沙漠，听关于沙漠传说和经历，有感

走过一山又一山，再往前走还是山。

脚下松软如踩蜡，上身扭曲通体踏。
山高忽低滚下坡，上山好似蚂蚁挪。
若是走路似此颠，亲人过年无睡眠。

此山过去见清流，一望无际不到头。
当时已是汗流背，拿出水壶把水留。
忽听一声惊雷喝，废水不为人畜流。
若要强行饮一口，只怕性命黄泉弄。

无奈前行又里许，两眼冒火似中暑。
寒风凛冽手脚僵，头皮发麻口舌干。
急火攻心往前爬，同行小伙行路瘫。
又见太阳西垂下，夜雾重重人人怕。

再往前走似回程，路斜人扭如蛇行。
猛觉沙漠如利剑，狂风又在天边现。
心念般若密多经，此时耳边传佛音，
左前尚有千尺许，路边小屋似观音。

朝天三叩谢神灵，困难时刻现真情。
此生唯有心向佛，一生到头常念经。
若常念经真佛现，子子孙孙永不穷。
今生出得此沙漠，毕生得佛般若经。

赞蒙汉友谊

九曲黄河长又长，跑遍河谷寻觅郎。
水流回转拐弯处，白杨棵棵立河滩。
蒙汉人民团结紧，共谱华夏好篇章。
同创当今美好景，乌海经济往上扬。

虞美人·探寻西夏古城大白高国

蒿花落入黄河里，日暮沧桑起。
楼台亭阁入云塔，风沙冰冻雪侵，无人理。

王朝耗尽平生力，雪暮秋风里。
斯人早已上高台，思我西夏春色，在哪里。

思远人·观西夏博物馆

暮雾苍茫天色晚，匆忙往前赶。
念西夏昔日，秋风正盛，太平征役缓。

冬来初雪天放晴，王朝重疾返。
渐觉日落西，君王问道，何人为可挽。

阮郎归·西夏文化研究所

天边彩霞雁成双，谁不思故乡。
白日阳光随处见，夜晚露成霜。

君思汝，汝盼郎，何地有家安。
欲将旧醉换新颜，悲声痛断肠。

参观西夏王陵有感

远看土丘个个，近观小山座座。
当年雄风何在，西夏国王寝卧。
昔日铁马金戈，而今黄土一碗。
喜看当今华夏，各族喜气一团。

七律·撸起袖子加油干

——赞宁夏电视台

广电节目多灿烂,各族人民都爱看。
工农兵商齐努力,撸起袖子加油干。
西夏古城新气象,路街道巷交通畅。
车龙马水穿街过,民族团结大家唱。

七绝

——参观宁夏回族自治区银川市众一茶城有感

一叶飘香满里输,茶马古道路途殊。
古今黑茶显奇迹,千里连线似连珠。

七律·宁夏行

宁夏人民真欢欣,迎来湖南好嘉宾。
智慧乡村全努力,共建宁夏美农村。

平安城市来创新，非遗文化须传承。
互联网+搭桥梁，古城银川焕新春。